$83\frac{1}{4}$歳の素晴らしき日々

Pogingen iets van het leven te maken
Het geheime dagboek van Hendrik Groen, 83¼ jaar

ヘンドリック・フルーン
長山さき 訳

集英社

$83\frac{1}{4}$歳の素晴らしき日々

親愛なる日本の読者の皆さんへ

アムステルダムの北地区と日本の東京都は約九千二百八十三キロ離れています。文化も九千二百八十三キロ分、異なっているのかもしれません。ほんとうにそうなのかは、残念ながら日本のことをほとんど知らない年老いたアムステルダム市民の私にはわかりませんが。でも、国や文化の差が大きければ大きいほど、互いに学びあえる、ということは私にもわかります。少なくとも理論上はそうです。瓜二つ《うりふた》の人間どうしが互いを高めあうことはあまりないでしょう。

それゆえ私は、オランダの老人ホームでの私の体験が日本でどのように受け止められるのか、非常に深い興味を抱いています。ぜひ皆さんから感想を聞かせていただきたいです。日本の〈ヘンドリック・フルーン〉はどのように老後を過ごしているのか、日本にも嫌な施設長がいたり、独創的な〈オマニドクラブ〉が存在したりするのか（〈オマニド〉という言葉は少し日本語的に聞こえますね）。

なんといっても私の座右の銘は〈老いてなお好奇心の塊〉なのですから。

日本の読者の皆さんが驚くだけでなく、楽しんだり感動したりもしてくれることを願っています。

心をこめて、ヘンドリック・フルーンより

2013年1月1日（火）

新年になっても、私はやはり老人が好きではない。手押し車をよろよろ押して歩き、理不尽なことですぐ怒り、いつでも文句ばかり。クッキーを食べては紅茶を飲み、ため息をついたりうめいたり。

まあ、私自身も八十三と四分の一歳なのだが。

1月2日（水）

テーブルに大量の砂糖がこぼれていたのをスミットさんが片づけるために、アップルフラップ（リンゴジャムが入った三角形のパイ）の載った皿を椅子に置いた。そこにフォールトハウゼンさんがやって来て、まったく気づかず巨大なお尻で皿の上に座った。

スミットさんが皿をテーブルに戻そうと探しはじめて、ようやく誰かがフォールトハウゼンさんのお尻の下じゃないかと言い出した。立ち上がると、アップルフラップが三つ、花柄のワンピースにひっついている。

そこにエヴァートが「花柄によく合ってるじゃないか」と言うので、窒息しそうなくらい笑ってしまった。

新年早々、朗《ほが》らかな気分になれるところだったのに、誰のせいかと四十五分もいさかいがつづいた。笑ってしまった私を腹を立てた人たちが睨《にら》むので、悪かったとつぶやいた。

もっと大声で笑ってもよかったくらいなのに、逆に謝ってしまったのだ。

ヘンドリックス・ヘラルドゥス・フルーンという男はいつでも品行方正。穏やかでフレンドリーで礼儀正しく、人のために役立とうと心がけている。もともとの性分ではなく、そうでない自分でいる勇気がないからだ。言いたいことを率直に言うことはめったにない。いつでも無難な道を選んでしまう。いざこざを起こした人どうしの間を取り持つのは得意分野だ。〈ヘンドリック〉と名づけた父と母は、息子の未来を予期していたようだ。これほど実直な人間はなかなかいない。

「ヘンドリックを知りませんか？　すれ違うとき、いつでも大変礼儀正しく帽子をとるヘンドリックのことです。」（一八一〇年刊ニコラース・アンスライン著『従順なヘンドリック』の一節）それが私だ。

こんな自分に嫌気がして落ち込みそうだ……そう思った時、こう決めた。本物のヘンドリック・フルーンの姿を見せよう。アムステルダム北地区の老人ホームでの暮らしを日々私がどう感じているか、一年間、率直にお聞かせしよう、と。

もし私が今年の終わりまでに死んでしまったら、友人のエヴァート・ダウカーに、日記の一部を葬儀で朗読してくれないか頼んでみよう。体を洗われ、服を着せられて、火葬場〈地平線《デ・アインダー》〉の小広間に安置されると、気まずい静寂にエヴァートのしわがれ声が響き渡る。日記が朗読されると、参列者はその赤裸々な内容にさぞや狼狽《ろうばい》することだろう。

一つ、気がかりなことがある。エヴァートのほうが私より先に死んでしまったら、どうしよう？

それは彼の手落ちだ。私のほうが彼より不快な症状が多いのだから。親友は頼りにできるべきものだ。一度、エヴァートと話してみよう。

1月3日（木）

エヴァートは私の案に乗り気だったが、私より長生きするとは約束してくれなかった。いくつか問題点もある。一つ目は、私の日記を朗読したら、彼の立場が悪くなって他のホームに引っ越す必要が出てくるだろうということ。二つ目は入れ歯の状態。フェルメーテレン氏がビリヤードで突きそこなったせいだ。右目が白内障になってから、狙いを定めるときに介添えが必要で、面倒見のいいエヴァートが後ろに立ち、キューの高さに屈《かが》んで指示を出す。「もうちょっと左、強めに……」言い終わるより早くフェルメーテレン氏のキュー尻がエヴァートの入れ歯を突いてしまった。ナイスショット！

それ以来、入れ歯は生えかわる乳歯のようにグラグラで、モゴモゴ話すので聴きづらい。私の葬儀で朗読する前には治療してもらわなければ。いまは彼の入れ歯技師が、燃え尽き症候群で休職中だ。年に二十万ユーロも稼ぎ、麗しいアシスタントがいて、年に三度もハワイに行っているのにストレスで倒れるなんて、そんな馬鹿な話があるだろうか。患者の入れ歯にはさまった食べカスが腐ってウジが湧くのを見て、陰気になったのかもしれない（たとえば、の話だ）。

階下の談話室で出るオリボレン（年越しに食べるボール状の揚げパン）は、今年はリサイクルショップで買ってきたかのようだ。昨日の朝、失礼にならないよう一個取ったが、食べるのに二十分もかかった。最後の一口は靴の紐《ひも》がほどけたふりをして、こっそりソックスに忍ばせた。

そんなひどいオリボレンだったので、まだ皿に山盛り残っている。いつもはタダでもらえるものならあっという間になくなるのだが。

談話室では毎朝十時半にコーヒーが出る。十時三十二分になっても出てこないと、最初の数人が大げさに腕時計を見はじめる。まるでこの後の予定が詰まっているかのように。午後三時十五分に出る紅茶でも、やはりおなじ。

一日で最もスリリングな瞬間……それは、〈今日はどんなクッキーが出てくるだろう〉という時だ。おとついと昨日は、コーヒーと紅茶の両方に年老いたオリボレンが出てきた。〈我々〉はけっして食べ物を捨てたりしないからだ。そのくらいなら、まずい食べ物に埋もれて死ぬほうがマシだ、とまで思っている。

1月4日（金）

昨日、花屋まで散歩して球根の鉢植えを買ってきた。一週間後にヒヤシンスが咲いたら、また今年も春を迎えられたことになる。

この施設のほとんどの部屋には、四月になってもまだクリスマスのブーケが飾られていて、年老いたサンセベリアと瀕死《ひんし》のサクラソウの間に置かれている。「捨てるのは勿体《もったい》ない」のだ。

自然が人間の暮らしの潤いになるとしても、オランダの老人の居間兼寝室では無理だ。植物も、世話をする人間と同じく、〈悲しい終末を待つ〉という状態だからだ。老人は他にすることがないし、物忘れもひどいので、一日三度水やりをする。そんなことをされたら、サンセベリアでさえ生き延びるのはむずかしい。

フィッサーさんに明日の午後、お茶に来るよう誘われた。断わるべきだったのに（彼女が臭いというだけの理由だが）、ぜひうかがうと言ってしまった。私の午後が台無しだ。ああ、情けない。肝心なときに口実を思いつかないものだから、くだらない会話をしながらぱさぱさのパウンドケーキを食べることになってしまった。しっとりしたパウンドケーキをどうすれば短期間に埃《ほこり》をかぶったダンボールに変えてしまえるのか、不思議。一切れ食べるのに紅茶が三杯は必要だ。明日はなんとしても二切れ目は断わろう。新たな人生の第一歩だ。

新たな人生をピカピカに磨いた靴で迎えようと、午前の半分は靴磨きに費やした。靴自体はわりあい早く磨き終わったが、厄介なのはシャツの袖についた靴墨。とにかく靴は見事に輝きを取り戻した。袖は巻き上げてごまかそう。どうせきれいにならない。

きっと「フルーンさん、またこんなに汚して！」と小言を食らうにちがいない。

ここの暮らしは、〈一度もない〉と〈いつでも〉の二者択一で成り立つ。ある日の食事は「時間どおりに出てくることは一度もな」くて「いつでも熱すぎる」が、翌日には「いつでも早く出てきすぎ」で「きちんと熱いことは一度もない」のだ。

何度か慎重に矛盾を指摘してみたものの、論理というものはここでは疎《うと》ましがられるだけだ。

「たしかにあんたの言うとおりだね、フルーンさん」と嫌味を言われるのが落ちだ。

1月5日（土）

昨日の夕食は大騒ぎだった。ナシゴレンが出てきた。ここのほとんどのワガママな老いぼれたちはスタンポット（オランダのマッシュポテト）があればよく、エキゾチックな食事は受けつけない。一九六〇年代半ばにオランダにスパゲッティが導入された時からそうだった。献立表にふさわしくないのだ――月曜はエンダイブ（苦味のある葉野菜）のスタンポット、火曜はカリフラワーのホワイトソース、水曜はミートボール、木曜はインゲン、金曜は魚、土曜はスープとパン、日曜はローストビーフを食べると決まっているのだから。もし無謀にも火曜日にミートボールが出たりすれば、その週の残りは頭がこんがらがってしまうだろう。

我々には気分転換の外国料理など必要ない。いつもは一週間前に三つのメニューから選べるようになっているのだが、時折ミスがある。昨夜は何らかの理由でナシゴレンしかなかった。おそらくは配達ミスか何かで、まさか、うちのコックのミスではないはずだ。

それで全員がナシゴレンを食べるはめになった。むずかしい食事制限のある者にはパンが出された。

一同、不平不満の嵐。ホーフストラーテン・ファン・ダムさん（皆にいちいちフルネームで呼ばせている）は卵だけほじくり出して食べていた。ファン・ヘルダー氏はナシゴレンには手をつけず、オニオンのピクルスを一ビンむさぼり食った。デブのバッカー氏は横柄に、ナシゴレンにグレイビーソースをかけるよう命じた。

　エヴァートはたまに自分の料理の腕前にうんざりして我々の食堂に食べにくるのだが、おなじテーブルの人たちにさりげなく「ケチャップはどうですか？」と嘘《うそ》をついて、サンバル（辛み調味料）を勧めていた。

　デ・プライカーさんが酢漬け野菜に咳《せ》き込《こ》んで入れ歯を吐き出しても、エヴァートは素知らぬ顔。咳《せき》の止まらない彼女が食堂から運び出されると、シンデレラのガラスの靴よろしく誰の入れ歯か尋ねて回った。棟長に呼ばれて咎《とが》められたときには、しらばくれて、逆に酢漬け野菜に入れ歯が〈混入〉していたから食品衛生局に訴える、とまで言ってのけた。

　夕食前にフィッサーさんの部屋にお茶を飲みに行った。彼女のたわごとは彼女の淹《い》れる紅茶以上に味気ない。医者からパウンドケーキを止められている、と言うと理由を聞かれたので、血糖値が二十から二十五くらい高かったせいにしておいた。適当に言ったまでだが、彼女はすっかり納得していた。しかしパウンドケーキは、血糖値が正常に戻ったら食べるように、と三切れもたされた。そしてそれはいま、四階の水槽に沈んでいる。

1月6日（日）

　例の漏れがだんだんひどくなってきた。白いパンツだと黄色いシミが目立つので、黄色いパンツにしたほうがよさそうだ。洗濯係の女性に見られるのが嫌で、最近は洗濯に出す前に目立つシミをごしごし手洗いしている。つまり〈下洗いの下洗い〉だ。洗濯に出さないというのも怪しまれるだろう。もし「フルーンさん、ちゃんと下着を替えてるかしら?」とハウスキーピングの太ったおばさんに聞かれたら、「いいや、ハウスキーピングの太ったおばさん、パンツが私の古ぼけた尻にこびりついてるから、死ぬまで着替えないよ」と言ってやりたいところだ。

今日は体じゅうの継ぎ目がきしむ難儀な一日。如何《いか》にしても、老いを食い止めることはできない。せいぜい痛みの軽い日があるくらいで、次第によくなるということは二度と望めない。突然、毛が生えてくることはない。髪は増えない（鼻毛や耳毛は別だ）。血管の詰まりや瘤《こぶ》がなくなることはないし、下の蛇口の水漏れは止まらない。棺桶《かんおけ》への道は一方通行だ。若くなることはけっしてない。一日、一時間、いやたったの一分たりとも。

まるで老人みたいにボヤいているな。ボヤくのが好きなら下の談話室に行けばいい。あそこでいちばんの暇つぶしは〈ボヤくこと〉なのだから。三十分以内に、誰かがかならず病気の話をする。

どうやら気分が滅入《めい》っているようだ。老後は楽しむべきものだが、それがなんともむずかしい。日曜の午後でもあることだし、散歩に行くとしよう。それからちょっとモーツァルトでも聴きながら、コニャックをぐいっといこう。エヴァートのところに行くのもいい。彼のがさつさは良いセラピーになる。

1月7日（月）

昨日、四階の金魚の突然死に関する調査がはじまった。パウンドケーキがたくさん浮かんでいるのが見つかってしまったのだ。

フィッサーさんのパウンドケーキを水槽に捨てたのは、賢明ではなかった。金魚がふやけたケーキの過剰摂取で死んだとフィッサーさんの耳に入ったら、私のせいだとすぐにバレてしまう。いまから言い訳を考えておかなければ。あとでエヴァート・ダウカー弁護士に相談に行こう。エヴァートは罪なき嘘の専門家なのだ。

この棟では魚と小鳥以外のペットは禁じられている。しかも「魚は十センチ、小鳥は二十センチ以下に限る」との制約付き。サメやオジロワシが持ち込まれるのを防ぐため、入居条件にそう明記されている。

この〈滅亡の家〉に入るため、ペットの犬猫から無慈悲に引き離された飼い主たちの悲しみは深い。どんなにおとなしく穏やかで老衰したペットでも、規則は規則、愛護センター送りは免れない。

「あなたにとってラッカーくんがこの世で唯一愛する存在であっても、例外を設けるわけにはいかないんですよ」

「たしかに、あなたのネコは一日中窓台の上で寝てるだけかもしれないけれど、それを許可してしまうと誰かがグレートデーンを三頭、窓台にのせるかもしれないでしょう。あるいは紫色のワニとか」

ブリンクマンさんが記録保持者で、キッチン下の棚に七週間、年老いたダックスフントを隠しつづけた。バレたのはおそらく密告者のせいだ。皆戦争体験者だというのに、年老いた犬を施設長に通報するとは。この裏切り者を罰せずに、罪のない犬を愛護センター送りにした施設長も施設長だ。哀れな犬は二日間鳴きつづけ、悲しみのあまり死んでしまった。動物警察はなぜ出動しなかったんだ!?

施設長は、ブリンクマンさんには悲しい知らせを伝えないほうがいいと判断した。三日後、彼女が路面電車《トラム》での行き方を調べて愛護センターにたどり着いたときには、犬はすでに土の中だった。

ブリンクマンさんは、自分が死んだら犬を隣に埋めなおしてもらえないかと聞いたが、「それは規則上、無理」とのこと。

明日は家庭医の検診日だ。

1月8日（火）

エレベーター横の掲示板に貼り紙がしてあった。

四階の水槽にパウンドケーキが大量に投入されているのが見つかりました。金魚はケーキを食べて死亡。この件に関して情報を提供できる方は、ただちにデ・ロース棟長まで。匿名希望可。

十一時にデ・ロースさんのところに行った。〈薔薇《ロース》〉というきれいな名字は運命のいたずらだ。〈イラクサ〉さんだったとしても、イラクサに失礼なほどなのに。

ほんとうに醜い人間は、埋め合わせとして特別やさしいものだが、彼女は正反対、意地悪さの塊だ。

とにかく、私はそのデ・ロースさんのところに行ってきた。

パウンドケーキ事件について説明できるかもしれない、と彼女に言うと、身を乗り出して聞いてきた。フィッサーさんが焼いたパウンドケーキを断わりたくなかったので、皿に載せて四階のパントリーのテーブルに置いてきた、と私は言った。住人の誰かが、匿名の差し入れを喜んで食べるにちがいないと思って。残念ながら、なにかのまちがいでパウンドケーキは水槽の中に入れられ、私の青い皿は行方不明だ、と。

デ・ロースさんはあきらかに私の話を疑っていた。なぜ自分で食べなかったのか？　なにゆえ四階だったのか？　誰か証人になれるか？　と聞いてきた。

私は彼女に、内密にしてくれるよう頼んだ。どうすればいいか考えてみる、と彼女は言った。

しかしすぐに、なぜフィッサーさんが自室でパウンドケーキを焼けたのか、と問い詰められた。自室で調理すること、つまりケーキを焼くことは禁じられているのだ。私は慌てて、パウンドケーキがお手製だったかどうかはわからないと言ったが、後の祭り……彼女がこっそりケーキを焼いていたことがバレてしまった。フィッサーさんの私に対する親しみは失われるだろう。それ自体は困ったことではないが、ただでさえおなじ棟内の住人は互いに強く不信感を抱いているのに、今後何週間もこの件でますますひどくなるだろう。噂話《うわさばなし》の格好のネタにもなってしまう。

今日は家庭医のところにも行ったが、なんと医者自身が病気だった。月曜にまだ治っていなければ、代理の医者が来るようだ。緊急の場合には商売敵の老人ホームの医者に診てもらえるのだが、皆嫌がっている。〈日暮れの家〉のやぶ医者にシワとあばら骨を見せるくらいなら死んだほうがマシだと思っている人がいれば、おならが出ただけでも救急ヘリを呼ぼうという人もいる。私にとっては、どの医者に「どうしようもありませんね」と言われても、たいした差はない。

1月9日（水）

昨日は金魚の件で動揺していたようだ。フィッサーさんにコーヒーを飲まされすぎたのと、神経が高ぶっていたのとで、ひどい下痢になってしまった。午前中の半分は談話室から借りてきた古い雑誌をもって、トイレに籠るはめに。〈談話室〉とは名ばかり、〈噂・文句室〉のほうが正しい。毎日の活動がその二つに限定されている人もいる。

エヴァートが部屋に寄って、トイレの外から金魚事件の進展を教えてくれた。全員が全員を疑い、どの住人も金魚殺害犯たりうると思っているようだ。その場に私がいないことが不信を招いているそうなので、エヴァートに下痢のことをさりげなく伝えるよう頼んだ。アリバイのようなものだ。自分でできることといえば、トイレのドアと廊下へのドアを心もち開けておくことしかなかった。ふだんは耐えられる臭いも今日はそうはいかず、下痢と臆病さの両面で、自分自身に気分が悪くなった。〈胸糞悪《むなくそわる》い〉という言葉がぴったりだ。

でもそろそろ新鮮な空気を吸いに外に行ってみようかと思う。一日ラスクと下痢止めで過ごしたので、もう大丈夫だろう。キンポウゲを探してこよう。新聞と、生物気候学観察ネットワーク

（なんと長い名前！）の自然カレンダーによると、キンポウゲが春の訪れの最初のしるしなのだそう。フキタンポポ、シャク、ニオイスミレも見つかれば、本格的な春だ。ちなみにその花たちがどんなたたずまいかはまったく知らない。

自然界はカレンダーより六週間も季節が進んでいたが、これから寒くなるようだ。今年はここに留《とど》まろうと決めた渡り鳥には気の毒だ。

1月10日（木）

この施設にはすばらしい庭があるのだが、冬にはなぜか鍵がかかっていて、誰も出られないようにしてある。おそらく問題が起きないようにという施設側の判断なのだろう。

それゆえ、この季節に外の空気が吸いたくなったら、施設の周りにある六〇年代の醜い建物のはざまを散歩するしかない。芝地はまるで夜間に清掃車がまわってきて、ゴミを回収する代わりにまき散らして行っているのではないか、と疑いたくなるくらいゴミだらけだ。缶、ポテトチップスの袋、古新聞が溢《あふ》れる道を散歩する。かつてこのあたりに住んでいた人たちはほぼ全員、近郊のプルメレントやアルメレのテラスハウスに引っ越していった。財力のない人だけが残り、トルコやモロッコ、スリナム人の家族が、空いた家に引っ越してくる。これでは気持ちのいい地区にはならない。

最近の私の行動半径は、あいだに休憩のベンチをはさんで五百メートル×二回に限られている。それが精一杯だ。世界は狭くなっている。施設を出発点にした約一キロのコースが四種類ある。

今エヴァートが寄ってくれた。金魚が死んだ騒動がよほど楽しかったようで、もう一騒動起こしてやろうと企《たくら》んでいる。今回は〈ヨーデン・クーケン（ユダヤ人のクッキーという意味の薄くて固いクッキー）〉を入れてやろうと、昨日わざわざバスに乗って数キロ離れたスーパーで買ってきたのだそうだ。施設内のミニスーパーでは足がついてしまう。クッキーはいま自室の戸棚に入れてあるそうだ。そこに隠しておいて安全かと尋ねると、「ここはもはや自由な国だから、個人が望むだけユダヤ人のクッキーを匿《かくま》ってもかまわないんだよ」と言っていた。だが〈ユダヤ人のクッキー〉というのはエヴァートの冗談で、実際に買ってきたのはピンク色のアイシングのかかったクッキーだった。水の色がきれいに染まりそうだから、とのこと。

1月12日（土）

施設長のステルワーヘン——彼女のことは今後何度も話題にのぼるだろう——が環境対策を発表した。各自の部屋のサーモスタットは二十三度以上に設定しない、というもの。寒けりゃコートを着ればいい、ということだ。インドネシア系の老婦人は室温を二十七度に設定して、湿度を高めるために部屋のあちこちに水の入ったボウルを置いている。おかげで熱帯植物がぐんぐん育っている。まだ観葉植物の大きさに規制は設けられていないが、おそらくステルワーヘンは考えているはずだ。

彼女はいつでもフレンドリーで、皆の話に耳を傾け、励ましの言葉をかけてくれるが、それはやさしく見せかけているだけだ。内には病的なほどのうぬぼれと権勢欲を隠しもっている。四十二歳で一年半前にここの施設長になったが、なんとか昇進しようと、相手によって媚《こ》びへつらったり、蹴落としたりする。この一年ほど、私は彼女を注意深く観察している。

私にも強力な情報提供者《インフォーマント》がいる。彼女の秘書のアンヤ・アッペルボーム。アンヤは二十三年間、前施設長のレメーレ氏の秘書を務めた。レメーレ氏は合併でクビになり、早期退職。アンヤはあと二年で定年退職なので、ステルワーヘンが新たにオフィス・マネージャーを雇い、自分の仕事を減らしたことに負けず、働きつづけることにした。アンヤはいまも議事録や内密の資料を見ることができる。数年前まで彼女は私の隣人で、私がホームレスの施設に入らずに済むよう、ここへの入居手続きをしてくれた。いつかそのことについて書くかもしれない。

木曜の朝、私はよく彼女とコーヒーを飲む。施設長とオフィス・マネージャーが地区マネージャーや支部長との会議で不在だからだ。支部長になることが、ステルワーヘンの次なる狙いだ。コーヒーを飲みながらアンヤはよく「誰にも言わないでよ」と念を押してから、ステルワーヘンの悪だくみについて話してくれる。我々はすでにいくつかの情報を集めている。

1月13日（日）

昨夜、エヴァートがピンク色のクッキー六個を三階の水槽に投入した。むさぼり食った金魚たちの遺体がクッキーの隙間に浮かび、施設は大騒ぎとなった。

エヴァートはコーヒータイムにトイレに行くふりをして階段を上がり、誰もいないのを確認して、上着の中に隠しもってきたクッキーを水に入れた。ビニール袋をゴミ箱に捨てたのは、証拠隠滅には愚かな行為だったが、幸いにも掃除係がすでにゴミ箱のゴミを回収した。

水槽はかなり薄暗いところにあるので、昨夜は誰も気づかなかった。犯行に危険が伴わなかったわけではない。もし見つかっていたら、すぐに引っ越さざるをえなくなっていたはずだ。エヴァートは心の奥では見つかってもかまわないと思っていたのかもしれない。ただしそうなったらきっぱりと無実を主張し、わめき散らしていたであろう。それがエヴァート流のゲームなのだ。人生とは、なるべく愉《たの》しく時間をつぶすこと以上のなにものでもない、というのが彼の哲学。たしかに、そう思えば気がラクだ。彼がうらやましい。私もいまそれを練習中だ。

私自身は、完璧なアリバイを準備できるようにエヴァートから犯行を予告されていたため、昨日はかなり緊張していた。アリバイ作りは容易ではなかった。おなじ階の夫婦が自室に戻るのを談話室で長々と待つはめに。「一緒に上がりましょう」と言うと、ヤコブス夫妻はちょっと怪しむようにこちらを見ていた。

事件は今朝九時すぎに発覚。教会へ向かうブランツマさんが腹を上にして浮かぶ金魚たちを発見した。当初、施設側は事件を内密にしようと考えたようだが、ブランツマさんは勤務中の職員に報告に行く途中で会った人全員に話してしまった。ちょうどいま、隣の住人が私の部屋に話しにきたところだ。「とんでもない話を聞いたよ……」

いまから談話室でコーヒーを飲みながらどんな話が出るのか、楽しみだ。

1月14日（月）

動物の不幸がつづいている。シュレウダーさんがケージの掃除中に、誤って掃除機でカナリアを吸い取ってしまったのだ。パニックになり、数分後震える手でようやく掃除機を開けたときには、陽気なカナリアは変わり果てた姿になっていた。まずは掃除機を止めるべきだった。カナリアのピーちゃんはまだなんとか生きていたが、数分後に御臨終となった。シュレウダーさんは悲しみに打ちひしがれ、罪の意識にさいなまれている。

職員は慰めることもなく、なるべく早くケージを片づけてしまうようにと言っただけ。

ここの住人たちは、水槽のクッキーについては明確な意見をもっている。だが彼らにシリアでの戦争についてどう思うか尋ねると、まるでこちらが相対性理論を説明してくれと頼んだかのようないぶかしげな顔で見られる。数匹の金魚が腹を見せて死んでいることのほうが、遠くの外国でバスいっぱいの女性や子どもが爆破で亡くなることよりも重大問題なのだ。

偽善者ぶるのはやめよう、私も金魚事件は大いに楽しんでいる。住人全員が驚愕《きょうがく》している様は見ものだ。そろそろまた談話室に行って、楽しく金魚の話をしてこよう。

冬の到来。まだ雪はうっすらとも積もっていないが、昨日すでに靴の上から毛糸のソックスを履いて出かける老人を見た。滑り止めというわけだ。

1月15日（火）

今年はじめての積雪。それは、誰も外出せず、皆一斉に買いだめすることを意味する。下の売店ではすでにクッキーやチョコレートが品切れ状態。皆戦争体験者だからこうなるのだ。

最近の若者は運がいい。我々が戦争を体験したほぼ最後の世代なのだから。チューリップの球根をスープにして食べたとか、ニンジン一束のために七時間歩いたとかいう苦労話は、もうすぐ聞かなくて済むようになるだろう。

金魚は最終的に七匹死んだ。

昨日は警察にも通報された。二人の若い警官はこの件にどう対処すればいいのか、まったくわからない様子。テレビで見ているような有能な姿は見られなかった。二人はまず水槽を調べた。まるでまだ人工呼吸をすべきか迷っているかのように。

「死んでますね」と一人が言って、「おそらくクッキーが原因でしょう」ともう一人が言った。

施設長は死んだ金魚を証拠物件として浮かんだままにしておくよう命じていた。病理解剖学者が来るとでも思ったのだろうか。

いずれにせよ、警官たちは一刻も早く立ち去りたいように見えた。施設長は詳しい調査をしてくれと要求したが、そのためにはまず届け出をする必要がある、と若いほうの警官が言った。「いまここでできませんか？」と食い下がったが、アポを取って警察署でおこなうか、オンラインでおこなうしかないそう。

「じゃあ死んだ金魚はどうすればいいんです？」警官はゴミ箱に捨てることを勧めた。「でも長時間入れたままにしないように。トイレに流してもいいです」それから警官たちは「よい夜を」

と言って帰っていった。ステルワーヘン施設長はショックを受け、とり残された。「なんてひどい！　とんでもないことだわ。市民をこんなふうに扱うなんて」と憤慨していた。

無力に荒れ狂う彼女を見るのは痛快だった。彼女が全能なのは、幸いこの施設の壁の内側に限られているようだ。

1月16日（水）

エヴァートが来た。談話室を避けるため、雪の中を五分歩いては五分休み、ゆっくりと散歩した。手押し車、電動カート、あるいはマイクロカーのどれを購入すべきか、そろそろ選ばなくては。どれもオシャレなので迷ってしまう。

角を曲がったところにある高校では先週、十六、七歳の少年がトマト色のマイクロカーで女の子の気を惹《ひ》いていた。祖母のものを勝手に持ち出したにちがいない。クラスのかわいい女の子たちのカバンをそれに載せて、家まで届けてまわったのだ。女の子たちはその後ろを自転車で走っていた。冗談で電動カートに乗ったり、手押し車を押したりしている若者は、まだ見たことがない。だから私も、カッコいいマイクロカーを買いたいと思う。同じようなブリキの缶に乗った運転下手な老人にぶつけられる危険を冒しても。

少し前にマイクロカーがブレーキをかけず菓子店に突っ込み、クッキーとグミの山をつくって止まるという事件があった。乗っていた二人の太った女性はショック状態でフロントガラスにへばりつき、小型犬はブレーキペダルの下にはさまっていた。まるでコントの一場面だ。

施設での会話はほとんど雪か金魚殺害事件ばかり。老人たちは驚くべき陰謀説を考え出し、根拠のない疑惑を平然と口にする者もいる。フレーチェ・Dさんは犯行時刻の頃、くだんの水槽のある廊下で二人の住人に目撃された、などと。

彼女の部屋はその廊下沿いにあるのだし、窓づたいに四階に上がることは不可能だ、ということは考慮されない。気の毒なフレーチェ、四十キロほどしかない鶏ガラのような体で、話しかけるとおずおずと視線をそらす彼女は、金魚どころかハエさえ殺したことがないというのに。

施設長は警察が来た後、「住人たちの不安を取り除くため」と言って事情説明会を開いた。三階のすべての部屋は形式上、細かな検査をおこなったそうだ。犯人の部屋にまだクッキーが散らばっているとでも言うのだろうか。施設側に部屋を検査する権利があるのかは誰も聞かなかったし、私も聞く勇気がなかった。

コーヒータイムに誰かが、他の階の部屋も細かく検査するべきだ、と小声で言うと、皆「そうだ、そうだ」と言うように激しく頷《うなず》いていた。

1月17日（木）

自分の日記を読み返してみたら、ちょっと悲観的すぎる気もした。もちろんここにも楽しい連中はいるのだ！

まずは我が友エヴァート。彼は独居タイプの棟に犬と暮らしている。モハメッド（通称モウ）という名の老犬は、ものぐさで気がよく、とても知的な雑種犬だ。エヴァートの痛風がひどい時には私がモウを散歩させる。私の行動半径のせいで散歩とは名ばかりのものだが、モウの行動半径はもっと狭い。建物のまわりを一周するのみ。十本の木におしっこをひっかけ、一日に一度、芝生の上で糞《ふん》をする。何十もの窓から見張られているので、糞はきちんとビニール袋で持ち帰らなければならない。そのままにしていたら、住人たちは我先に言いつけてやろうと競い合うだろう。

それからエドワード。彼は寡黙だ。脳卒中の後遺症でうまくしゃべれないのだが、たまに発するわずかな言葉は厳選されたもの。彼が口を開いたときには、「なんて言ったの？」と聞きなおす価値のある内容だ。彼は話す時間を減らした分、鋭い観察に時間を当てている。

フリーチェはフレンドリーで、気に入られるためではなく、心から人を思いやれる愛すべき人。

ラストバッター、グレイムは一見、自信がなくて内向的なようだが、相手を怒らせることなく自分の意見を冷静に言える男だ。

このメンバーでコーヒーテーブルを囲むのが好きで、たいてい自然とそうなる。ここでは、どこに座るかというシンプルな事に暗黙の了解があるからだ。食事、ビンゴ、体操、祈禱室《きとうしつ》……どこでも自分の特等席が決まっている。他の住人たちに嫌われたければ、他人の席に座るだけで十分。幼稚園児のような老人が隣に立って、「私がそこに座っているのよ」と言うまで座っていればいい。

「いや、どう見ても立ってるように見えるがね。私の目の前に」

ただし、これは空いている椅子のそばまで来たときに、先に「そこは○○さんの席よ！」と注意されていなければの話だ。ここではみんな謝って、他の席によろよろと歩いていくのだが、ほんとうは自分がそのとき決めた席に座るべきなのだ。空いている席を指さして、「○○さんは今日はあそこに座ればいい。それが嫌なら出ていけ」と言ってやればいいのだ。

1月18日（金）

これで三日、施設より外出を控えるよう言われている。住人に腰の骨を折られると困るからだ。それに伴って施設内の雰囲気が悪くなっている。地面が凍っていなくても、いつでも外出しているわけではないのだが、それでもたいていの住人は毎日、ショッピングセンターや郵便ポスト、公園まで、決まったコースを散歩している。禁止されると、急に必要性が高まるものなのだ。老人たちは今日は窓辺に座り、解けそうにない雪を見ている。車道は除雪しても、歩道と自転車道の茶色く解けかけた雪はそのままにしている市に不平を言いながら。たしかに彼らの言うとおりだ。

施設の職員が、我々が玄関からバス停まで歩いていけるよう歩道の雪かきをしてくれた。だが、行った先でバスを降りたときの歩道の状態が定かでないので、ほとんどの住人は遠出しないことにした。人はよく〈不安〉と相談して物事を決めるものだ。

金魚をめぐる騒動はだいぶおさまってきた。皆の関心をそらす話題が求められていたが、雪のほかに、市による駐車料金の値上げもいま話題となっている。老人たちは、一ユーロの値上がりで子どもたちが訪ねてくる回数が減るのを恐れている。コーヒータイムに、たかだか一ユーロをケチってますます足の遠のく子どもなんてこっちからお断わりだ、と慎重に言葉を選んで言ってみたが、子どもがいないからそう言えるのだ、他に訪ねてくる者も誰もいないのだし、と言われて片づけられてしまった。

　それはたしかにそのとおり。バースデーカレンダー（友人知人の誕生日を書き込む万年カレンダー）のほとんどの名前のあとに亡くなったしるしの十字が書かれている。十字のついていない数人のうち、二人は存命なのかもわからない。もう一人は私を誰だか忘れてしまっている。残るはエヴァートとアンヤのみ。グレイムとフリーチェ、エドワードの誕生日は書かれていない。友だちのリストは侘《わび》しいものだ。自分自身が早く死んでしまうか、長生きしていくつもの葬儀に出るかのどちらかだ。私に残された葬儀は義理で出席するもの以外、あと五件ということになる。

1月19日（土）

金曜は〈お年寄りのための体操〉の日だ。年老いたニワトリどもがぎょっとするようないでたちで廊下を通り、〈体操室〉へ行く。すっかり恥じらいを失った女性たちは見ていて楽しいものではない。ガリガリに細い、あるいは逆にぶよぶよの脚にピンクのレギンスを穿《は》き、かつては胸だった悲しい残骸にぴったりフィットしたシャツを着る。年を取れどもこちとら男、そんな姿を見せつけられて、気持ちよく動けるはずもない。

　会場はほとんど使われることのない会議室で、テーブルを端にやり、椅子を丸く並べてある。体操は、車椅子の人が引け目を感じないよう、ほとんどが座ってできるものだ。陽気な音楽に合わせて手足を振り回す。うめき声が上がり、体操ができない原因が大声で発表される。「人工肛門《ストーマ》だから、できないわ！」などと。

それからボール遊びの時間になる。これはボールよりむしろ声帯を使う。誰かがボールをキャッチするたびに歓声を上げるのだ。二十回失敗した後、ようやくボールをつかまえられた子どもを母親が褒めるように、「わ〜とれたね！　上手だね！」と手を叩《たた》く。

皆フェアプレーで楽しんだ、ということにしておこう。

私が参加したのは昨日がはじめてで、同時に最後でもあった。「ティーネと呼んでね」という指導者が終了後、来週も来るようにと話しかけてきたが、今回かぎりの参加だと言っておいた。

「あら、どうしてかしら？」疑い深そうにティーネが聞いた。

「こんなに美しい女性たちに囲まれていたら、筋肉がこわばっちゃって体操に集中できないからですよ」なにも考えずにそう言ったのだが、言ってから顔から火が出た。体操よりもよほど体が熱くなったほどだ。

思ったことが口をついて出るようになってきた！　急激な進歩はこの日記のおかげかもしれない。

ティーネはすっかりうろたえていた。皮肉なのは明らかだが、言い返せるほどイヤミでもなかったし、まわりにはまだ着飾った老婆たちがいる。彼女たちは自分のことを〈まだ結構魅力的〉だと思っているのだ。年を取ると共に自己認識は鈍くなっていく。子どもたちのそれが成長と共に鋭くなっていくのと反対に。

1月20日（日）

我々老人は財政危機のあおりをまったく受けていなかった。統計局の調べによると、老齢年金で暮らす独居老人は月額二ユーロ（！）分、生活が向上するそうだ。50プラス党（五十歳以上の人、とりわけ定年退職後の高齢者の生活向上を掲げる政党）の党首ヘンク・クロルは老人たちを不必要にパニックに陥れたということだ。昨秋の下院選挙では、50プラス党が当施設の一番人気だった。ヘンクがゲイでなければ、もっと多くの住人が彼に投票していたはずだ。とはいえハーヘドールン氏のように、ヘンク・クロルが「ルート・クロル（元サッカー選手）のきょうだいだから」という誤った理由で投票したケースもあるが。そのハーヘドールン氏は日本の元首相、ナオト・カンのこともウィム・カン（オランダのコメディアン）のきょうだいだと勘ちがいしていた。

付加年金額が高い者および早期退職者の受給額は減るが、それでもまだふつうの人よりは豊かな暮らしだ。早期退職者はここにはいない。

住人たちの節約精神は驚異的だ。老齢年金だけでもかなり貯金している。いったいなんのために!?

昨年、郵便番号で当選者が決まる宝くじが、ある老人ホームの番号に当選した。かなりの数の当選者が、巨額の金を得たストレスですっかり塞ぎこんでしまった。

私自身は、死ぬときにはちゃんと銀行の残高がマイナスになるようにするつもりだ。

十二月のビンゴ大会の賞品だった聖母マリアカレンダーをもとに計算してみた。太陽は、一年で最も日が短い日（十二月二十一日）から一ヵ月後の今日までに、十一分だけ早く昇り、三十七分遅く沈むようになった。不思議な話。

少し便秘気味なので、トイレにかけたマリアカレンダーをじっくり眺めていたのだ。カレンダーには聖書のお薦めの一節だけでなく、レシピや格言、小噺《こばなし》も載っている。明日、一月二十一日は西暦三〇四年に亡くなった聖アグネス乙女殉教者の記念日、とのこと。

新聞で、知的障害者の少年が施設の壁に鎖でつながれていたことがふたたび議論になっていた。鎖につながれなければならない理由は書かれていなかったが、おそらく度々暴力を振るうからだろう。当施設の閉鎖棟の老人たちは、暴力を振るうどころかほとんど立ち上がることさえできないのに、まるでトリックを忘れたチェーン抜け曲芸師のような状態で寝かされている。特ダネ記者さん、どうぞ見にきてください。

1月21日（月）

今日は娘が五十六歳になっていたはずの日。生きていればどんな姿だったか、想像してみようとした。娘のイメージは、隣人の腕のなかでぐったりとした、ずぶ濡《ぬ》れの四歳の少女のままで止まっている。こちらに向かってくる様子はコマ送りで記憶され、二度と頭から消えることはなかった。

十五年か二十年経《た》ってようやく、そのことを考えずに過ごせるようになった。

吹雪！　一日中、誰も外出しなかった。

ますます気分が暗くなることがあった。エヴァートが糖尿病なのだ。かなり前からエヴァートは医者の言うことをあまり聞かず、アシスタントにも小言を言われている。

「ダウカーさん、このままお酒を飲んだり、不健康な食事をしたり、タバコを吸ったりしつづけるんだったら、こちらも手の施しようもないですよ」

「それ以外に人生の楽しみは残ってないんだよ、ダーリン」

「あなたのダーリンじゃありません」

「そして俺のドクターでもないんだよ、アシスタントさん」

エヴァートも多少は不安に思っている。彼がかつて通っていた地元のパブに糖尿病で太った仲良しの常連がいた。ビールを二十五杯飲み、家でさらにウィスキーを数杯飲むのが日課だった。ある日、その友人の足の親指が黒くなり、切断された。別の指も順番に同じ運命をたどり、それから足首から下、膝下と、黒くなったところはすべて切断された。病院では名の知れた存在だった。心やさしい男だったが、どうしても禁酒禁煙できなかった。しばらくは義足をつけてカウンターに座っていたが、最後には車椅子になり、パブに来られなくなった。二ヵ月後、彼は亡くなった。

徐々に四肢が黒くなり、医者と看護師のなすがままになってしまうのを、エヴァートは恐れている。

明日はまた楽しいことについて書こう。

1月22日（火）

ふたたび駐車料金の問題がもちあがった。常に陰気なカウパー氏が、施設内の駐車料金導入を居住者委員会に提案したのだ。

杖《つえ》をついて歩ける者はもうほとんどいない。皆、ブレーキと買い物かごのついた四輪の手押し車で歩いている。疲れたら座れるようにもなっている。少数の住人は館内でも電動カートに乗っている。スペースを取るし、どんどん大型化しているようにも見える。電動カートがステータスシンボルでもあるのだ。

施設側は渋滞を恐れ、施設内での手押し車と電動カートの使用を必要最小限に抑えるよう、求めた。それだけでも住人たちを動揺させるには十分だったが、カウパー氏がアムステルダム市のように駐車料金を導入すればいいと言い出すと、収拾のつかない騒ぎになった。カウパー氏は頭がおかしいとしか思えない。

この施設は六〇年代の終わりに、人々が忙しくなり年老いた両親のめんどうを見られなくなってきた頃に建てられた。あるいは単にめんどうを見るのが嫌だっただけかもしれない。そうだとしてもなんの不思議もない。とにかく、四十年前に老人ホームが雨後の筍《たけのこ》のようにオープンした。快適で広々！簡単なキッチンとシャワー・トイレ付きでたった二十四平米の部屋。夫婦で住む場合には八平米のベッドルームが付く。過去二十年に二度、いいかげんな改築がおこなわれたが、狭いのに変わりはない。当時、手押し車や電動カートが建物内を行進することは考慮されていなかったのだ。エレベーターには一度に電動カート二台、あるいは手押し車四台しか乗ることができない。全員の出入りに十五分はかかる。短気を起こして誰かの足を轢《ひ》いたり、降りる人がいるのにエレベーターの前に陣取って動かなかったりする人が出てくる。施設側は解決策として、一つのエレベーターを職員専用にした。目的地に時間どおりに到着するためには早めに部屋を出なければならない。交通情報でも放送してもらいたいものだ。私はずっと階段を使っていたが、もう上り下りできなくなったので、仕方なく渋滞に巻き込まれている。

もし施設が火事になったら、すべての住人が一度に火葬されることになる。職員だけが無事、外に逃げるだろう。

1月23日（水）

家庭医にさりげなく、すべての病気に終わりをもたらす薬をもらえる可能性はあるかと尋ねてみた。ドクターは私がなにを言っているのかわからないふりをして、「そんな薬は残念ながら存在しませんよ」と言った。それ以上、聞く勇気はなかった。

私の症状のリストについては、なかなかたいしたものだと言っていた。尿漏れ、脚の痛み、めまい、瘤、湿疹《しっしん》。だが対処法はほとんどなく、せいぜい薬や軟膏《なんこう》でなるべく和らげるしかないそうだ。そしてさらに新たな症状が追加された。高血圧。いままでなったことがなかったが、薬を飲むことになってしまった。

最高齢の住人、デ・ハンスさんが亡くなった。何年も認知症で、椅子から滑り落ちないよう縛られていたが、それでも九十八歳はお見事。第一次世界大戦の体験者でもあった。

三ヵ月前には市議会議員がケーキをもって誕生祝いに来た。デ・ハンスさんが地区で最高齢だったからだ。地元紙のカメラマンの前に座らせたが、誰も見ていない一瞬にケーキに顔を突っ込んで倒れてしまった。すばらしい写真が撮れたが、施設長が異論を唱え新聞には載らなかった。自分自身が新聞に載りたかった市議会議員は新たなケーキをもって来させたが、届いたときにはデ・ハンスさんはすでに眠りに落ち、起こしても起きなかった。

そしていま彼女は二度と目を覚まさなくなったというわけだ。死の前と後のちがいは、それほど大きくはなかった。

気が滅入りそうなので、葬儀には参列しないつもりだ。

1月24日（木）

雪は一週間以上積もったまま、身を切るような東風（東のロシア方面から吹く冬いちばん寒い風）が吹きすさび、施設内の雰囲気は悪くなるばかりだ。皆外に行けないと文句を言っている。日々の短い散歩や買い物が、人生の潤いだからだ。それがなくなれば、ますます互いに干渉しあうことになる。一日の時間はなにかでつぶさねばならない。

昨日はどうしても新鮮な空気が吸いたくなって、玄関横のベンチに座っていた。数分後、守衛にそこに座らないでください、と注意された。青ざめた老人がドアの前に座っているのは良い広告にならない。「窓から外を眺めることもできるでしょう？」

「新鮮な空気に鼻をさらすためなんです」とぼやいてみたが、「鼻が紫色になってますよ、フルーンさん」と言われた。

ホーフダーレン氏は二ヵ月前に電動カートを購入した。修理工場を経営している息子が三日前にその電動カートを持ち帰り、今日届けにきたのだが、カッコよくなっていた。スポイラー、超ワイドタイヤ、ナビゲーター、警笛、スピーカー付きサウンドシステム、そして極めつけにエアバッグ。すべて必要ないものばかりだが、すばらしくなったことに変わりはない。ホーフダーレン氏は鼻高々、電動ランボルギーニで施設内を走り回った。当然、妬む人からの辛辣なコメントもあったが、「生きている以上、こんなふうに、自分が楽しいと思えることをすればいいんだ」という褒め言葉もあった。

子ども番組で人気だったキャラクターのママルーに次いで〈ママルーの死はここの多くの住人に深い悲しみを与えた〉、今年二人目の有名人が亡くなった。ソンヤ・バーレントのトーク番組などを担当した有名ディレクター、エレン・ブラーザーだ。名前だけが知られている数少ない有名人の一人だ。「どんな顔だったっけ？」と誰かが昨日のコーヒータイムに尋ねたが、誰も知らなかったのですぐに関心が薄らいだ。友人知人しか当人の姿を知らない、というのが〈有名であること〉のベストな形かもしれない。

今朝、エレン・ブラーザーに関する記事が新聞に載っていた。新聞社は誰の死亡記事を事前準備しているのだろう？　電話したら教えてくれるだろうか？　あるいは、たとえばネルソン・マンデラなら、あらかじめ自分の死亡記事を確認して、書き変えたりできるのだろうか？

1月25日（金）

せっかくかなり遠くまで散歩をしていたのだが、不運に見舞われた。歩道で私を轢きそうになったバイクに驚き、次の瞬間、道に倒れて寝そべっていたのだ。

〈なにもなかったふりをする〉というのが、そういう時の自然な反応だ。私の脳もまだきちんと反応した。よろよろ立ち上がり、コートについた雪をはらい、誰かに見られたかまわりを見渡した。幸い怪我《けが》もなく、歩いて戻れた。守衛にあいさつすると、大きく目を見開いて「なにがあったんですか？」と聞かれた。

「たいしたことじゃない、ちょっと滑って転んだだけです」

「たいしたことじゃないって、血だらけですよ！」

彼が指さしている頭の箇所を触ってみると、たしかにかなりベトベトしていた。呼ばれてきた看護師はすぐに縫わないと、と言いだし、結局一時間半、血まみれの頭のまま病院の救急科で待つはめに。いまは頭に白いターバンを巻き、小言を言われないようなるべく部屋に籠っている。

「痛みはひどい？」たいていそんなふうにはじまるが、すぐにこうつづくのだ。「こんなに凍っているときには外出を控えるべきだったわね」そういう小言がいちばんわずらわしい。

「その白い帽子、よく似合ってるな」エヴァートは傷に塩を擦り込むように言いにきた。凍結防止に道に撒《ま》く塩が不足したら、エヴァートに借りればいい。

罰として、チェスでこてんぱんに打ち負かしてやった。いつもは、だいたい公平に勝ったり負けたりするよう手加減しているのだが、今日は十五分でチェックメイトになり、驚いていた。「頭を打ったのがよかったみたいだな」などと言っていた。「少なくともチェスに関しては」

明日のビリヤードも頭を打ったせいで調子がいいかも、と言うと、「記憶力のほうは打撃を受けたようだな、ヘンク。ビリヤードは三日後だよ」

彼の言うとおり。なんで勘ちがいしたんだろう。

1月26日（土）

一ヵ月の終わりの土曜の夜はビンゴ。ギャンブル依存症の老人たちがチェリーチョコ一箱をかけて闘う。居住者委員会の会長自ら数字を読み上げる。私語はもってのほか。「四十四」と読み上げられて、スロットハウワーさんが「飢餓の冬」（第二次大戦中、食糧不足だった一九四四年の冬のこと）とつぶやくと、会場じゅうの人が苛立《いらだ》ちの目で彼女を見る。

最近、土曜は家族の訪問が多いとの理由で（ほんとうはそんなことないのに）、ビンゴを水曜の夜に変えようという動きがあった。真の理由はおそらく土曜の夜のテレビ番組が充実していることにあるだろう。水曜の夜の合唱クラブがすぐに反対し、月曜の夜を提案したが、ビリヤードクラブが異議を唱え、金曜の夜のほうがずっといいと言いだした。それには老人体操クラブが激しく反論。午後の体操で疲れて、夜のビンゴは無理なのだそう。

　三度の会議後も委員会が決めあぐねていると、我らがソロモン王、ステルワーヘン施設長が、当分は現状維持と決めた。この一件で委員会内の協調性はすっかり乱され、殺伐としている。

　学校やインターネット上のいじめは、新聞やテレビで人気の話題だが、老人ホームでもいじめがあることはほとんど話題にならない。尊敬すべき老人がいじめなどするはずがないと思われているが、それは誤解だ。ここに一日いてみればすぐにわかる。いじめの専門家がいるのだ。スロットハウワー姉妹（どちらも未婚）は皆に恐れられるコンビ。一人が塩の小ビンのフタをゆるめて、もう一人が最もいじめやすいデ・レーウさんに渡す。デ・レーウさんはフタもろとも塩全部、目玉焼きにかけ、困った顔をして目玉焼きと空のビン、自分の隣を見る。「私のせいじゃないわよ。あなたが不器用なせいなんだから」一人のスロットハウワーさんががなりたてる横で、もう一人が頷いている。なんでそんなことをするのかはわからない。デ・レーウさんは〈ライオン〉という意味の名前に反しておびえた子羊のよう。いつでも自分のまわりでなにか起こると、念のために謝っておくような人だ。いじめの現状に関心をもってもらうためには、誰かがここでまず自殺をするしかない――理由をはっきりと書いた手紙を残して。

1月27日（日）

　ビンゴの終わりまでいようと思っていたが、無理だった。五等賞のアルディ（庶民向けスーパーマーケットのチェーン）のレバーソーセージ（九〇セント）をめぐってケンカが勃発したとき、片頭痛がすると言って部屋に戻った。片頭痛は、どこでも言い訳としてとおるので便利だ。入居当時、まだ誰も私のことを知らなかったときに、片頭痛持ちということにしておいたので、以後、何度も使わせてもらっている。ちょっと眉をしかめて、ひたいをさするだけで十分。かならず誰かが、片頭痛なのかと聞いてくれる。そうなったらしめたもので、「ちょっと横になってくる」と言えば、文句のつけられようもない。

いま祈禱室から戻ってきた。日曜に全キリスト教会の礼拝がそこであるときには、たまに参列する。プロテスタントの牧師が祈禱《きとう》を唱える時と、カトリックの司祭の時がある。二人とも参拝者とおなじくらい年寄りなので、目立たない。牧師はユーモアがあって、神を真《ま》に受けていない。司祭のほうは昔かたぎで、地獄と天罰の説教をする。どちらもモゴモゴほとんどなにを言ってるかわからないので、大差はない。

死を目前にして、信仰にすがる住人も多いのだ。

礼拝の後にはレーズンパンとコーヒーが出る。

昨日は、ケアホームでの自己負担額値上げ問題で大騒ぎとなった。資産が多い人は、資産調査額の四パーセントにさらに資産収入付加額分として八パーセントの自己負担がかかる、と新聞にあった。とんでもない話だと皆憤慨していた。だがグレイムが、誰が自己負担を払っているのか尋ねると、手を挙げたのはブレフマンさんだけだった。しかも彼女は単に居住者委員会の会費と勘ちがいしていただけだ。

ここに住んでいるのはほとんどが貧しい者で、せいぜいわずかな追加年金をもらっている程度だ。

可笑《おか》しいのは、老人のための政党、50プラス党でさえ、下院で自己負担額の値上げに賛成した、ということだ。ヘンク・クロルの言い分は「我々はまだ下院入りしたばかりで、他党の全員が、社会党でさえも賛成投票をしているのを見た。我々は単に罠《わな》にはめられたのだ」というものだった。私が新聞を読んで聞かせると、他党がヘンクに教えてやるべきだったと言いだす住人もいた。

1月28日（月）

今朝のコーヒータイムに、すばらしい電動カートを手に入れたホーフダーレン氏におめでとう、と声をかけた。エアバッグ以外のすべての機能をデモンストレーションしてみせてくれた。

彼は、電動カートクラブを立ち上げたいとのこと。その名も〈レイヨウ〉。どこかから借りてきた名前だと言っていた。私はマイクロカーの購入を考えていたが、再度検討してみると言っておいた。彼のほうも、マイクロカーでもクラブに入会できるか検討してくれるそう。

角が立たないよう断わるつもりで言ったことだが、自分でも面白いような気がしてきた。電動カートを連ねて皆でツーリングに行き、無限の平地をノロノロ走るのはなかなか楽しいかもしれない。時折、誰かが堀に落ちたりして。

二年前にはヘネマウデンでマイクロカーの事故があった（特殊な新聞記事は切り抜いて保管してあるのだ）。乗車していた老人二人は死亡した。驚くなかれ、九十六歳と九十七歳！　対向車に正面衝突。医師から安楽死の薬をもらえなかったからではないとは、誰にも言えまい。せっかく二度の世界大戦を生き延びたのに、あんな田舎でクッキーの缶みたいな車で自らのワーテルローに死すとは。二人合わせて百九十三歳、お見事。二人が夫婦であったかは書かれていなかった。もしかしたら、チャパキディック事件のテッド・ケネディのように不倫だったのかもしれない。そうだとしたら、ますますお見事。

切り抜きといえば、金曜に、一万五千匹のワニが脱走したという記事を切り抜いた。

1月29日（火）

昨夜七時十五分前にはほぼ全員が談話室のフラットスクリーンテレビの前に勢揃《せいぞろ》いしていた。「ベアトリクス女王は誕生日のスピーチでなんと言うかしら？」と。やはり、退位表明だった。その他数分の話は、たいして面白くなかった。愚かなフルーンテマンさんは、退位後の女王は老人ホームに入るのか、と考えていた。

先日、亡くなったばかりのデ・ハンスさんの部屋は、二月初日即ち今週の金曜から新規に賃貸できるよう、早急に片づけられた。ビジネスはビジネス、金は金なり。彼女の一人娘は母親の遺品をどこかの倉庫に運ぶか、丸ごと救世軍に寄付するのかの選択に、三日間与えられた。それが無理なら一ヵ月余分に家賃を払うことになる。

彼女は、家財道具一式を高値で買うという広告をタウンページで見つけて電話した。やって来た男は遺産を一瞥《いちべつ》してすぐに帰っていった。「車に積むだけの価値がないので」と。歯に衣着せぬ男だ。

デ・ハンスさんが金もセンスも持ち合わせていなかったのは事実。

最終的に娘さんはいくつか思い出の品を選び出し、残りはまとめてリサイクルショップに無料で譲った。ステルワーヘン施設長にさらに三日間猶予をくれるよう懇願したが、一日たりとももらえなかった。

「ごめんなさい。ほんとうに酷なことで、できればなんとかしてあげたいんだけど、理事会の規約に従わざるをえないの」と偽善者ぶって言ったそうだ。一度、アンヤに確認してみよう。施設側が部屋を片づけるときには、遺族に最低五百八十ユーロの請求書を送っている。たとえ一時間で片づくにしてもだ。

デ・ハンスさんが墓の中で知ったら（まだ埋葬されていないが）、おちおち寝ていられなくなるだろう。昨日の午後がお別れというか、最後の見学会だった。見る側か、見られる側か――老人のジャングルのシビアな掟《おきて》だ。今日の午後、埋葬される。

日曜の朝、施設じゅうの住人が歓声を上げて、窓から雨を見ていた。雪よさらば！　日曜の午後はまだ危険だったが、昨日は手押し車が一斉に外に出、ふたたび道を危険にした。

私も、心の中で歓声を上げながら、短い散歩を楽しんだ。

1月30日（水）

自分が共和制に共感を抱いていることは、ここの皆には内緒にしておこう。いまは「国王よ、去れ！」と叫ぶべき時ではない。ベアトリクスのことを毛嫌いするわけではないが、そろそろ潮時にちがいない。もっと絵を描き、美容室に行く回数は減らすといい。あのヘアスタイルには何年も前から苛立ちを感じていた。気にしないでおこうと思ってもうまくいかないのだ。フォルクスクラント紙の一面に三十枚ほどベアの写真が載っていたが、一本たりともほつれた髪がなかった。

この施設では女王は崇《あが》められており、〈リベレ〉〈マルフリート〉〈王侯《フォルステン》〉という雑誌が女性誌と共に雑誌コーナーに並べられている。エヴァートが一度、実験的に〈プレイボーイ〉を雑誌のなかに混ぜて置いておいたところ、一時間以内に消えていた！　雑誌には、盗難防止のために大きくて黒い施設のスタンプが押されているのだが、〈プレイボーイ〉には押されていなかった。

何人かの住人は、四月三十日の国王戴冠を見逃さぬよう、すでにダム広場行きのミニバスを予約した。

後でエヴァートのところに行ってこよう。彼の痛風の具合が悪いため、私がモウを散歩に連れていく。モウは施設長が近づくと唸《うな》るので、知的な犬だとエヴァートが言っていた。一度、彼女が唸り声を無視して撫《な》でようとしたときには手に嚙《か》みついた。厳密には嚙みつき損ねてその高価なワンピースに。それ以来、施設長とエヴァートはかなり険悪な関係だ。

いま、エヴァートの部屋のドアには〈唸り声を重んじよ〉というボードがかかっている。

昨夜モウを迎えにいった時、エヴァートはぐったり椅子に座っていた。痛風の際には酒の代わりにたくさんの薬を飲む。痛風がおさまるや否や、また酒に戻る。

その間、私が犬と飼い主の世話をする。モウは喜んでくれるが、エヴァートはよけいなことを、とぶつぶつ言う。哀れであることを毛嫌いしているので、なるべく人を遠ざける。エヴァートは施設の外壁に大きなネオン文字で〈愚痴を言うことなかれ〉と掲げたいくらいだろう。私が世話をやくのは許してくれるので、簡単な買い物をしたり、温めるだけの食事を電子レンジに入れたりして、さっと帰ってくる。痛風がよくなると、いつもプレゼントをもって寄ってくれる。チューリップ五十本とか、燻製《くんせい》ウナギ五百グラムとか、グラビアカレンダーなどだ。

1月31日（木）

王室関係のジャーナリストたちは皆眠っていたようだ。誰も女王の退位を予測していなかったのだから。二日間、新聞、ラジオ、テレビ、そしてコーヒータイムにベアトリクスのニュースばかりでうんざりして、不謹慎だが気分転換に大災害のニュースでも聞きたいような気分になった。

ベアトリクスの本当の誕生日（すなわち今日）には、いつもトムプース（カスタードクリームとパイ生地のケーキ）を食べて慎《つつ》ましやかに祝う。オレンジ色ではないもの。オレンジ色のものは四月三十日の女王の日前後にしか売っていないのだ。国旗を立てる住人も多い。テーブルに置く小さなものだ。〈壁に穴を開けてはならない〉という規則があるので、自室の外壁に大きな旗立てを取りつけることはできない。どの部屋にも四ヵ所の定位置に絵をかけるフックがついていて、それで間に合わせるしかない。

エルロイ氏はヘラジカの頭の剝製をそのフックにかけようとした。剝製は食器棚の上に落ち、ティーセットを粉々にした。その剝製に思い入れのあるエルロイ氏が懇願しても、大きなフックを取り付けてもらうことはできなかった。「それをはじめたらきりがない」と建物管理者は言った。ここでのあらゆる議論に終わりをもたらす論拠だ。まるで、エルロイ氏が大きなフックを付けてもらったら、他の住人たちも一斉に大きな剝製を壁に打ち付けだすかのような言い分だ。ヘラジカの頭はいま椅子の上に置かれているので、コート掛けには使えなくなってしまった。それでもエルロイ氏は帽子を離れたところから投げている。たいていうまく掛からない。屈んで拾い上げるのに一苦労だが、それでもいつもヘラジカに挑戦している。いい奴《やつ》なのだが、ほとんど耳が聴こえない。そうでなければきっと楽しい会話ができただろうに、残念だ。

2月1日（金）

先ほどソーシャルワーカーがアポなしに訪ねてきた。いつもだいたい部屋にいるのでよかった（ここの住人はほぼ全員そうだ）が、突然の訪問にはかなり驚いた。

コーヒーを淹れ、如何なる理由で光栄な訪問を受けることになったのか、聞いてみた。彼女はちょっと気まずそうに、人生はまだ楽しいか、暗い気持ちになっていないか、尋ねた。

困っている様子がとてもチャーミングだった。ソーシャルワーカーとしては若くて経験が浅いが、見ていて感動するほど一生懸命だ。

突然の私への関心のきっかけを尋ねると、「それはだいじなことではないので」と言うので、「だいじでないなら教えてくれてもいいでしょう？」と返した。

するとと私の家庭医に依頼を受けて来たのだと白状した。おそらく私が何気なく、安楽死の薬について聞いてみたせいだろう。私が屋根から飛び降り自殺しないよう、ドクターはこの子羊を送ってよこしたのだ。

近々自殺をする計画はないから心配しないように言うと、〈自殺〉という言葉にショックを受け、「いえ、そういう意味じゃないんです」と弁解した。

「どういう意味か、ちゃんとわかってますよ。いいんです。ドクターに言っておいてください。これからはやっかいなことには自分で対処するように、と。コーヒー、もう一杯如何《いかが》?」

残念ながら、彼女にはその時間はなかった。

昨日はアンヤを訪ねた。私の情報提供者だ。ステルワーヘン施設長の金魚殺害事件に関する報告書のコピーがもらえた。私の名は容疑者として挙がっていなかった。エヴァートの名も。どうやら施設長は、犯人は自分の地位を危うくしようと企てる職員の誰かだと確信しているようだ。防犯カメラを廊下に設置するつもりらしいが、はたしてそれは許されることなのだろうか?

2月2日(土)
〈衰えを止めよう。動きつづけよう〉というタイトルの古い新聞記事がある。その上には〈各国の科学者、老化の原因と解決策を研究〉とある。科学者たち、遅すぎだ。ここではもはや誰も助けられそうな者はいない。だが、どうぞいつでも見にいらっしゃい。研究対象がうようよいますから。

生物学的には、人間はおよそ四十歳ごろから余分な存在になる。子どもたちが大人になり、親を必要としなくなるからだ。衰えはその頃からそっと、まずはハゲと老眼からはじまる。細胞レベルでも衰えてきて、分裂と増殖で次第にまちがいが増えてゆく。新陳代謝が悪くなると、神経細胞が活発でなくなり、それによって脳のはたらきも一層悪くなる。(記事を大まかにまとめてみた。)

まだ多くは解明されていないが、一つ明らかなのは、〈使わないものは失われる〉ということだ。頭と体を動かしつづけるのだ。とりわけ脳の、計画性、自主性、柔軟性に関わる前頭前皮質を。残念ながら、うちの施設の運営者は前頭前皮質はお好きでないようだ。老人たちを従順で受動的、無気力に保つためには費用も労力も惜しまない。ビンゴやビリヤード、老人体操でごまかしている。

だが運営者にのみ非があるわけではない。居住者側も規則に従うことを望んで甘受しているのだ。私だってその気持ちがわかるときがある。ひたすらじっと受け身でいたい日は私にもたしかにある。

ちょっと動いてこよう。どこまで行けるか試してみよう。転倒後、頭に巻いていた包帯は取れたので、もうごちゃごちゃ言われずに済む。

2月3日(日)

50プラス党はいくつかの選挙予想では九議席獲得と見込まれている。六年後には五十歳以上の投票者のほうが、五十歳未満の投票者よりも多くなる。突然、複数の政党が老人を視野に入れて動きだした。怒れる老人の存在が明らかになった。我々は政党が獲得したい対象なのだ。といっても、ここの人たちの政治意識は高いとは言えない。「我々は政治に金を盗まれる」というのが、コーヒータイムで最も政治的な発言だ。

亡くなったデ・ハンスさんの部屋に新たに入った住人は、ステキな女性のようだ。廊下をのろのろ歩いている他の住人たちに比べると、さわやかさに溢れている。彼女だってのろのろ歩いているが、品格がある。

はじめて話したとき、自分が望んでここに入ったわけではないと言っていた。でも「まだ棺桶には入れられないわよ」、とにかく「まだ当分はね」と言っていた。

「それに、もしかしたら火葬にするかも。まだどちらがいいか、決めあぐねているの」

私もまだ迷っているが、土の下に埋められるのも、煙突から煙がくゆるのも、どちらも気持ちのいいものではない、と言った。彼女も同感だった。

「そのほかにはあまりチョイスがないわね。飛行機から海に落とされるのはどうかしら。アルゼンチン人のパイロットに頼んで」

「あのパイロットはまだ獄中でしょうね」と私は言った（アルゼンチン軍政時代に政治犯を飛行機から海に落とした罪で裁判になったパイロットのこと。二〇一七年に無罪確定）。

「実は私は火葬を免れないの」と彼女が言いだした。

「ほう、それはまたなぜ？」

「名字が〈火事《ブラント》〉だから。エーフィエ・ブラント、よろしくね。火葬なら、スペリングは Brand ではなくて Brandt が正しいわね。エーフィエ・ブラント……エーフィエは燃えている、ってね」

「私はヘンドリック・フルーン、通称ヘンクです」

こんな楽しい会話をこのケアホームでしたのははじめてだ。エヴァートとの良い会話とはまた別の種類のものだ。その他すべての住人はほとんど天気か食事、自分の病気の話しかしない。

天気はいいし、食事もまずくはないし、薬を飲んだので今日は体も痛くない。つまり、人生は良い感じだ。

2月4日（月）

車のスリップ事故で七十羽のオオバンが轢かれて死んだと新聞にあった。オオバンの大量殺戮《さつりく》だ。大量の羽根やくちばし、出血で、さぞや不気味な光景だっただろう。鳥たちがよほど近くに寄り添い合っていたか、ものすごいスリップだったかのどちらかだ。オオバンはもともと近寄りにくい、臆病な鳥だ。ところで、記者は正確に死体の数をかぞえたのだろうか？　それから負傷した鳥はどうしたのか？　全部の鳥が即死だったとは思えない。まだ羽根をばたつかせていた鳥もいたはずだ。いやはや、自分の細かすぎる疑問で気分が悪くなってきた。

エヴァートはよく日曜の午後に、会話と「なんでもいいから一杯やりに」やって来る。彼は酒なら種類は問わない。ワイン、ジュネヴァ（オランダの蒸留酒でジンの元祖）、コニャック、ウィスキー、なんでもござれだ。一度、タンキンクさんの部屋に呼ばれた時に、アドボカート（オランダのクリーミーなリキュール）を一ビン、スプーンですくって飲みほしたこともあった。他になにもアルコール飲料がなかったのだ。二杯飲んだところで、スープ茶碗《ぢゃわん》に替えて、大きなスプーンを出してもらった。まるでデザートのカスタードを食べるように。タンキンクさんはその場では平静を装っていたが、それから何週間もエヴァートがいない時に、あれはひどかったと吹聴してまわった。

日曜の午後は多くの住人にとって、訪問客との面会時間だ。

「あら、パパとママのところに行ったのはもう五週間も前だわね。日曜の午後に行かなきゃ」というふうに。紅茶を飲みながら、彼らの子どもたちは二時間ガマンして過ごすのだ。

ヘンドリック、白状せよ。君は自分にはけっして訪問客がないから妬んでいるのではないかね。エヴァートは来るが、それは正式なお客とは言えまい。

2月5日（火）

人生終焉《しゅうえん》クリニックの設立計画にはまだ多くの問題点がある。家庭医に協力してもらえない人々のために、オランダ自発的人生終焉協会（通称ＮＶＶＥ）が考案したものだ。この協会は会員の入れ替わりが激しいにちがいない。

二年前にＮＶＶＥは三日間で四万人の署名を集めた。〈七十歳以上の人の自殺幇助《ほうじょ》を合法化する〉という議題を下院で取り上げてもらうのに必要な数だ。ミース・バウマン（引退したチャリティー番組の司会者）も協力したそうだ！　彼女は活動家の素質がある。これが彼女の最後のショーになるのだろうか？

例の決めゼリフ、〈これでおしまい〉のように。

四万人の署名が集まった以上、〈自分の人生が完結した〉と思い、きちんとした方法で終わりをもたらしたいと願う老人たちのことに、下院は真剣に取り組まざるをえない。人生終焉を誰にも手伝ってもらえない老人が、アルコール系洗浄剤のビンを買ってきて部屋で自分をフランベするのを防ぐために（ＮＶＶＥによると実際にあった話だそうだ）。

ＮＶＶＥに反対意見を唱える人々は、まずは老人たちの生活に楽しみを与え、生きがいをふたたび見出《みいだ》せるか試してみるべきだと主張している。それは興味深い試みだ。ぜひいますぐに我々のケアホームを実験場として提供しようではないか。どうぞ、楽しみを与えにきてください。

そして、それが失敗した時のために、人生終焉クリニックのほうもいまから建てておくことだ。専門家の指導のもと、きちんと人生を終えたい人々のために。この近所にぜひお願いしたい。

フルーンよ、ちょっと陽気な話をしてくれ。春のことを考えよう。

スノウドロップを見かけたし、とびきり早いスイセンもちらほら咲いていた。花たちはすっかり混乱している。最初は暖かすぎる十二月、それからほぼ三週間も雪と氷で、そのすぐ後は気温十度、そしていまはにわか雪と雹《ひょう》。花たちよ、めげるな！　美しい春が待ち遠しい。

2月6日（水）

金銭問題もコーヒータイムによく話題にのぼる。ＳＮＳ銀行（オランダ国内四位の銀行。二〇一三年二月一日に国有化された）で問題が生じ、口座のある住人は全員、預金を全額引き出した。実際には息子か娘にやってもらったのだが。我々は皆、銀行関係の事柄は苦手だからだ。ＡＴＭから暗証番号で引き出すだけでも大冒険。後ろを向いて、強盗に襲われないか注意しつつ、同時に四ケタの数字を震える指でまちがいなく打ち、さらに盗み見られないように体を機械にへばりつける……これは複雑な手順で、うまくいかないことが多い。そういう時には昔ながらの給料袋がひどくなつかしくなるものだ。

ここに住む未亡人の中には、夫が亡くなるまで支払い手続きを自分でしたことがなかった人が多い。毎週、生活費を夫からもらっていたのだ。亡くなったあとに古いソックスに入れたへそくりが見つかることも多い。

その後、コーヒータイムの話題がテレビ番組〈スターのアイスダンス〉に変わった。これよりひどい話題はない。嬉《うれ》しいことに、同じ考えの人がいた。エーフィエ・ブラントだ。仲間意識が湧く。

エーフィエが、会話に引きこもうとする人から、意見を聞かれていた。

「ドクターから見るのを禁じられてるの」という彼女に、皆が不思議そうに顔を見合わせた。私は勇気をかき集めて、賢明なドクターだね、と言った。その後、エーフィエが天気の話をはじめたので、皆驚いて黙ってしまった。

売店に新聞を買いにいくついでに、脚の悪いエーフィエのためのテレビガイドも買ってきた。どのテレビガイドにするかはあなたが決めて、と言われて。任せてくれるのが嬉しい。

「いつも決まったテレビガイドを買ってないのかね？」ホルター氏がビックリして聞いた。

エーフィエは時によってテレビガイドを変えているのだ。

「でも、それではどこになにが書いてあるか、わからなくならんか？」ホルター氏が目を見開く。

そんな大きな混乱、彼には堪えられないのだ。

「ちょっと見ていればわかるわ。たいてい、月曜は日曜のあとにあって、それから火曜、水曜とつづいていくものだから」

エーフィエ・ブラント、あなたはここで多くの友人は得ないだろうが、私自身は心から喜んであなたの友人に立候補しますよ。

2月7日（木）

エヴァートが、一度ブラントさんに会いたいので、私が二人をお茶に招待するよう提案してきた。そのときにはちゃんとお茶を飲むと誓った。どうしようか……二人は気が合わないかもしれない。エヴァートは粗野でがさつで、エーフィエは上品で繊細――その間をうまく取り持つ自信がない。〈エヴァートとエーフィエ〉という響きはいいけれど。気が合えば、三人でこのケアホームの三銃士になれるかもしれない。

我が施設も傘下にある介護サービス団体コルダーンの理事長、エールコ・Dがまたニュースに出ていた。リストラが必要で、千五百人の在宅介護職員が解雇されるそうだ。数年前、彼は二十二万ユーロの年収の上に、六万ユーロのボーナスをもらった。コルダーンを倒産させなかった手柄に対してだそう。私には、ふつうに自分の仕事をやっているだけに思えるが。会社を倒産させるために雇われる理事長など、聞いたこともない。

当時、エールコは介護実習生への報酬等を大幅に削減した。彼らはいま、おまるの掃除や萎《しな》びた性器を洗うのに年間五千ユーロしかもらえない。それはエールコが、四万ユーロもかけてリフォームしたばかりのオフィスから、自分の銀行口座に送金させる金額の五十四分の一でしかない。愛情をこめて汚い仕事をしている女性より、自分のほうが五十四倍も価値のある人間だと勘ちがいしている男に、災いあれ。

2月8日(金)

我らの平穏の家に不穏が訪れた。掲示板に、家庭医から〈蘇生《そせい》処置拒否〉と書かれたブレスレットをもらえる、という知らせが貼られていたのだ。誰からの知らせかは書かれていない。大多数の住人はコーヒータイムにとんでもないことだと話していた。

「私たちがいなくなればいいと思ってるのよ」

「お金がかかりすぎるからな」

デブのバッカー氏は女性に人工呼吸されるならかまわないが、男性は断固拒否するそうだ。

「それなら死んだほうがましだ」それを明示した別のブレスレットもあるだろうか?

コーヒータイムが終わると、貼り紙はもう消えていた。誰がはずしたのかは誰にもわからなかった。

そのブレスレットが目立たないものであるといい。でなければ、つけていると一日中、他の住人に咎められそうだ。一度、家庭医に聞いてみよう。

明日の午後、エーフィエとエヴァートをお茶に招いてある。イギリス式に白いパンの耳を取って斜めに切ったサンドイッチにしよう。あとはチョコレート、クッキー、ケーキなどの甘いもの。そしてなんとかクリーム……ハイティーについて調べてみなくては。六階にイギリス国籍のパキスタン人男性が住んでいる。もしかしたらパキスタンのお茶の習慣しか知らないかもしれないが、とりあえず後で聞きに行ってみよう。

廊下であのかわいいソーシャルワーカーに会った。家庭医に頼まれて、私を安楽死から守りに来た子だ。「まだ生きてるよ!」と言いながらウィンクをすると、笑ってくれた。性格のいい子だ。自分がこの前ウィンクしたのはいつだったか思い出せない。きっと幼い娘にして以来だ。

2月9日(土)

訪問のことを考え、少しナーバスになっている。ふだんどおりにするよう自分に言い聞かせているのに、部屋を片づけ、拭き掃除をし、シャツに二度アイロンをかけ、四種類のクッキーを買ってきた。後でもう一度、イングリッシュブレックファスト以外の紅茶を買いに売店に行かなくては。フレンドリーなパキスタン人の紅茶のアドバイスは聞き流すことにした。世界中のお茶の習慣についての分厚い本を大事そうに貸してくれたのだが、パキスタン語だったのだ。

チベットでは九十九人目のチベット人が抗議の焼身自殺をした。百人目は特別に祝われることだろう。アラブ圏でも一時、このやり方で自己の不満を表現するのが流行《はや》っていた。一瞬でも人の関心を集めるのはたしかだ。

私自身もこの施設の諸事情にはかなり批判的ではあるが、だからといって自分自身に火を点《つ》けるというのはいきすぎだ。関心を集めるために、火を点けてやりたい奴なら何人かいる。

オランダはスカンジナビア諸国と共に世界で最も高齢者福祉が充実している、とデ・フォルクスクラント紙に書かれていた。昨日のコーヒータイムに数人の住人に話してみたが、反応は芳しくなかった。そんなニュースは信じないか、どうでもいいかのどちらかだ。

「ここでこんなに年金を減らされてるんだから、よその国じゃどれだけひどいんだろう」と皆が気の毒がっていた。

約五億人の老人がいまだかつて一度も〈年金〉なんて聞いたこともない、ということは、ほとんどの住人には想像もつかないようだ。

2月10日（日）

お茶会はそんなにひどいものではなかったが、自分が冷静でウィットに富んだ知的なホスト役だったとは、とても言えない。

まずエーフィエがやって来た。〈拙宅〉を見せると、〈居心地いい〉と評価してくれた。いろんな意味に取れる便利な言葉だ。

そこにエヴァートがかなり騒々しく入ってきた。私のスペアキーをもっていて、頑《かたく》なにベルを鳴らそうとしないのだ。満面の笑みで、ちょっと大きすぎる声で「やあ！」とあいさつした。どんな紅茶にするか尋ねると、いつからイングリッシュブレックファスト以外の紅茶があるのか、と声に出して言った。しばらくして私がクッキーの盛り合わせを目立たぬようにそっとテーブルの上に置こうとしたら、こんなロイヤルファミリーのようなもてなしを受けるのははじめてだとぬかした。

「それはこちらの女王さんがいらっしゃってるからなのか？」そう言うと、派手で場ちがいなウィンクをしてみせた。

私は少し赤くなっていたと思う。エーフィエは笑って、とても名誉に思うと言ってくれた。まずは世間話や天気の話をし、それから慎重に、エーフィエがここでの暮らしをどう思っているか聞いてみた。彼女は如才なく当たり障りのない返事をした。

「まだ評価するには早すぎるけど、良い点もあれば改良の余地もあるわね」

「たとえばどういうこと？」エヴァートが知りたがった。

「まだ全体を観察中なの。近々またお茶とクッキーの会で話し合うのがいいかもしれないわね」

「あるいはなにか強い飲み物を飲みながらでも」

エヴァートはジュネヴァにもっていこうとしていた。そうなると、警報とまではいかなくても注意報だ。アルコールは彼をがさつにすることはあっても繊細にすることはけっしてないから。だがエーフィエはまたしてもエレガントに対応した。「そうね、強い飲み物でもいいわね。今度は私があなたたちをコニャックに招こうかしら。お約束はできないけど」そう言って、ほほ笑んだ。

「ジュネヴァでもいいかな？」

アルコールを飲まなくても、エヴァートはがさつになれるのだ。

「エヴァート、なぜかわからないけど、あなたはアルコールに関して、質より量を大切にする人のような気がするの。ヘンクはその逆なんじゃないかしら」

「エーフィエ、これからぜひ度々招待させてもらうよ」私は二人のお客ににやっと笑って言った。

三十分後、彼女は帰っていった。ダラダラいつづけないのも彼女のいいところだ。

その分、エヴァートのほうが長居した。二時間後、ジュネヴァを五杯飲んだところで、追い出してやった。

2月11日（月）

ここ数日の天気に住人たちは混乱している。部屋の窓から外を見ると、散歩に打ってつけのすばらしい天気なのに、五分後、階下に下りて外に出ると吹雪に見舞われる。我々老人は〈サプライズ〉は好まないのだ。〈変化〉も然《しか》り。

掲示板に居住者委員会の議事録がぶらさがっている。「委員会は今後、ビンゴの際、カクテルナッツとプレッツェルスティックが出るようにする。」とある。

このスティックはおそらくグラスに入れてテーブルに置かれるのだろう。きっと誰かが言うにちがいない。「覚えてる？　昔は誕生パーティーではいつもタバコがこんなふうにテーブルに置かれていたね」

「そうだった。フィルター付きとフィルターなしにグラスを分けて」

もしこんな会話が交わされなかったら、葉巻を食べてみせよう。あるいは少なくとも葉巻の帯《シガーバンド》を。かつて、すべてがいまより良かった時代に、シガーバンドを集めたものだ。

「居住者会の会費を十セント値上げする。」読みまちがいではない。十セントだ。

半年に一度の日帰り旅行は、行き先について意見が一致するまで延期になった。ビンゴの曜日変更で合意できなかった件以来、委員会はあらゆることで分裂している。次の会議でふたたび行き先と日にちの決定をめざす。うまくいかない場合は、運営危機打開のため、選挙で新委員を選ぶそうだ。

ジェームス・オネーディン（イギリスのドラマ〈ザ・オネーディン・ライン〉の主人公）が亡くなったというニュースに涙を拭う女性が何人かいた。あれこそ本物のもみあげ、真の大胆不敵さだった！　四十年ほど前に彼女たちはソファで隣を見て、これで我慢するしかないとガッカリしていたのだ。

2月12日（火）

昨今、老人が社会の大きな関心を集めているのは喜ばしいことだろう。オランダだけではない。ドイツでもさまざまな問題が持ち上がっている。マルティナ・ローゼンベルクの著書『ママ、いつになったら死ぬの？』は多くの人に衝撃を与えた。彼女は長年、認知症の両親の介護をおこなっていた。介護が必要な親を、ドイツより安いとの理由でウクライナやスロヴァキア、はたまたタイの施設に入れる子もいる、という記事も新聞に載っていた。ドイツには〈父母扶養〉なるものも存在する。親の年金や財産が施設の毎月の支払いに足りない場合、子どもが残りを払わなければならない。運が悪ければ、親と子、両方の扶養費を支払うはめになる。

だが我が老人ホームでは高齢者介護費の恐ろしい削減は、まだそれほど深刻な問題ではない。

ほとんどの住人は国民年金とわずかな厚生年金を受給している。ほとんどお金を使わなければ余るくらいだ。ここの住人はほんとうに倹約家だ！　大部分の支出はクッキー、チョコレート、美容室、電話予約制のミニバスに費やされる。バカンスに行く者はほとんどいない。もはや車の運転は誰もしない。高い家具や服はほとんど見たことがない。レストランでの食事は勿体ない、タクシーは究極の無駄遣い、と思われている。老人は、自分にお金をかけなさすぎだ。

老人ホームの平均年齢は上がる一方。老人がより長く独居をつづけるため、入居が次第に遅くなるからだ。八十三歳の私が、ここでは若いほうなのだ。

一旦ここに入ってしまったら、戻り道はない。ふたたびアパート暮らしに戻る者は誰もいない。どんなに貧しくなろうが、ここを追い出されることもない。子どもたちはさぞや嘆くだろう！父か母が自分たちの遺産を使い果たすことになったら、腹を立てるにちがいない。長生きすればするほど、遺産は減っていく。私が親の立場だったらこう言うだろう。愛する我が子よ、そんなの知ったこっちゃない、と。

老人の貧困率は人々が思っているよりずっと低い。最近の調査によると、貧困層に含まれるのは六十五歳以上の老人のわずか二・六パーセント。六十三パーセントは自分の持ち金で十分に暮らしていけると答えている。

老人が身ぐるみはがされたと騒ぎたてているのは、（現在、十三議席獲得と予想される）50プラス党の若い党員たちだ。まだ社会の一員として全盛期で、これから豊かな年金暮らしを楽しむことになるヘンク・クロルとその仲間たちのこと。五十歳を下限にしているのは変だ。五十代はオランダで最も力をもち、最も裕福な世代なのだから。

六十五歳、あるいは近々定年退職の年齢が変われば六十七歳が、この政党の下限にはふさわしい。それでもまだ、年金生活に入ったばかりの人と、私のまわりの後期高齢者の差は大きいだろう。〈67プラス党〉〈77プラス党〉〈87プラス党〉も設立してはどうか。〈97プラス党〉はおそらく議会入りを果たせないであろう。

2月13日（水）

〈ローマ教皇〉が〈馬肉偽装事件〉のニュースを抑え、コーヒータイムの話題一位を獲得。教皇が辞任を決めたのは賢明だったというのが皆の意見だ。黒人の教皇については意見が割れた。スフット氏は、ズワルテ・ピートが突然、シンタクラースになるのは気分のいいものではないと言っていた（サンタクロースの原型であるシンタクラースは、オランダの伝統行事、聖ニコラス祭に黒人のお伴ズワルテ・ピートを連れてオランダにやって来る）。ベルルスコーニのほうが教皇にふさわしいと思うそうだ。

幸い、黒人が教皇になることに主義上の異議を唱えない人も大勢いた。せいぜい教皇の存在自体に異議を唱えるくらいだ。ここは元々カトリックの施設だが、改革派の政党の支持者もいる。カトリックと改革派、プロテスタント諸派の間は一触即発。〈教皇〉は住人たちに不和をもたらすには打ってつけの題材だ。

[平均的な一日の様子。第一部]

八時半ごろ起床。ミニスーパーに行き、届いたばかりのパンを二個買う。食べながらデ・フォルクスクラント紙を読む（最近は随分ひどい内容になってしまったが）。その後、このヒミツの日記を一時間ほどかけて書く。それから下でコーヒーを飲み、その後、葉巻を吸う。咳をしてから、十一時半ごろ、施設内や近くを歩いて体操の代わりにする。たいていはエヴァートのところに行くが、最近は自分が偶然エーフィエに出くわすようにしていることに気がついた。彼女のほうも私に会うのが嫌でない印象。互いに会おうとしているので、よく二人で二杯目のコーヒーを飲むことになる。

　彼女を区役所でのミニランチコンサートに誘ってみた。喜んで招待を受けてくれたが、階段があるなら残念だが行けない、とのこと。

　午後一時に施設の食堂で食事。エヴァートもよくクロケット（オランダのコロッケ）サンドを食べにくる。食堂で食事を取るかどうかは一週間前に決めなければならない。一週間前に記入用紙をもらい、七日分まとめて昼と夜、食べにくるか、なにが食べたいかを書き込む。夕食は三品のメイン、二品の前菜とデザートから選ぶことができる。ただ印をつけるだけでいい。各自の名前と食事制限は用紙の上にあらかじめ書かれている。

　エヴァートは昼食を食堂で取る取らないにかかわらず、いつも七日分の昼食の、〈クロケットサンド〉に印をつける。エヴァートが来ないたびにパンとクロケットが無駄になると料理長が文句を言っていた、と私のスパイから聞いた。ステルワーヘンさんはそれを止めさせる規約を見出せなかったようだ。

2月14日（木）

エヴァートは今朝早く、エーフィエの部屋のドアの下にバレンタインカードを差しこんだ。午前八時に私にそのことを報告に来た。まだ酒のにおいをさせて、身支度をしていないのが明らかだった。

「これで君がやったように思わせせられるだろう？　二羽の白鳥のとてもロマンチックなカードだよ。さ、もうちょっと寝に戻るとするか。おやすみ、ヘンキー」

私は唖然《あぜん》としてとり残された。

昨日、新しい食器洗い用の柄つきブラシを買いにブロッカー（家庭用品店の大手チェーン）に行くと、十八歳くらいの女の子がレジに立っていた。私のサイフがなかなか見つからなかったので女の子がイライラして、後ろに並んでいた女性の会計を先にしようとした。するとその女性が「こちらの方が先でしょう」と言って、私に「ゆっくり探してくださいね」と言ってくれた。

ようやく十ユーロ札が見つかった。

「どうぞ」

「……」

彼女はおつりを手渡さず、カウンターに置いた。

「ありがとう」と私。

彼女はこちらを見ようともしなかった。

古く、色あせてのろいものすべてを深く軽蔑する人々がいる。

ブロッカーのこの小娘はそういう人間だった。敬意の完全欠如に太刀打ちするのはむずかしい。

ファン・ディーメンさんは、新しく選ばれるローマ教皇がウィレム＝アレキサンダーの戴冠式の際にアムステルダムに来るのを望んでいる。オランダ人の教皇が好ましいとのこと。ファン・ディーメンさんは閉鎖棟にまっしぐらのようだ。

2月15日（金）

エヴァートがエーフィエからカードをもらった。「きれいなカードをどうもありがとう。ちょうどあなたがカードを差しこむところが見えてしまいました。ぜひもっと仲良くなりたいです。」すっかり当惑するエヴァートを見て、吹き出してしまった。友よ、自業自得だ。すると私にバナナを投げてよこした。一つしかない彼の花瓶に命中し、大きなヒビが入った。「後でチューリップの花束をプレゼントするよ」と言ってやった。

後から後から新たな雪が降るので、住人はうんざりしている。

アンヤのところに施設長についての噂話がないか、聞きに行ってきた（施設長本人はどこかでなにか重要な用件があって外出中）。彼女の洋服の手当が年間二千ユーロ上がったそうだ。失礼、〈上がった〉ではなく、〈インフレに対応〉だ。

この施設ではステルワーヘンへの崇拝がすごい。一概に、地位のある〈高い木〉を崇拝する傾向。

私自身は〈高い木〉が倒れるのを見るのが好きだ。

数年前、世界で最も権力をもつ三人の男がほぼ同時期にニュースになっていた。ボリス・エリツィンは飛行機のタラップを降りられないほど酔っ払って。教皇ヨハネ・パウロ二世は復活祭のスピーチの途中で居眠りせずにオランダ語で「花をありがとう」と言えないほど年を取って。そしてビル・クリントンは自分の葉巻をインターンの葉巻入れに突っ込んだことで。そんなことをしても葉巻が楽しめるわけでもないし、その奇妙な葉巻の吸い方があらゆる新聞に載るのを食い止められなかったのがなによりの失態だ。失態といえば、インドの外務大臣は国連の安全保障理事会で、自分の前にスピーチをしたポルトガルの外務大臣が演壇に置き忘れた原稿を、まちがえて読み上げてしまった。本人は気づかず、五分後にインド人の同僚に注意を受けた。

これらの例から私が言いたいのは、権威のある者を闇雲に信頼しないほうがいい、ということだ。

2月16日(土)

「馬肉の味がする!」と太ったバッカー氏が食堂中に響く声で叫んだ。

その後、ミートボールを食べていた人ほぼ全員が突然、馬肉の味がすると言いだして、コックが呼ばれてきた。「そんなはずありません。いつもどおり、飲食業者用の肉屋から買った肉ですから」

「それじゃあなんの保証にもならないんだよ。そこだってテレビのニュースでやってたみたいにミンチに馬肉を混ぜてるかもしれないじゃないか。私には馬肉の味がしたんだよ。私がおかしいわけないだろう？」バッカー氏は怒り狂っていた。

問題は、バッカー氏がおかしいということ、しかもそのおかしさがとても不快だということだ。ハウスキーピング長が出てきたが、彼女の話もまともに聞いてもらえなかった。結局、すべてのミートボールが回収され、カレイのソテーに替えられた。ほとんどの人が、馬肉が混ざっていた可能性はほぼないと思っていたのに。

何年も、豚の目や牛の乳房がミンチに入れられていてもなんの問題もなかったが、突然、馬肉がちょっと混ざっていることに目くじらを立てるのはどういうわけか。

コーヒーコーナーでは十時から十二時までいつもラジオがついていて、病院ラジオ放送が聴けるようになっている。なぜそういう慣わしなのかは誰にもわからない。ほとんどの住人はオランダの曲が流れるのを楽しんでいる。病人にはウィレケ・アルベルティと〈名のない歌手〉の曲がひんぱんに流される。

去年の復活祭の日に誰かがラジオをクラシックの局に合わせてみたところ、皆が〈マタイ受難曲〉に合わせて手拍子を取りだした。

ブロッカーさんが先日、言っていた。ネルソン・マンデラの葬儀にはフランス・バウアーのヒット曲〈ぼくに会ってくれる？〉を流してもらいたいと。

私はラジオの音楽を無視するよう心がけている。スピーカーの近くに座らないことが肝心だ。

十二時に病院ラジオ放送が終了すると、静けさにホッとする。

2月17日（日）

仕事に行く必要がなく、どの日も似通っていると、曜日の感覚がなくなってしまう。職員は当然、働いているが、彼らは何曜日でも同じことをしているので参考にならない。

他の曜日とちがっているのは日曜だけだ。午前中は四分の三の住人が教会に行くし、午後には子どもや孫が訪ねてくるからだ。それが唯一の世間との接点である住人もいる。訪問者が退屈している様子がはっきりわかることもあるが、それでも訪問者の多さがステータスになる。いけすかないポット氏は、週の前半は誰が訪ねてきたか、後半は誰が訪ねてくるかを話題にしている。彼には十一人子どもがいる。ポットは横断歩道で車が来るまでわざわざ待って渡るようなタイプだ。

私のところには誰も訪ねてこない。日曜の午後はたいてい借りてきた映画を観て過ごす。映画に関しては、私は結構、時代についていっている。部屋には中型のフラットスクリーンテレビを置いている。テレビを見ていないときには、中国風の屏風《びょうぶ》をテレビの前に立てている。エヴァートの部屋で映画を観ることもあるが、彼はアクションものや災害映画など私の好みでない映画が好きなのだ。エヴァートのところにもたまに息子か孫娘が来ることもある。エーフィエがどうなのかはわからない。

［平均的な一日の様子。第二部］

いまだに昼間、温かな食事を取るのは、フローニンゲン州東部の農民と老人ホームの住人だけだ。だが、この施設ではちがう。なぜここでは例外なのか聞かれても答えられないが、とにかく私には好ましいことだ。

昼食後はたいてい、午後に備えて十五分ほど昼寝をする。なるべく外に出かけたいのだが、体がうまく動かず、次第に出かけるのが困難になってきた。よろよろとしか歩けないし、車といえばコネクション社のミニバスになるが、これがとんでもない。二ユーロ払うことに文句は言うまいが、〈コネクション〉という名前は〈ミスコネクション〉に変えたほうがいい。あれほどなにもかもうまくいかないようにするのは容易ではないはずだ。〈時間どおり〉と〈コネクション〉は相性が悪い。それに対して、〈老人〉と〈せっかち〉は相性抜群。

2月18日（月）

私の場合、あらゆる感覚器官の中で嗅覚がまだいちばん機能している。それはここでは必ずしも喜ばしいことではない。老人のにおいがするからだ。子どものとき、祖父と祖母が変なにおいだと思っていたのを思い出す。なんだかわからないにおいと葉巻のにおいが入り混じったにおい。ビニール袋のなかに入れ忘れた湿った服のにおい。

住人全員が臭いわけではないのだが、誰かの部屋を訪ねる前にこっそり鼻の穴に脱脂綿を忍ばせることもある。誰にも見えないよう奥深くに。

多くの人がにおいに疎くなったということは、おならを気軽にできるフリーパスを得たようなものだし、口腔《こうこう》衛生にもよくない。まるで皆ゴミしか食べさせてもらっていないようなにおいだ。私自身が最も恐れるのは、例の漏れがにおわないか、ということ。そのため、一日に二度パンツを替え、アフターシェイブローションを上にも下にもたっぷりつけるようにしている。ペパーミントもよく舐《な》める。

アフターシェイブの代わりに香水を使うこともある。〈熟年紳士のための新たな香り〉——私はモダンなのだ。ドラッグストアで老人向きの香りがあるか聞いたときには店員たちが返答に困っていた。その後、五十ユーロもする香水を売りつけられそうになったが。

多くの住人はいまだにオーデコロンを使っている。〈フレッシュアップ〉や〈ビルケンワッサー〉といった五十年前の香りが、ここにはいまでも漂っている。

［平均的な一日の様子。ラスト］

最低一日一度の散歩を自分に課している。たとえどしゃ降りでも。

午後には新聞、雑誌、本などをたくさん読む。お試し購読があれば、すべて試してみることにしている。倹約のためというより、ゲーム感覚だ。

夕方は誰かの部屋にお茶を飲みにいったり、週に二度ほどはエヴァートのところでワインを飲んだりする。彼が私の部屋で軽く一杯やることもある。エヴァートはいつもよい酒を無制限に用意しているが、私は量をわきまえている。さもないと夕食前に眠りに落ちてしまうから。

お酒の後、身なりを整えて下におりて食事。不平も多いが、たいてい私には十分おいしい。よくコックにおいしかったと言うようにしている。

食事の後にはコーヒー。コーヒーの後にはテレビ。テレビの後にはベッド。冒険に満ちてもいなければ、精神を高めるものでもない。もうそういうことは望めなくなったのだ。

2月19日（火）

昨日の午後、偶然にも反乱グループが誕生した。

毎月第三月曜はレクリエーション室で文化的な催しがある。たいていは〈アムステルダムのチューリップ〉に合わせて手拍子を取る老人たちの、気恥ずかしくなるような姿を見ることになるのだが、たまにクラシックのミニコンサートもある。皆が聴きにくるのは当然、それがタダだから。

昨日は室内音楽協会からヴァイオリン、チェロ、ピアノのトリオがやって来た。いつもは老人の前でしか演奏する機会がないような凡庸な音楽家が来るが、今回はちがった。美しい女性二人と男性一人（皆三十歳前後）による心のこもった演奏だった。スナイダーさんがクッキーにむせても、スヒッパー氏が椅子から滑って植木鉢に倒れこんでも、彼らはうろたえなかった。少し演奏をやめて、問題が解決したらまた弾きはじめた。（一度、ハーリンハさんが蘇生処置を受けているのに、なにごともないかのように演奏をつづけたピアニストがいた。あの時は最終的にスタッフの誰かが、いますぐ演奏をやめるよう言った。まあ、ハーリンハさんにとってはもはやどちらでも変わりはなかったが。）

演奏会の後、テーブルを囲んでいたのはエヴァート・ダウカー（ほんとうはクラシックより大衆歌手ハーゼスのほうが好み）、ご存じエーフィエ・ブラント、エドワード・スヘルマー、フリーチェ・デ・ブーア、グレイム・ホルター、そしてヘンドリック・フルーンの面々。我々には慢性的にイベントが欠けている、という話題になった時、グレイムが提案した。施設内に活動が欠けているなら、施設外にそれを求めよう、と。

「月に二度、ミニバスを呼んでどこかに出かけるんだ。このテーブルの六人が参加することにして、一人が四つイベントを考えれば、年間二十四のエクスカーションができることになる。そう考えたら楽しいじゃないか」

まったく彼の言うとおりだ。今夜レクリエーション室に集まろうというフリーチェの提案にしたがい、オマニド（〈年寄りだが死んではいない《オウト・マール・ニット・ドート》〉の頭文字）クラブの発足式をおこなうことになった。

今からとてもワクワクしている。

2月20日（水）

発足式は私の期待どおりの刺激的なものとなった。皆たくさん笑い、やる気に満ち、酒も大いに飲んだ。エヴァートが赤白のワインとジュネヴァをもってきた。

長く楽しい会の結果、以下の規則が全員一致で決まった。

1. クラブの目的は、エクスカーションによって老後を楽しいものにすることにある。
2. エクスカーションは月曜、水曜、木曜、金曜のいずれかの午前十一時以降にはじめる。
3. 参加者は不平を言わない。
4. さまざまな身体の事情を考慮する。
5. 年金の額を考慮する。
6. 幹事はエクスカーションについて必要事項以外、事前に情報を与えない。
7. 2〜6までを順守すれば、なにをしてもよい。
8. 他言無用。新会員は当分募集しない。

エーフィエが、必要であれば彼女のノートパソコンを企画者に貸すと言ってくれた。誰もが情報を探せるように、近々〈初心者のためのグーグル講座〉も開いてくれるとのこと。グレイムが最初のエクスカーションを企画、その後エーフィエ、フリーチェ、私、エヴァート、エドワードとつづく。皆がたちまち必死で考えはじめたのがわかった。

運命が存在するかどうかは意見の分かれるところだが、とにかくこの六人が月曜の午後、一つのテーブルに集まっていたのは、とくべつに幸運な偶然だった。全員がやさしく知的で、（ここが肝心）不平屋でない。

2月21日（木）

まるで高校のパーティーで羽目をはずしすぎた生徒のように、我々は十一時ごろまで階下にいたが、せいぜい笑い声がちょっと大きすぎたくらいだった。それなのに、こんな貼り紙が昨日の午後、掲示板にあった。

当施設の責任者は、何件もの苦情が出たため、入居者の皆さんが安眠できるよう、月曜から金曜までの談話室の使用を二十二時三十分までとすることにしました。また、アルコール飲料は、約束どおり一人二杯までとするよう、ご留意下さい。

私はいままで誰ともアルコールは二杯までと約束したことはない。これでは禁酒令が出るのも近いとあって、エヴァートがアル・カポネの役割を買って出た。酒の密輸だ。反乱グループ・オマニドは怒り、闘争心に満ちている。広場も、催涙ガスもツイッターもなしに、掲示板の警告だけで。責任者よ、ありがとう。

エドワード・スヘルマーが意外な面を見せた。ふだんはなにを言ってるのか聞き取りにくいせいであまりしゃべらないのだが、さっき住人が集まるお茶の席で立ち上がり、わかりづらい大声で尋ねた。誰が苦情を言ったのか、と。

気づまりな沈黙が訪れた。

そこでエドワードはゆっくりと、難儀そうに（それゆえ印象深く）言った。文句を直接、我々に言ってもらえなかったのが残念だ、と。

また沈黙がつづいた。

「じゃあ、いまここにいない誰かだったということにしておこう」と結んで着席した。

エーフィエはやさしくほほ笑んで皆を見渡し、「ほんとうに、大人どうし率直に意見を言えないのが残念ね」と言って、スルマンさんのほうを長く意識的に見つめた。見つめられてナーバスになったスルマンさんは、聞かれてもないのに「私じゃないわよ」と言った。

「なにが？」

「苦情を言ったのは」

「そう、それはよかったわ」エーフィエは最高の笑顔で言った。

彼女はおそらくなにかを見るか聞くかしたのだろう。彼女に聞いてみるべきか、あるいは聞くべきでないのか、私にはわからない。

2月22日（金）
隕石《いんせき》直撃、自然発火するソーラーパネル、馬肉入りラザニア、ベルルスコーニ復帰――どれも我々にはそれほど大きな問題ではない。ここ二日、我々の大きな不安は、介護が必要でない者が施設を追い出されるかもしれないということだ。二〇二〇年までに二千軒のケアホームのうち八百軒を閉鎖する、という発表が不穏を招いた。要介護の兆候が軽度の者は、自分で自分のめんどうを見ろ、ということだ。住人の中には七年後にまだここにいられるよう、念のためにいまから一層老いぼれたふりをする者まででてきた。親愛なる住人たち、私が安心させてあげよう。七年後には皆死んでいるか、完全に要介護になっているかのどちらかだ！　そう叫びたくなった。まったく意味のない不安が、時に老人を捉えて離さないことの滑稽さよ。

もし、施設を追い出されるまでじっと待っているのが嫌ならば、50プラス党の幹部養成コースに応募すればいい。50プラス党では市・州会議員、上・下院、欧州議会の50プラス党議員を探している。得票予想で上昇しつづけているからだ。政治を理解しない愚かな老人たちが、実際にあらゆるテーマで議論に加わるようになれば、見ていて面白くなるだろう。

私の家庭医は変な男だ。私の健康状態を尋ねたら、「なにを聞きたいですか？」と言った。

「健康そのものだと言ってもらいたいところですが、現実的になれば、あとどのくらい時間はあるのか、ということです」

「すべてがうまくいけば、何年もまだ生きられるかもしれないし、あるいはワンシーズンで終わってしまうかもしれません」

この文脈で〈ワンシーズン〉などという言葉を誰が使うだろうか？　ドクター・オーメス以外にはいまい。しかも自分で言っておいて大声で笑うとは。

あまりはっきりしない返事だと言うと、また笑っていた。どうやらとても機嫌がいいようなので、私は思いきって、ソーシャルワーカーの女の子をよこしたのは、私が自殺しないか確かめるためだったのか、聞いてみた。それさえもドクターは面白がっていた。

「そのとおり。ちょっと気をつけたほうがいいと思ったんですよ。いい子でしょう？」そのすぐあとに「じゃあ、また今度」と別れを告げ、一分後に私は診察室の外で唖然としていた。家庭医にかかる際に気をつけることをあらためて学んだ。いつでも質問リストを用意していき、一つずつ聞いていく、ということだ。

2月23日（土）

今夜、反乱クラブはエーフィエのグーグル講習を受ける。すでに廊下でがやがや話題になっている。バーケンさんは自分も招待してもらおうとしていた。「いいわね、私もずっと習いたいと思ってたのよ」と。だが、バーケンさんが通ることのできない厳格な選抜の門があるのだ。彼女はかつて、無許可で飼われていた老ダックスフントを密告した張本人と思われている。疑わしきは罰せずだが、疑いがある以上、参加させるわけにはいかない。

エーフィエに、火曜日のことで誰が苦情を言ったか、知っているのか尋ねてみた。スルマンさんがエーフィエの隣人に、施設に苦情を言ったと話しているのを聞いたそうだ。

「その苦情がどういう内容かわからない以上、百パーセントの確信はないけれど、彼女を疑う理由はあるっていうことよ」

昨日、コックに馬肉ステーキを出してくれとの要望が届いた。「仔馬《こうま》を希望、できれば大量飼育でないもの」と匿名の手紙に書いてあったそう。少なくとも、そういう噂が流れた。その噂がきっかけで、コーヒータイムに〈どの動物は食べていいか〉という議論で盛り上がった。エヴァートは、〈サルのサンドイッチ〉（オランダ語で、根も葉もない突飛な噂話のこと）は食べてもいいか、という疑問を投じた。それだけで十五分は暇つぶしができた。

今夜元気でいられるよう、いまからちょっと横になる。原因は不明だが疲れているのだ。

2月24日（日）

また雪だ。今朝、カーテンを開けて皆が罵った。「クソったれ」といったかわいい罵りだが。我々はもう冬にはうんざりだ。老いた骨に暖かな太陽を頼む。ただし暑すぎないよう、最高二十二度くらいがいい。我々の快適さの幅は狭いのだ。

元スピードスケート選手のアチェ・ケウレン＝デールストラが亡くなった。まだ七十四歳。皆ショックを受けている。農家の主婦で世界チャンピオン――フランシナ・ブランカース＝クンと共に、オランダで史上最も平凡なチャンピオンだった。二人の名前も響きがよく合っている。老人は過去の英雄と共に生きるもの。英雄は取り替えるものではない。

しばらく注目していないうちに、救世主ヘンク・クロルの予想得票が二十四議席になっていた。オランダのすべての老人がますます身ぐるみ剝がれ、何倍もの金を奪われないよう、50プラス党に頑張ってもらわなければ。

「我々がストライキもなにもできないから狙われるんだ。老人のために誰も何もしてくれない」しょぼくれた老人はいつも被害者意識をもつものだが、集団に混じって嘆かない者もいるのは幸いだ。

ここの女性たちはヘンクを魅力的だと思っている。たしかにいつもきれいなスカーフはしている。ゲイでなければ、年齢的にはちょうど彼女たちの理想の娘婿と言えるところだ。

昨夜はとても楽しいグーグルの会となった。エヴァートが〈ググる《グーグレン》〉を〈手品をする《ホーヘレン》〉と聞こえるように発音するので、何人かの住人は我々が手品の講習を受けていると勘ちがいしたようだ。いつ公演するのか聞かれ、グレイムは「ウサギが入手できたら」と答えていた。

おいしいつまみと気持ちのいい人たち。エーフィエは心のこもったもてなしをしてくれた。エヴァートはずけずけと物を言っていたが、ちゃんと分別はわきまえていたし、酒も飲みすぎなかった。エドワードは多くは語らないが、なにか言うときには聞く価値のあることを言う。グレイムはまだ少しシャイで傍観している。そしてフリーチェ。意外にもコンピュータのことをよく知っていて、控えめにそれを披露してくれた。彼女がエーフィエと相談しつつわかりやすく教えてくれ、受講者が出してくる例をもとに、二時間くらい情報検索の練習をした。皆、自分の例からエクスカーションのプランがばれないように注意していた。エヴァートは、アムステルダムでバンジージャンプができるかどうか調べようとした。エドワードはバンジージャンプなら自分はいっしょに行かない、流行遅れもいいところだから、と面白い冗談を言ったのだが、誰も聞いていなかったのが残念。

2月25日（月）

チーズスライサーで自分の手をスライスしてしまった。小さくて固くなった塊をあと一切れだけスライスしようとしたのだ（他人がそんなふうに鋭いスライサーを不器用に使っているのを見たら、目をそむけるところだ）。おかげで手のひらが血まみれになってしまった。

慌てて看護師に包帯を巻いてもらいに行くはめに。片手でもう片方の手に包帯を巻くのは無理だから。思ったとおり小言を言われた。「フルーンさん、危ないってわかってるでしょう？　いつでもかならず手前から向こうにスライスしなきゃ！」

ステルワーヘンさんがエーフィエに、あさって事務室に来るよう言った。エーフィエは落ち着いている。平静な人なのかもしれないし、騒ぎ立てるのが嫌なのかもしれない。私がそんなことを言われたら、ひどくナーバスになりそうだ。ステルワーヘンさんが単にエーフィエがここでの暮らしを楽しんでいるか、聞きたいだけだとは思えない。我々の施設長はずる賢い女だ。一見、愛想よく見えるが、権勢欲がとても強い。いつも同情するそぶりは見せるが、「残念ながら、規則なんです」で済ます。たいていは彼女自身の規則で、それが都合のよい隠れ蓑《かくみの》になっている。必要とあれば、突然新たな規則を「住人たちのために」とつくりだす。狡猾《こうかつ》に、誤解が生じないようにもする。小さな問題は隠したり、他人に押し付けたりする。理事会を後ろ盾にしているので、施設長の座が揺らぐことはない。そして、より高い地位が手に入るなら、施設長の座はすぐさま返上するにちがいない。

いつでも非の打ちどころのない格好をして、いつでもフレンドリーで、冷静で、礼儀正しい。施設内のあらゆる情報を耳にし、すべてを監視している。信頼のおける同盟者がいる。数人は我々にもわかっているが、ほかにも覆面情報員が存在するはずだ。

いつの間にか、息の根を止めるような方針を実施する。すべての個人的な行動、〈通常〉からはずれることは、ほほ笑みと共に彼女に封じられる。

エーフィエにいっしょに行こうか、と聞いてみた。

「なんで?」と聞かれたので、「いや、施設長が手ごわいから。やさしげにほほ笑みながら、叩きつぶそうとする」

「行ってみればわかるわね。忠告ありがとう。気をつけるわ」

2月26日(火)

水槽にパウンドケーキを入れるようなことをまた企てないか、とエヴァートが聞いてきた。気晴らしにまたなにかやりたいのだそうだ。「この退屈な施設にはたまに事件があったほうがいいんだ」それは私も同感だが、悪ふざけをしてもその場しのぎで、ほんとうの問題は解決しないだろう。

私の分析はこうだ。年を取るということは、赤ん坊が大人になる過程を逆に進むことだ。身体的に独立していた状態からしだいに助けが必要になっていく。人工股関節、バイパス、あれやこれやの飲み薬はどれも一時しのぎにすぎない。死がなかなかやって来ない場合には、おむつをつけ、鼻水をたらし、なにを言っているかわからない老いた幼児となるのだ。往路の〇歳から十八歳まではすばらしく、挑戦に満ち、ワクワクするものだ。自分で自分の人生を決める時だ。四十前後には強く、健康で、力をもっている。最高の時期だ。残念ながらそれに気づくのは、人生が下り坂になってだいぶ経ってからのこと。ゆっくり、音もなく視野が狭くなり、人生が空っぽになってきて、最後には一日の目的が、紅茶とクッキー程度になってしまう。赤ん坊のガラガラのようなものだ。

失礼。書き出したら止まらなくなってしまった。

私自身はちょうど楽しみながら死んでいくために重要な一歩を踏み出したところだ。新たな友だちと、ワイルドなプランを立てて、楽しむぞ！

2月27日（水）

いつもより遅い時間に書いているのは、エーフィエから施設長との面談について聞くのを待っていたためだ。はじまる前に二人でコーヒーを飲んで、励ました。十五分後には戻ってきた。どこか決然とした雰囲気が漂っていたが、どうしてそう感じたかはわからない。おそらく彼女の目つきのせいだろう。

「あなたの分析力、たいしたものよ、ヘンク。かなり当たっていたわ」

ステルワーヘンさんはまず元気にしているか尋ね、それからさりげなさを装って言ったそうだ。ここでは夜遅くに部屋に客を招き入れるのはご法度だ、と。

「私のことをおっしゃってるんですか？」エーフィエは聞いた。

「個人的に言ってるわけじゃないけれど、みんながよく眠れるように、十時以降には廊下を行き来する人がいないほうがいいのよ」

「私自身は騒がしいと思ったことはありません」

「でも他の人たちは思っているの」

「困りましたね。それが私のせいだとでも？」

「数日前にあなたの部屋にお客さんが来ていたと聞きました」

「そうです。とても静かで行儀のいい方たちばかりです。次の日に念のため、隣人たちに聞いてみたけど、まったくうるさくなかったと言っていたので、安心しました」

見事な受け答えだ。私はエーフィエとハイタッチした。人生初のハイタッチ、いったいなぜそんなことをしたのかは自分でもわからない。

ステルワーヘンは一瞬ひるんだが、すぐに何事もなかったかのように、にこやかに面談を終わりにしたそうだ。

「これはまだ終わりじゃないわね、ヘンドリック」とエーフィエは言っていた。「そう感じるの」

それから二人で庭を少し散歩した。春の空気がうっすらと感じられる。スノウドロップがプラスチックや空き缶のごみのあいだで咲いていた。

我々は闘う意欲に満ちていた。エーフィエもそう思っているはずだ。

2月28日（木）

下から電動カートのパンフレットを取ってきた。行動範囲を広げるようにしないと、オマニドクラブの足手まといになりかねない。

グレイムより連絡あり。三月十四日木曜に最初のエクスカーション。午後一時に門のところに集合。

どうすれば楽しい企画をできるか、ずっと考えている。まだ国立美術館しか思いついていないので、アイディア賞はもらえそうにない。それにあそこは閉館日が多いのだ。だが焦る必要はない。もっといいアイディアを考えるのにまだ六週間もある。

エーフィエが野鳥トップ一〇〇の二枚組CDの一部を聴かせてくれた。第六位はムシクイ（そんな鳥がいるなんて聞いたこともなければ、声を聴いたこともなかった）。第五位はミソサザイで、第四位はコマドリ（歌にあるように窓を叩くだけだと思っていた）、第三位はツグミ、第二位はナイチンゲール（詩や歌で評判のよい鳥）、そして金メダルはクロウタドリ。ようやく鳴き声を知っている鳥が出てきた。このほかにもまだ九十四羽もおしゃべりな鳥がいるとは。いろんな趣味があるものだ。

十種類終わったところでエーフィエは私の関心が薄れてきたことに気づいた。

「面白くない？」

私は赤面して言った。「そんなことないよ」

「悪いけど、信じないわよ、ヘンドリック」

「まあ、たしかに。申し訳ないが、興味のある鳥は焼いたものだけなんだ。焼いてある鳥はたいてい鳴かないからね」幸い、エーフィエは笑ってくれた。

キューケンホフ公園に行くのはどうだろう？　ほかにも誰かがそう考えている可能性もありそうだが。六週間先だとちょうどチューリップが満開のころだ。

3月1日（金）

カウパー氏が図書室の切り抜きファイルで見つけた新聞記事を掲示板に貼った。〈医師、存命の末期患者の腎臓摘出を支持〉という内容。

ブランツマさんはただちに入院予定をキャンセルした。「子宮筋腫はそのままでいいわ。いろんな臓器を奪われたら大変だから。ここにいる人たちはみんな末期患者じゃない！」と叫んでいたが、それには一理ある。ここの平均年齢はたしか八十九歳だったはず。統計的には〈末期〉と呼べるだろう。

生きている患者から臓器を取る理由は、そのほうが新鮮だからだ。我々の臓器も〈新鮮〉と言えるのか、私にはわからない。腎臓もここでは平均八十九歳なのだ。臓器の品質保証期間はどうなっているのかも、私は知らない。

ぞっとするような話だ。医学的奇跡が起こったらどうするんだ。誰が見ても助からない心臓発作から生還したら、腎臓を取られた後だった、ということになりかねない。

電動カートには実にさまざまな種類とサイズがあり、選ぶのはなかなか容易なことではない。回転半径も肝心。自室で動けるかどうか、チェックが必要だ。

行動半径。どのくらい遠出をするか。

三輪か四輪。どのくらいの速度で曲がるか。

どのくらい速度を出したいかも軽視できない。

最後にいちばんオランダ的な疑問。いくらするか？

近々ホーフダーレン氏と話してみよう。彼なら詳しいし、とてもいい奴だから。

3月2日（土）

しばらく前にブレダの刑務所でスプーンでトンネルを掘って脱走した女性は、いまだ発見されていない。そんなことがいまも現実にあるとは、すばらしい。誰かが同じ方法でこの施設から脱走したらもっとすばらしいだろう。もちろん、象徴的な意味合いでだ。ここではふつうに玄関から外に出ていけるのだから。だが外に出てからが問題だ。ほとんどの住人には向かう場所がない。子どもたちのところに行っても、こうなるのがおちだ。

「息子よ、君と暮らしたいのだが」

「いや、パパ、それだけはぜったいに困る！」

脱走した老人は、せいぜいしばらくフェルウェのホテルに泊まるくらいしか打つ手がない。お金がなくなったら、しょんぼりと老人ホームに戻るか、救世軍に身を寄せるしかない。

ところで、オランダでは本来刑務所にいるべき人が一万三千人も行方不明なのだそうだ。とんでもない数だ。警察は捜索が苦手なようだ。

記憶力が衰えている。〈アルツハイマー・ライト〉が〈アルツハイマー・ミディアム〉になってきた。野鳥の鳴き声のトップ一〇を再現してみようとしたのだが、四種類しか思い出せなかった。

驚くべきなのは、買い物リストの三つの品物も思い出せないような人が、ラジオから流れる曲なら一万曲でも歌えることだ。少なくとも鼻歌で。すべてのメロディーは完璧に記憶されているのだ！　記憶と音楽の関係をぜひ活用すべきだ。ドイツ語の活用やエネルギー保存の法則を音楽に合わせて覚えればいい。オランダの歴史のあらゆる年号をミュージカル仕立てにするのだ。

3月3日（日）

昨日、階下の受付に薬局のリーフレットスタンドが設置された。五十種類ほどのリーフレットが並んでいる。楽しいテーマをいくつかご紹介しよう。痔《じ》、下痢、湿疹、毛虱《けじらみ》、失禁、できもの、便秘、水虫、ぎょう虫、イボ。きちんとアルファベット順に並べられている。老人用に限られているわけでもない。ニキビや産後ケアという、ここでは関係ない事柄のリーフレットもあった。

まるで我々がこれでもまだ十分に病気や身体の不調の話をしていないみたいだ。

白状すると、私もそっと目立たないように〈失禁〉のリーフレットを内ポケットに忍ばせた。どうやら私は約百万人の尿漏れに悩むオランダ人の仲間のようだ。つまり、毎日プール一杯分の尿がオランダ中の下着やパッドに漏れているということだ。お見事！

オマニドクラブの最初のエクスカーションの行き先をなんとか聞き出そう、当てようと皆がやっきになっているが、企画担当のグレイムは一言も漏らそうとしない。エヴァートは行き先を当てる賭博屋をはじめようとしている。

このワクワク感は、子どもの頃の遠足前夜の気持ちに少し似ている。当時の気持ちを私が正しく記憶していればの話だが。

シュレウダーさん（カナリアを掃除機で吸った人）はいま誰がバチカンの長なのか、と考えていた。かつてのローマ教皇は辞め、新たな教皇はまだ選ばれていない。「私たちの教会にはいま顔がないのよ」と言っていた。「頭を斬られたニワトリとおなじね」とスロットハウワー姉妹のどちらかが言った。彼女たちは人を怒らせる機会をけっして逃さない。

教皇選出会議《コンクラーヴェ》の様子を想像してみた。百十五人の年老いた枢機卿《すうききょう》たちが礼拝堂に集まり、煙突から白い煙を出すまで外に出られない。白い煙を出すのは大変なことなのだ。一九七八年には煙突が詰まっていて、黒い煙が礼拝堂にたちこめた。シンタクラースに似た枢機卿たちは咳き込み、顔にズワルテ・ピートのような黒い煤《すす》をつけていた。

3月4日（月）

施設が大パニックになった。閉鎖棟のスハールさんが脱出したのだ。新しいインターンに、自分は同伴者なしに外出できると思わせて。ＩＱが低そうなインターンでは仕方ない。スハールさんは優雅に出かけていった。彼女は自分が貴族の出であると思っていて、自己紹介では自分を〈スハール嬢〉と名乗る。いつでも自分の土地を探している。すっかりおかしくなり、しかも糖尿病患者でもある。

大勢の職員が捜索に駆り出された。誰かがステルワーヘンに、警察に通報しなくていいのか尋ねた。「その必要はないわ。いまのところ理由がまったくないから」

施設長はネガティブな報道をひどく恐れていて、施設内の問題はひた隠しにしようとする。しばらくすると、棟長から「スハールさんが見つかった」と連絡があったが、あれは動揺を鎮めるための嘘だったにちがいない。どこにもスハールさんの姿はなかったのだから。エヴァートが試しに、スハール嬢がバス停にいるのを見たと看護師に言ったところ、二分後に職員二人がバス停めがけて走っていった。まだ見つかってなかったのが明らかだ。

四十五分後に〈コンポステラ〉という発音しにくいスペイン語の名前のステキな看護師が、スハールさんが見つかった、と言った。「もう見つかってたんじゃないのか？」ブレンチェンス氏が言うと、「今度はほんとうに見つかったんです！」と朗らかに言った。

五分後、泥まみれになったスハール嬢が裏口から運びこまれた。あとで彼女は、自分の土地で狩りをしていて身動きできなくなってしまったと話していた。実際には二キロ先の公園でぬかるみに倒れ、自分で起き上がれなかったのだ。犬の散歩をしていた人が見つけ、警察に通報した。彼女を連れてきた警官たちはステルワーヘンの部屋に二十分はいた。その後、我々住人はこの事件について口外しないよう、厳重に口止めされた。我々自身のために、だそうだ。ステルワーヘンはわざわざエヴァートに、スハールさんはバスに乗っていかなかったではないかと言いにきた。

「バスに乗ったとは一言も言いませんでしたよ、看護婦さん。ただバス停で見かけただけです」

「私は看護婦ではないし、あなたの認識には疑問を感じます。今後はもっと慎重に発言してください」

職員のことは誰でも〈カンゴフさん〉と呼ぶことにしているエヴァートは、挑発的な気分だったようだ。「これ以上慎重にするのは不可能に近いです、看護婦さま」ステルワーヘンは一瞬たじろぎ、後ろを向いて立ち去った。

あとで職員たちがやっきになって、エヴァートが今日外に行ったかどうか、尋ねまわっていた。もちろん行った。エヴァート・ダウカー氏は馬鹿じゃないのだ。

3月5日（火）

昨日の午後、お茶の時間に面白い会話をした。科学者たちが二匹のネズミの脳を繫《つな》ぐことに成功した、というニュースがきっかけだ。ネズミたちは互いから数キロ離れたところにいたそうだ。自分で選べるとしたら、誰の脳と繫げてもらいたいかという話になった。子どものいる人の多くは子どものうちの誰かと繫がることを選んだ。子どもの側からしたら、親の頭の中を見てまわりたいとは思わないだろう。ブランツマさんは歌手のロニー・トーベルを選んだ。太ったバッカー氏はオバマの方向性を少し変えてみたいと言っていた。

私は誰も思いつかなかった。誰か他人が自分の頭にいるなんて、不気味な考えだ。

戴冠式の四月三十日にダム広場に行くミニバスが予約できず、落胆している人たちがいる。コネクション社は当日、王宮まではバスを出していないそうだ。仕方がないので、国王夫妻が船で通るのを見られるよう、エイ湾の岸辺までバスで乗りつける手配をしようとしている。ホーフストラーテンさんは高価な双眼鏡まで買った。彼女は神に祈り、四月三十日まで、そして新たなローマ教皇が選ばれるまで生きていられるよう頼んだそうだ。私にまでいっしょに祈ってくれと言ってきた。気の毒だが、私と神は互いをわずらわせないよう、約束を交わしたのだ。

老人に変装した二人組の強盗が銀行を襲った。老人のお面まで着けていたそうだ。もし変装していたのが本物の老人だったとしたら、すばらしいと思う。

3月6日（水）

今年はじめての陽光がなによりも気持ちいい。昨日の午後、四十五分ほど施設前のベンチに座って日光浴をした。私が一番乗りだった。しばらくするとベンチは満席になった。後から来た住人が数人、うらやましげにまわりでうろうろしていた。お気の毒さま。

年を取るにつれてなんでもゆっくりになる。歩くのも食べるのも話すのも考えるのも。読むのもそうだ。毎日の新聞を無駄にしないようにすると、分厚い土曜版を読み終わるのに三、四日かかる。昨日ようやく高齢化の特集を読んだ。前から気づいていたのだが、年を取っているのが最近は流行りのようだ。戦後すぐ生まれた人たちがそろそろ年金生活に入るころだ。ヒッピー世代があと数年でそれにつづく。いま金持ちで権力をもち、〈自分自身を大切にする〉というだいじなことを学んだ人たちだ。このエセ老人たちのことは、今後十五年間、一切心配無用だ。五十歳以上の彼らは、いまこのケアホームが最後から二番目の休息の場である八十歳以上の後期高齢者とはまったく異なる人種だ。ここの住人たちはほとんどが他者、とりわけいま自分たちに権力をふりかざす子どもたちのめんどうを見てきた人たちだ。それなのにいまの彼らは子どもたちに見殺しにされている。多くの住人は仕方なくここに入居してきた。年を取り、一人暮らしをつづけられないほど介助が必要で、在宅でヘルパーを雇うだけの財力がない。心配ごとのないここでの暮らしが、今後侘しくなっていくことにも、あきらめを感じている。

老人ホームという言葉は次第に好まれなくなった。〈老人〉より〈高齢者〉という言葉が好まれるようになった。老人ホームはケアホームと呼ばれるようになり、いままでのケアホームはケアセンターと呼ばれるようになった。最近私は〈個々の住人の希望に合わせたケアを提供する、市場主導型のサービス組織〉に所属しているらしい。こんなに複雑化するから介護費がうなぎのぼりになるのだ。

3月7日（木）

一度、こんな計算をしてみた。ここには約百六十人の老人が住んでいる。このケアセンターには看護棟もあり、八十人の病気を患う、非常に高齢の老人たちが入っている。正確な数を挙げることができないのは、生きている者と死んだ者がたえず出入りしているからだ。入居者は平均すると五年ほど、ここで暮らすようだ。つまり、ケアホームと看護棟を合わせると、年間五十人弱の人が亡くなる計算になる。ここで長生きし、足腰が丈夫であれば、人生最後の十年に五百回、葬式に出られることになる。楽しい展望だ。

今朝は鍵が見つからなかった。あまり広くもない、ベッドルームも兼ねた部屋を徹底的に探した。幸い急ぎの用事もなかったのできたない言葉を吐くこともほとんどなく、一時間は探した。結局、冷蔵庫の中に入れてあったのが見つかった。無意識の行動。老人は子どもと同様、常になにかを失くしている。子どものちがいは、老人にはどこになにがあるのか教えてくれる母親がいないということ。

3月8日（金）

昨日、死について書いたところだったが、噂をすれば影で、今日、その張本人が老人体操教室を訪ねてきた。

「ちょっと気分が悪い」と言ったデ・レーウさんが、その二分後にはもう動かなくなっていた。だらんと座り、自分に投げられたボールをキャッチできなかった。

「ちゃんと注意しててくださいね、デ・レーウさん」と指導者のティーネが言ったところ、椅子から床にすべり落ちた。

蘇生処置もＡＥＤも施されたが無駄だった。嫌な奴ら、スロットハウワー姉妹が、誰かに追い払われるまで夢中で見ていて、コーヒータイムに生々しく語り聞かせていた。あの姉妹は公開処刑を見る機会があれば、けっして逃さないだろう。

デ・レーウさんの死によって、数日つづいた春日和で明るくなっていた気分が、少し暗くなってしまった。寒かったり雨だったりすると何週間も外に出ない住人がいる。春の陽が射しはじめると、皆有頂天で散歩をする。四日後にはまた雪が降るかもしれないと天気予報で言っていたので、昨日はいっそうやっきになって散歩をしていた。

私はエーフィエと散歩をしたかったのだが、いなかったので仕方なくエヴァートと出かけた。彼の部屋に入ると、ちょうど小さなハサミで鼻毛を切っていた。こちらはちょっと気まずく思ったが、あちらは一向におかまいなしで、ゆっくりと鼻毛を切りつづけた。耳毛まで切り終えて、やっと出発できた。

「途中で誰に会うかわからないからな」というのが彼の言い分だった。

3月9日（土）

体調を崩してしまった。読んで気持ちよくない詳細は省略しよう。どうか木曜までに治りますように。その日が最初のエクスカーションなのだ。

3月13日（水）

どうやらギリギリ治りそうだ。エクスカーションを延期にしようか、とクラブの面々が聞いてくれたが、元気になったのでその必要はない。

月曜に家庭医が往診に来て、ちょっと豚インフルエンザに似ていると言った。数年前、オランダじゅう豚インフルで大騒ぎとなり、伝染病の研究者がラジオとテレビに引っ張りだこだった。それなのに、いま私が豚インフルかもしれないとなると、家庭医はちゃんと診断を下そうとさえしない。

その後看護師から、他の住人にはインフルエンザだったとだけ言って、〈豚〉とはけっして付け足さないよう、厳重に注意された。

「誰にそう言われたんですか？」と聞いてみたが、看護師はそれには答えられなかった。

ひと月ほど前、デ・ハンスさんが亡くなったのは鳥インフルエンザだったのだろうか？　と考えざるをえなくなる。

おそらく施設側は、老人たちがまたインフルエンザに過敏になるのを危惧しているのだろう。

昨日はエヴァートがお見舞いをもってきてくれた……卵のケースにキウイを三つ、ミカンを三つ詰めて。

エーフィエからは『必読の詩、五百篇《へん》』という本。毎日一篇ずつ読むことに決めたので、どうかあと五百日、生きられますように。

家庭医の勧めで老年病の専門医に予約を入れた。家庭医によれば私の〈症状の寄せ集め〉はまさしく〈同僚《コンフレール》〉の専門分野だそう。「コンフレール」というフランス語の単語を使ったときには、いやに上品ぶったしゃべり方をしていた。「友よ《アミース》、」で始まる同僚への手紙を見せてくれたが、要は「この、人のいい老紳士になにかしてやれることがあるか、ちょっと診てくれ」ということだった。

来週、診てもらえることになった。老人はすぐに診てやらないと、診察代を取る前に死んでしまう、と商売上考えたのかもしれない。死んだ人間で得をするのは葬儀会社だけだ。

私の〈特別な〉家庭医がその老年病医を「特別な男」だと言っていた。さぞかしすばらしい医者にちがいない。

3月15日（金）

　十二時五十五分、五分前に（なんと珍しい！）コネクションのミニバスが到着し、一行はちょっと笑って乗り込んだ。三分後にはペパーミントのアメが回ってきた。十五分後、中央駅で降りると、水上タクシーが我々を待っていた。

　乗船から数分後、エヴァートが船酔いの真似《まね》をして見せ、旅好きの知り合いが航空会社のゲロ袋を収集していた話をした。さらにミスタービーンの真似までして見せた。ゲロ袋にゲロが入っているとは知らず、膨らませて破裂させるシーンだ。

　エーフィエは嫌な顔をして、エヴァートをクラブの会員から除名するか投票しようと言った。ビックリして当惑した顔のエヴァートに、エーフィエは馬のいななきのような笑い声を上げた。あの笑い声はちょっといただけなかったが、彼女のマイナスポイントはいまのところそれしか見当たらない。

　一時間後、アムステル川沿いのエルミタージュ美術館前で下りた。館内の案内をしてくれたエレガントな男性は芸術に造詣が深く、我々が自分の話に夢中になるだろうと思っているようだった。

　その後、アムステル橋のたもとのカフェでビールとワイン、ビターバレン（ピンポン球状のクリームコロッケ）を楽しんだ。午後五時半過ぎにミニバスが迎えにきた。ふだんは、ぼやく老人を病院に乗せていくのが仕事の運転手は、カフェでの陽気な我々の姿に驚いていた。

六時ちょうど、きっかり間に合って、エンダイブのスタンポットとミートボールの夕食の席についた。元気いっぱいの我々六人の姿はまわりの皆から少し浮いていた。

自分のオフィスから施設の玄関に向かうステルワーヘンさんが、我々とすれちがいざま一瞬眉を上げた。思い込みの可能性もあるが、私には我々を非難しているように見えた。

エドワードはグレイムにほとんど聞き取れない発音で、最初のエクスカーションからレベルの高い内容だったとお礼を言った。フォニャフォニャとしか聞こえないエドワードの発言を、「幸先いいね」とグレイムが自ら同時通訳してくれた。彼がいちばんエドワードの聞き取りに長《た》けているのだ。

「ファイハホウ」

「みんなもありがとう」

その後は一気に疲れが出、八時にはオマニドクラブ全員が部屋に引き上げた。きっと我々の噂話でもちきりだったことだろう。

3月16日（土）
味をしめた我々は、オマニドと並行して料理クラブも立ち上げようと計画している。我々六人からエヴァートを引き、トラヴェムンディ夫妻を加え、月に一度大掛かりに豪勢な料理を作ろう、というもの。長年レストランを経営していたリアとアントゥワン・トラヴェムンディ夫妻は作ること、そして食べることに情熱的だ。ここでの食事には失望しているようだから、きっと喜んでくれるだろう。私自身は切ったり混ぜたりしかできないけれど。

昨日、我々がテーブルについて最初のエクスカーションの余韻に浸っている時に、リアとアントゥワンが自分たちも同席していいか、遠慮がちに尋ねたのだ。もちろんかまわないと答えた。

我々のエクスカーションクラブをすばらしいアイディアだと思ったそうだ。会に入れてほしいとまでは言わないが、少人数で時々いっしょに料理をして食べることにも興味がないか、と聞いてきた。月に一度ほど、特別な料理を作るのだ。

ほとんど全員の目が輝きはじめた。

エヴァートだけが即答で、おしゃれな食べ物には興味がないし、目玉焼きよりフクザツな料理を作るのを毛嫌いしていると言った。

彼の意見は、一度試しに料理をしてみたいと思うほかの五人に無視された。

アントゥワン、リア、私の三人が月曜日に、施設の調理場を月に一度使わせてもらえないか、ステルワーヘンに聞きにいくことになった。

なんだか予定がいっぱいで忙しくなってきた。

3月17日（日）

新しいローマ教皇が決まった。スロットハウワー姉妹の怪しげな情報によると、今朝、祈禱室で新たな教皇と天気回復のために祈りが捧《ささ》げられたそう。何人かは、天気回復のためだけに祈禱した。祈りが効くとは期待できないので、私はまだ冬のコートをいつでも着られるように置いてある。

新たな教皇に関しては、いまのところ共感を抱いている。枢機卿時代にバスで職場に通っていたからだ。いや、もしかするとメトロかもしれないが、そこは肝心ではない。乗り降りするときには常に司教冠を脱いでいたのだろうと想像する。（高位高官の人に対しての疑いは尽きないが……イギリスのキャメロン首相は環境のために自転車で議会に通い、カバンを公用車で届けさせるそうだ。）

住人たちは、オランダ王室のマキシマがアルゼンチン出身である故、アルゼンチン出身の教皇誕生をとりわけ喜んでいる。戴冠式にフランシスコ教皇が来るのを期待しているのだ。

日曜日は訪問客のいない者（私の属する階級）にとって楽しいことばかりではない。かつて日曜日を魅力的にしていた事柄――朝寝坊やリッチな朝食、新聞を読んだり音楽を聴いたり――は、いまや毎日できること。日曜のちがいは、ただ他人のところに訪問客が来るということだけになってしまった。

その訪問客の目的はたいていただ一つ、〈なるべく早く切り上げる〉ということだ。他の住人に関心を向けるなど時間の無駄にすぎない。廊下やレクリエーション室であいさつをしてもらえればマシなほうだ。

少し前には、日曜の午後には長い散歩をしたものだが、もはやそれもできなくなってしまった。

3月18日（月）

料理クラブのことをステルワーヘンに話したら、すばらしいアイディアだと言っていた。月に一度、調理場を使わせてほしいという我々の要望については関係者数人と話し合い、近日中に返答するとのこと。それからもう一度、紅茶とクッキーを出され、世間話をした後、時計を見て「あら、もうこんな時間」と言った。「あなたたちの時間はおしまいよ」という意味だ。

料理クラブだなんて、あまりに上品すぎるんじゃないか、という気もするのだが、見方を変えれば、自分の興味外のことを試してみるのも大事に思える。格好の暇つぶしにはちがいない。

あと三晩寝たら、また春を迎えられたことになる。これからしばらくは春の大掃除にいそしもう。冷蔵庫を磨き、キッチンの棚を片づける。冬服と夏服の入れ替えもしよう。手袋とセーターはまだ残しておいて。

昨日の午後、エヴァートの部屋を訪ねた。夕方、軽く一杯やろうと誘われたのだが、四時に行ったらもうかなり出来上がっていて、三十分後には椅子に座ったまま眠りはじめた。毛布をかけ、モウを散歩に連れていって、エサをやり、サイドボードの上の亡くなった家族の写真のあいだにメモを残しておいた――「楽しかったよ。百ユーロ、ありがとう」。

3月19日（火）

老年病の専門医は、自らも老年病の専門医が必要そうな人だった。六十代半ばで、年齢が立派なら体重も立派、百二十キロはあるように見える。陽気な風貌は医者には好ましいと思う。悪い知らせは陰気な声だとよけいにこたえるものだから。

ドクター・ヨンゲ――〈若い〉《ヨンゲ》とはなんという名前だ！――が悪い知らせを告げたわけではないが、かといって良い知らせだったわけでもない。体の多くの部位の保存可能期限が迫っているか、すでに期限を超えているかのどちらか。関節は軟骨がすり減っており、前立腺はもはや修繕不能、肺はタバコの吸いすぎで半分しか機能しておらず、心臓は調子が悪い。幸いなことに頭はしっかりしているので、衰えをしっかり認識できる。アルツハイマーの兆候はなく、せいぜい年齢による物忘れ程度。

ドクターよ、ありがとう。

彼はおどけたふりをして、悲惨な事柄の列挙にところどころ冗談を交えた。あなたの状況はよくわかる、私自身もほとんど同じくらい不調だから、という言葉で締めくくった。大声で笑いながら……そうでなければ、医者が患者に自分の健康について不満を言うなんて、おかしなことだ。

彼はいくつか新しい薬の処方箋を書いたが、どのくらい飲むかはご自由にと言いたげだった。「最近の医師たちは大変優秀だから、健康な人間はほとんど見かけなくなりましたよ」と言って診察は終わった。どういう意味なのか、しばらく考えてしまった。

最後に、なにか元気になる薬はもらえないか、聞いてみることができた。つらい時間をしのぐちょっとしたドーピングとして。今度は彼がどういうことか考えてみる番だった。

すぐに次の予約を入れさせられた。

3月20日（水）

施設長が今朝、我々（私、アントゥワンとリア・トラヴェムンディ）に、料理クラブの案は労働安全衛生法によって許可することができない、と言ってきた。「ほんとうに残念なんだけど」と言ってため息までついて見せたが、彼女が残念に思っているとは一瞬たりとも思えなかった。

「どんな労働安全衛生法によってでしょうか？」と私は聞いた。

この施設内で、してもいいことと悪いことについて、フクザツな説明があった。要は我々が調理場の器械を使うのが許されない、ということ。施設が事故に対する保険に加入していないとの理由で。調理場の器械はまったく使うつもりがない、鍋やフライパン、ナイフ数本で十分なのだ、とも言ってみた。

「でもそんな単純なことじゃないんですよ」

ステルワーヘンの説明によると、器械がある空間にいるだけでも、保険のかけられていない危険が伴うことになるのだそうだ。

「労働安全衛生法の書類を見せてもらえますか？」私はなるべく感情を表に出さずに聞いてみた。

「フルーンさん、私を信用してないんですか？」

「もちろん信用していますが、ただいくつか確認したいだけです」

「いくつか確認？」

「昨今の経営者がいつも口にするように、〈確認は不信にあらず〉です。そうでしょう？」

「お見せできるものがあるか、検討してみます」

「お願いします」

リアとアントゥワンはずっとぽかりと開けていた口をここでようやく閉じた。

あとでお茶を飲んでいる時に、二人はようやく落ち着きを取りもどしてきた。いままで施設側に絶大なる信頼を寄せてきたが、少し疑いがめばえたそうだ。私が勇敢に問い詰めたと言ってくれた。自分でもそう思う。

その後、エーフィエにも報告したが、あまりにうぬぼれが強すぎなかったか少し心配だ。彼女はただ「よくやったじゃない、フルーン！」とだけ言ってくれた。

オマニドクラブのエクスカーションのアイディアにはなった。近くでやっている料理ワークショップをインターネットで七件見つけた。中にはきっと労働安全衛生法に則《のっと》り老人を受け容れてくれるところもあるにちがいない。ワークショップに参加した後には、これほど安全な午後はいまだかつてなかった、と報告してやろう。たとえ指や鼻、耳を器械で切り落としてしまったとしても。

3月21日（木）

でかした！　また春まで生き延びたぞ！

これからもたゆまぬ努力をつづけ、初物の露地栽培のイチゴ、ツール・ド・フランス、今年の塩漬けニシン、初雪、大晦日《おおみそか》と新年、そして次の春を楽しみに生きつづけよう。明確な目標をもつことが肝心だ。

世界中で目立った動きがなく、〈キュウリの時間〉（オランダ語で、ニュースの少ない時期の意）がつづく。新たなローマ教皇の選出が終わり、他にめぼしいニュースがないので、シリアが新聞の一面に戻ってきた。オランダ人が殺されたからだ。あと六週間は退屈な国王戴冠式の話題もある。ベアトリクス女王の戴冠式のマントには三百六十四匹のオコジョが非業の死を遂げたが、ビール王子アレキサンダーの巨大なマントには六百匹は必要かもしれない。マリアンヌ・ティーメ（オランダの政党〈動物党〉の党首）よ、オコジョの命を救ってやってくれ。

この施設では〈キュウリの時間〉が多い。一日の終わりに今日もだいじなことがなにも起こらなかったと気づくのだ。だがそもそも〈だいじなこと〉とはなんだろう？　コーヒーにクッキーが一枚でなく二枚ついていたら、それだけで最高の一日という人もいる。それに貢献してくれるスタッフも何人かいる。二枚目のクッキーを出して、宝くじに当たったような気分にしてくれるのだ。「気持ちのいい日だから、大盤振る舞いよ。二枚目、食べちゃいましょう！」

太ったバッカー氏はその対極をなす。彼の記録はアップルクランブルケーキ一ホール半の独り占め。誰にも一切れもよこそうとしなかった。残りの半個は自分の部屋に持ち帰った。これでは皆に嫌われて当然というもの。

エクスカーションの行き先を色々と考え出した。料理ワークショップ、超常現象フェア、ボウリング、ザーンセ・スカンス（風車の名所）、チョコレート作り体験、アヤックスの試合、キューケンホフ公園。次のミーティングで日程の変更が可能か聞いてみよう。

〈キュウリの時間〉故、過去のニュースより。〈どうしてこんなことが？〉という類の話だ。ベルルスコーニは数年前、人権問題への功績を称《たた》えられ賞を受けていた……カダフィの手から！

3月22日（金）

ランゲフェルトさんが昨日、興味深い発言をした。ふだんの彼女は目立たないのだが、時々ふいに存在感を出す。偶然、隣り合ってコーヒーを飲んでいたとき、コーヒーがぬるかったところ、この施設は優良施設ランキングで高い順位ではないでしょうね、と言ったのだ。「もしそうだったら、きっとそれを売りにするはずだから」

どんなランキングのことかと聞くと、彼女は歯の抜けた口で、毎年全国のナーシングホームとケアホームのサービスの質が調査されているのだと教えてくれた。「こんなぬるいコーヒーを出してるようじゃ、ランキングの最下位あたりをうろついているにちがいないわね！」

正確にどんな調査なのかは彼女も知らなかった。インターネットで探してみることにしよう。

クラブのメンバーと競馬に行くのもいいかもしれない。ダウンディヒト競馬場はまだ存在しているのだろうか？　ヨーヨー・バウテンゾルフとクイックシルバー・Sはどうしているのだろう？　まさか牛ステーキ肉と偽られて食卓に……？　そして解説のハンス・アイスフォーヘルはまだ存命しているのか？

私自身はダウンディヒトには一度も行ったことがないのだが、競馬のすべてが心地よくノスタルジックに思えるのだ。

オランダの新たな最高齢者はチェールト・エイペマで百六歳。もし私がその年齢まで生きているとしたら、まだ二十三年この施設に住まなければならないことになる。魅力的な考えとは言えない。世界で最高齢の女性は百二十二歳まで生きた。私がここでまだ四十年過ごさなければならないという計算。

上には上がいるもので、キャリー・C・ホワイトは百十六歳まで生きたが、うち七十五年を精神病院で過ごした。百十歳の時にようやく老人ホームに入居させてもらえたそう。さぞや自由を満喫したにちがいない。

3月23日（土）

〈調査　ケアホーム〉で検索してみると、すぐ見つかった。三百五十軒のナーシングホームと千二百六十軒のケアホームのランキングだ。順位は、住人自身の評価に介護サービスの質の客観的な数字を合わせて定められる。どちらの評価でも我々のケアホームはほぼ千位に位置していた。両者を合わせた総合順位は千百位よりもちょっと上。

これは二〇〇九年の調査だから、いまは少し順位が上がっているかもしれないし、逆に下がっているかもしれない。

なぜいままでこのランキングの存在を知らなかったのだろう？　施設側がこれを掲示板に貼りたくないのはわかる。オランダのナンバーワンに輝いたアルメロのデ・ホフカンプでは貼り出してあるにちがいない。

当時、この調査が当施設でどのようにおこなわれたか知っているか、後で友人たちに聞いてみよう。いまからでも我々で結果を発表すべきかもしれない。

ランキングをとおしていろんな事実がわかる。ヘルテンにあるケアホーム〈神の摂理〉は千二百三十位。きっといろんなケアを神に任せすぎなのだろう。

これも気になった。〈アンジェリ・クストデスの家〉は住人のランキングでは二位に輝いているが、客観的評価では七百二位。住人が記入するのを施設側が助けたのではないかと疑いたくなる。

〈スパトデア〉はどうなっているのだ？　住人のランキングは千五十八位で、検査官の客観的評価では四位。感謝の心のない不満屋ばかりが集まっているのだろうか？

50プラス党のヘンク・クロルは、当施設では信頼を失ってきた。バッカー氏はこう言っていた。「自分のゲイショップ会社さえ倒産させてしまう奴が、どうやって〈株式会社オランダ〉を切り盛りしていけるんだ？」〈株式会社オランダ〉という表現がとりわけ私の気を惹いた。

昨日、〈今の時期にしては寒すぎる〉ということを何度、異なる表現で耳にするか、数えてみたら、三十五回だった。

3月24日（日）
エーフィエは、ナーシングホームとケアホームでの問題点について書かれた記事をスクラップブックに集めていた。大便をしてもすぐにおむつを替えてくれないナーシングホームが多いようだ。

放置や脅迫についての記事を読むと、この施設の良い点をもう少し評価しようという気持ちにもなる。とはいえほかの施設の状況がここより悪いからといって、ここの状況がよくなるわけではないので、おかしな話ではある。三日間、糞まみれのおむつで放置されないことを喜ばなければならないみたいだ。

施設のランキングが存在するのを知っているか、聞いてみたとき、スクラップブックの話になったのだ。ランキングも彼女は知っていた。二人で長々と、当施設の長所と短所について話し合った。結論は、我々でやってみるべきことがたくさんある、ということ。慎重に、かつ精力的にやってみるつもりだ。

経済政策局は、福祉の今後に関し、治療の費用対効果を考慮する、という計画を提起した。老人には治療費をかけても健康状態がさほど向上しないことが多い。大掛かりな手術をしても、せいぜい一年程度の延命で、結局は死ぬだけだったりする。だから将来、是が非でも治療してほしいと思うなら、いまからしっかり貯《たくわ》えておくしかない。手術費が自己負担になるかもしれないからだ。私の体に関しては、手術はご無用。たとえお金があったとしてもお断わりだ。心配事が一つ少なくてよかった。

老人はよく居眠りをするもの。ブレフマンさんがよい例を見せてくれた。食事中にスプーンを口に入れたまま居眠りしだしたのだ。デザートのカスタードがゆっくりと口から流れ落ちた。

私にもよくある。昼間は目を開けていられないのに、夜は眠れないのだ。これはとても困る。

幸い、私の場合は食事中に疲労感に襲われることはないけれど。

ブレフマンさんはスプーンがお皿でけたたましい音を立てて目を覚ました。驚いて顔を上げ、カスタードをワンピースから拭いとり（押しつけてよけいに染みこませていただけだが）、何事もなかったかのように食べつづけた。

3月25日（月）

ここで〈我々〉はけっして〈移民〉という言葉は使わず、〈外国人〉と言っている。たとえその外国人がオランダ国籍を取得したオランダ人であっても。ポリティカルコレクトネスの浸透はなかなか期待できないことだ。

オランダは人種隔離《アパルトヘイト》社会だ。白人は白人、トルコ人はトルコ人、貧乏人は貧乏人、愚か者は愚か者どうし。

我々にはもう一つ、〈老人どうし〉という分割線がある。

ここに住んでいるのはほとんどが白人で貧しく、あまり高い教育を受けていない老人だ。外国人といえば、インドネシア系の女性が二人とイギリス国籍のパキスタン人が一人しかいない。

それ以外のオランダ社会とは、職員を除いてはほとんど関わりがない。職員には比較的、移民が多い。

「いい人たちなんだけどね、でもやっぱりオランダ人の看護師のほうがいいよね」と概して思われている。年を取るほどに反動的になる。お茶の際の会話を聞くと、ここにはかなり低俗な人種差別主義者がいるのが明らかだ。

思春期の若者もここにはあまり寄りつかない。たまに親にほぼ無理やり、じいさんばあさんに会いに連れてこられるくらいだ。ぎこちない会話の表敬訪問。彼らは老人といるのが嫌なのだ。なにもわからないし、耳も遠い、コンピュータももっていない、なんでもゆっくりで、ファッションのことも音楽のこともわからない。そしてクッキーしか出さない。自分たちと住んでいる世界がちがいすぎる。

幼い子どもたちのほうがずっとマシだ。楽しそうにおしゃべりし、まだ〈気詰まり〉という感覚がない。老人と幼児はうまく足並みをそろえることができる。


エヴァートが、明後日のエクスカーションの行き先を一ユーロの賭け金で予想するギャンブル屋をやっている。賭け金はすべて当たった人に配当される。だれも当たらなかった場合は銀行に預金される。その銀行とはエヴァートのこと。ふざけた奴だ。まだ誰も賭けていない。みんなドキドキしているが、エーフィエはなにも明かそうとしない。

3月26日（火）

この日記の目的は、死後にささやかなりとも名高い内部告発者になることにあった。その思惑はいまは影を潜めている。

書くことは心地よいセラピー効果があることに気づいた。以前よりもリラックスできて、ストレスを感じることが減った。はじめるのが五十年遅かったかもしれないが、それはいまさらどうしようもない。

スラフさんにはとても嫌な娘がいる。月に一度、土曜の午後のお茶の時間に三十分だけやって来て、その話はもう聞いたと不機嫌そうに何度も言うのだ。まるでわずか三十分の訪問時間に九十近い母親に恥をかかせるのは意義深いことであるかのように。娘の言うことが正しいかどうかも怪しい。スラフさんは天才ではないが、頭はまだ十分はっきりしている。

スラフさんの娘は黙って、目立たないでいるほうが身のためだ。異常に太った洋梨体形をしているからだ。その形は、彼女より洋梨のほうがふさわしい。

3月27日（水）

よそいきの服に着替え、エクスカーションの時間を待っている。まだ二時間もある。子どものように興奮している。

集中することができずにうろうろと歩きまわり、時折なにかを落としている。もう二度も掃除機をかけた。一度はチョコレートのトッピング付きのラスクを皿から落として、もう一度は砂糖つぼをテーブルから落として。

チョコレートをこぼすことがなんの兆しかは知らないが、砂糖をこぼすのは〈訪問〉の予告だ。いま誰かに来られるのは嫌だから、下におりてミニバスを待つとしよう。

3月28日（木）

エヴァートは自分のギャンブル屋がエクスカーションの行き先に近いとは予想もしなかっただろう。なんと、カジノだったのだ！

我々は十三時になるべくきちんとした格好で、おなかをすかせて下に集合した。それがエーフィエの指示だった。出発の直前に、身分証明書も必要だと言いにきた。

ミニバスはぴったり時間どおりに来て、旧西地区とバイルマー地区をとおって我々をライツェ広場のホランド・カジノに連れていった。我々を見て、若くてハンサムな案内人は少し驚いていたが、礼儀正しく歓迎してくれた。「お客様方のお年はホランド・カジノ全体のお客様の平均年齢より少し上かとお見受けしますので、きっとゲームも平均以上の知性でお楽しみになられることでしょう」若造にしてはエレガントなセリフが言えたものだ。

我々はまるで王侯のように、分厚いカーペットの上を闊歩《かっぽ》した。おいしいランチを出してもらい、それからゲームの説明を受けた。ルーレット、ブラックジャック、そして我々の案内人によるといちばんの流行りのテキサスホールデム。最後のゲームは白髪の我々にはかなり場ちがいだったので。参加者のほとんどが帽子かフードを被《かぶ》りサングラスをかけたひょろ長い坊やたちだったので。

小さなおもちゃの馬がフィニッシュめざしてレールをまわる競馬ゲームでは、笑いが止まらなくなった。フリーチェは投入口に二ユーロ入れ、自分の誕生日の数字を押した。彼女の馬が一番にゴールすると、ジャラジャラと派手な音と共に二ユーロが二十四枚出てきた。フリーチェはシンタクラースよろしく皆にお金を分けてくれた。しばらくすると、入場時に配られたカジノチップを元手にして、全員が夢中でなんだかわからないマシンにお金を入れたり、ルーレットをしたりしていた。

利益はオマニドクラブの会費として貯《た》めようと入場時に決めていた。一時間半後にバーで皆がポケットを空にすると、二百八十六ユーロも稼いでいたことがわかった。全員が満面の笑みで、カジノの従業員まで嬉しそうだった。金をひけらかす若造や不可解な中国人に比べ、我々は彼らにとって心温まる存在だったようだ。「皆さんにカジノから一杯ごちそうしましょう」とバーマンが叫んだ。

エヴァートはウィスキーを三杯飲んだ後、二百八十六ユーロぜんぶを13に賭けようとした。そうしたら一万ユーロ持って帰れるからと。「13だよ、まちがいない！」

それには我々に息づくカルバン主義が反対した。

五時十五分にマネージャー直々にミニバスの到着を知らせに来た。すでに二人、老人が乗っており、我々をあからさまに軽蔑のまなざしで見た。グレイムが彼らに一ユーロずつ渡すと、二人ともそれは拒まず受け取った。

施設に着くと、皆の注目の的となった。どうやら噂になっていたようだ。我々は妬みと感嘆、嫌悪感の混ざった視線を浴びた。

3月29日（金）

金融危機によって、昔ながらの靴下貯金が復活した。キプロス危機に対する住人たちのコメントを聞くと、何人かは銀行から預金を引きあげ、マットレスの下やその他、泥棒が真っ先に探す場所に置いているようだ。

私のスパイ、アンヤのところに行き、ナーシングホームとケアホームのサービスの質の調査を施設長と理事会がどう処理したか、調べてもらえないかと頼んだ。

「喜んでお引き受けするわ、ヘンドリック」アンヤははじまる前から顔を輝かせた。

ステルワーヘンの机の引き出しからこっそり隠したレポートが見つかればすばらしい。

「くれぐれも気をつけてやってくれよ、アンヤ。危険をおかしたりしないように」とアンヤに注意しておいた。こんないい女性が罪を咎められることになってしまったら、心が張り裂けてしまう。そうなったら私のせいだとも言っておいた。

「ご忠告ありがとう、ヘンク。でも自分の行動には自分で責任をもつから。コーヒーのおかわりはどう？」それから彼女はアストリット・ナイの〈わたしはわたしの好きにする〉を口ずさんでいた。

今日は聖金曜日だ。かつては静かに気の毒なイエスのことを想う日だった。いまオランダで父親が息子を十字に磔《はりつけ》にして釘《くぎ》を打たせたら、そんなひどい異常者を法廷の鑑別所でどう扱えばいいのか、困るだろう。その男にほかにも子どもがいたら、仮釈放は望めないにちがいない。材木商へは立ち入り禁止だろう。

神にあと一度だけチャンスを与えよう。今日の午後三時ちょうどに私がふたたび百メートルを十二・四秒で走れたら、またカトリック教徒になる。約束だ！

3月30日（土）

現在の私の百メートルの記録は一分二十七秒だ。聖金曜の昨日十五時ちょうどに計った。一秒や一メートルの誤差はあるにしても、大差はないはずだ。

一分半の百メートル走のあとには五分間、ベンチに座って休まなければならなかった。

神は息子が死んだ時間に、私にかつての速さをもう一度与えるという奇跡を起こさなかった。私のカトリック教会への復帰はあきらめるしかない。

だが神はきのうの三時ごろ、スヒンケルさんを自分の元に呼び寄せた。スヒンケルさんは敬虔《けいけん》な信者だったから、意識的にイエスとおなじ時間に息をひきとったのだろう。ほとんどつきあいはなかったが、感じのいい人だったと思う。葬儀は近親者のみでおこなわれるので、義理で参列せずに済む。

年金受給者も〈ペンショナド〉という言葉で呼ばれると、響きがよく聞こえる。ペンショナドならなってもいいような気さえする。スペインのベニドルムにある世界でいちばん醜いホテルに二ヵ月も泊まって、他のオランダ人のペンショナドと冬じゅうペタンク（フランス発祥の球技）をすることになりそうだが。ベニドルムにはオランダ人の床屋、スナックバー（ジャンクフード店）、配管工事屋、さらにここ数年はオランダ人医師の病院まである。もし私が毎年コスタブランカで越冬しなければならないとしたら、すぐにその病院の安楽死病棟に行くだろう（ヘンドリックのブラックユーモア。オランダの病院に安楽死病棟はない）。

昨日のお茶の時間に、先週スペインから戻ったばかりのアウペルス夫妻がスペインでのバカンスを絶賛していた。オランダの長引く寒さも、スペインの宣伝に一役買った。

あの瞬間に旅行会社が談話室にやって来ていたら、一時間で次の冬のベニドルム行き往復切符が二百枚は売れただろう。

ここがすばらしく静かになってよかったのに。

今日の私は死ぬほど疲れて目を覚まし、一日中静養し、夜は静養することに死ぬほど疲れてベッドに入る、という一日だった。最近の若者が二十四時間ぶっとおしで踊るために使うという謎めいたドラッグが、私の薬箱にも入っていれば飲んだところだ。突然踊り出す必要はない。ただ数時間疲れることなく歩き回れるだけで十分だ。

3月31日（日）、復活祭の主日

復活祭は私にとって重要なものではない。工作クラブでは先日、今日のブランチに食べる卵の殻に色を塗った。このあと十一時からブランチのはずだったが、住人の大部分はいつもの食事の時間を変えようとはせず、ふだんコーヒーを飲んでいる時間に朝食と昼食をいっしょに取ったりすると、皆一週間は混乱してしまう。いつもの時間に朝食を取り、十時半にコーヒーと色を塗った茹《ゆ》で卵二個、その一時間後にお昼のサンドイッチ、ということになった。

休息・清潔・規則正しさという子どものための三原則は、老人にも適用される。清潔さはここではそれほど重視されていないが、休息と規則正しさはここの社会の基礎となっている。

明日は復活祭のクラーフェルヤス（オランダのトランプゲーム）大会がある。賞品も豪華！　誰もエヴァートと組みたがらないので、私も参加することにした。ほかの住人たちのボイコットを成功させてなるものか。

いくつかのチームはまるで生死がかかっているかのように真剣にプレーする。エヴァートは置かれたカードにいちいちコメントし、いいかげん黙れと堪忍袋の緒が切れた誰かが叫ぶまで、邪魔をしたり苛立たせたりするのをおこたらない。私はいつも知らぬふりをしている。

今夜の復活祭ディナーが楽しみだ。正直言って、祝日のスペシャルディナーはたいていとてもおいしいのだ。新しいコックが来てからというもの、なにもかもいままで以上に柔らかく煮てあるのには閉口するが。

4月1日（月）

なんと、クラーフェルヤス大会でエヴァートと私が二位になり、皆の羨望《せんぼう》の的となった。賞品は塩とコショウのビンのセットを二人で一つ。エヴァートは熱狂的で妬み深いクラーフェルヤスプレーヤーたちを前に、毎週、コーヒータイムに塩のビンとコショウのビンをこれ見よがしに交換しようと私に提案したが、さすがにそれはやりすぎというもの。

まるで復活祭のサプライズのように、施設の玄関の前に停《と》めてあった三台のマイクロカーが、タイヤに穴をあけられパンクしていた。お茶の話題にはなるが、破壊欲がこんな行為に走らせるとは驚きだ。

「オランダの老人の原動力に対する襲撃よ！」とクイントさん（悲壮感漂う戯言《たわごと》の女王）が叫んだ。

警察がやって来た。短期間に二度目だ。また二人の見識ある警官が現場で検証して（つまりただ突っ立って眺め）、言った。「たしかにパンクしていますね」彼らは、まるでちょうどいま誰かがナイフを手に角を曲がって走っていくのが見えないかとでもいうように、辺りを見回した。

警官は調書を取ることはできないので、被害者はインターネットで被害届を出さなければならない。被害者の二人ともコンピュータを所持していないのは遺憾だ、と警官は言っていた。結局、フリーチェが自分のパソコンで被害者と共に届け出る役を買ってでた。なんとも印象的な活動ぶりを見せたのち、警官は引きあげていった。被害者支援についてのパンフレットを、念のために手を挙げた人全員に渡して。これで職務は十分果たしたことになる。

また襲撃があるのでは、と不安。マイクロカーの所有者は、できることなら自室のベッド脇にマイクロカーを停めておきたいようだ。犯人は誰なのか、さまざまな憶測がなされているが、すぐにムスリムの犯行にちがいない、ということで皆の意見が一致した。ツインタワーほど大事《おおごと》ではないものの、警察に軽視されてはならない。

「こういうときにこそドローンを使うべきだ」とバッカー氏が言っていた。

4月2日（火）

昨日の昼食時、ディックハウト氏が施設長からの手紙を読み上げた。今後コーヒーには一ユーロ、クッキーは一枚につき二十セント払わなければならない、と。憤りの嵐、いや、ハリケーンが沸き起こった。なんたる侮辱！　老人に対する敬意が消え去った、と。戦争が持ち出され、ドレース（年金法を定めた大臣）の名まで持ち出された。「だったら自分でコーヒーとクッキーをもってこようじゃないか！」ホムペルトが部屋中に轟《とどろ》く声で言うと、ディックハウトが手紙のつづきを読んだ。共有空間で食べ物の持ちこみは以後禁止、とある。ホムペルトが怒りで破裂しそうに、少なくとも心臓発作を起こしそうになったとき、これが限度と思ったディックハウトがさらりと言った。「エイプリルフールだよ！」そして自分でもってきたクッキーを皆に配った。

口をへの字にした人が多かったのを見ると、全員がジョークを楽しめたわけではないようだ。抗議の意味でクッキーを拒む者までいた。ほかの人たちがそれを二枚目として受け取っていたが。ホムペルトは顔を紫にして怒っていた。

私自身はジョークそのものに八点、演技に九点をあげたい。一度ディックハウトをオマニドクラブの会員候補として招待してもいいかもしれない。

復活祭二日目の昨日は訪問者数が最高に多かった。太陽が照り、気温六度で、風力四の東風、老いた父親か母親とかろうじて散歩はできるが、長くは無理。大勢が一度に戻ってきて、談話室の椅子が足りなくなった。私は自分の椅子を譲り、自室に戻った。ざっと見渡したところ、訪問客がいないのは私だけだったので、例外的に少し自分を哀れに思った。部屋でいちばん上等のワインを開け、三時間後にほろ酔いで夕食の席についた。さらにワインを二杯ほど飲み、デザートまでたどり着くのがやっとだった。誰も不快にしていないといいのだが。

4月3日（水）

散歩をさせる必要はない。臭くないし、死ぬこともない。パロのことだ。

日本の出生率は一・三。しだいに老人の割合が高くなり、訪ねてくる子どもが少なくなる。それゆえ日本ではしばらく前にパロが商品化された。アザラシの姿をしたロボットで、老人の相手を目的とする。オランダの輸入業者には、パロに太りすぎてよろよろ歩く野良犬のいでたちを与え、クッキーを口に入れられるようにすることを提案したい。

ところで、イタリアの出生率も一・三なのだ。カトリック教徒がウサギのように大勢子どもを産んでいた時代はいつ終わったのだろう？

いま新生児が少ないということは、四十年後には比率的に老人過剰になるということだ。自分でそれを体験せずに済むのはありがたい。いまでも老人には社会的な価値が乏しいが、将来、数がぐんと増えた七十歳以上の人が自ら生命の終焉を望めば、たっぷりボーナスをもらえるようになるにちがいない。

二十億人の老人が電動カートで道を危険にしても、世界がよくなるわけではない。

進取の気性に富んだ二十代の若者に、私から投資のアドバイスをしよう。介護用おむつの株を買うことだ。

昨晩はグレイムの部屋でオマニドクラブのミーティングをした。シャブリと、スナックバーから宅配でとった揚げものも楽しんだ。部屋で揚げものをするのは規則上禁じられているが、あつあつのビターバレンほど冷えたワインに合うものはない。とても楽しいミーティングだった。

エクスカーションの日付をずらしても、その後のエクスカーションの日程はそのままにすることと、幹事をする日を他の人と交換してもよいことが決まった。

我々のクラブへの入会希望があちこちからあったが、慎重な討議の結果、当分は現在の六人を最大数とすることにした。そのほうが組織としてまとめやすいし、全員が全員と交流できる。何人かクラブにふさわしい候補者がいたので、ウェイティングリストに載せることにした。八人ほど口うるさい奴らもいるが、そいつらはうまくはぐらかせばいい。

4月4日（木）

アムステルダムには裕福な老人のためのケアホームがある。ビンゴではなくブリッジをし、バウアーのヒットソングではなくバッハを聴き、ミートボールではなくステーキを食べるようなところだ。おむつも好きなだけ換えてもらえる。国が介護費を支払い、食費と住居費を住人が月額四千ユーロ自己負担する。私ならば三ヵ月でダンボール箱に寝なければならなくなる額だ。

菜食主義者や芸術家、人智《じんち》学者のための老人ホームというのもあるし、老いたホームレスのためのものもある（もはやホームレスとは呼べないが）。いまの施設からこれらのうちのどれかに自分が引っ越したいかどうかはわからない。菜食主義者や人智学者が口うるさいのは、我々の施設の口うるさい者たちより、もっとたちが悪い気がする。私は文句や愚痴、嘆きが聞こえない施設がいい。多少の不平はかまわない、そうでなければ私自身も住めなくなる。

ここには菜食主義者は一人もいないし、人智学者などいるはずもない。かわりに手芸がとても上手なご婦人が何人か、それとビリヤードのうまい男性も数人はいるが。

この施設の規約・規則を探し出してコピーしてもらえないか、アンヤに聞いてみた。労働安全衛生法など、その他すべての該当する規約も。労働安全衛生法には機器についての項目もあるので、ステルワーヘンさんが我々の調理場使用を拒んだのは正しいことなのか、それで確認する。我々のクラブと施設側はいつか衝突することになるかもしれないので、彼らが身を潜める〈規則のジャングル〉についてある程度の知識を得ておきたい。

グレイムとエーフィエにそのことを知らせ、いっしょに読んでもらうことにした。エヴァートには興味がないと言われたが、「また水槽にクッキーを投げ入れる必要があれば、喜んで協力するよ！」とのこと。

4月5日（金）

〈税法改正、六十五歳以上に打撃〉というニュースへの反響が大きい。今日はそれに上乗せするように〈デルタプランで認知症をせき止めよ〉とあった。コーヒータイムの話題が豊富すぎる。

まずは税金問題について。簡素化された新たな税法には目に見えない危険が潜んでおり、老齢年金が減ることになる。私が驚くのは、税務署には三万人もの職員が働いているにもかかわらず、新たな規則がどのような影響を及ぼすか、誰もあらかじめ計算しなかったということだ。またしても皆が驚いている。「えっ、老人はそんなに貧しくなるのか!?」それならば、財務副大臣は自分で言ったように、「当然、是正せざるをえない」。我々のためになるべく早急に、少なくともその〈是正〉が〈撤回〉を意味するのであれば。さもなくば、我々はずっとテレビで、憤慨した顔で異議を唱えるクロルを見つづけなければならない。(「いや、デ・コーニングさん、ヘンク・クロルはルート・クロル選手のきょうだいではないんですってば」)

認知症患者が津波のように押し寄せる件については、別の機会に書こう。一度に悲惨な話ばかりにならないように。

そして、いつまでも寒さがつづきすぎだ。あたたかな陽射しが恋しくてたまらない。三週間もつづく風力六の東風に、人々は精根尽き果てている。もう夏時間だというのに、まだ(エヴァートの表現を借りると)「キンタマが凍るくらい」寒いのだ。私はけっして天気に文句をつけるような奴ではないが、所詮はただの人間。結局、望むと望まざるとにかかわらず皆といっしょになってぼやいてしまう。天気のせいで不機嫌であるのを認めざるをえない。

4月6日（土）

年寄りは常にため息をついたり、うめいたりしているものだ。瞬間的に力を入れるときや痛みがある場合もあるが、たいていは習慣的なものだ。ちょっと研究してみた。

うめきの王者はカウパー氏、もとから私は彼のことがあまり好きでない。立ち上がる、コートを着る、物を持ち上げる（たとえティーカップ一つであろうと）……すべてがまるでロードローラーに轢かれるようなうめき声と共におこなわれる。

一旦、うめき声に注意しはじめるとますます気に障るようになってしまったが、それはよくない。父はよくゲーテの格言〈苛立つな、驚くのみにせよ〉を口にしていた。他人に対する助言だったのだろう、父自身はいつでもなんにでも苛立っていたから。

今朝、勇気を出してカウパー氏に、なぜ座る時にそんなにうめくのかと聞いてみた。

「は？　私が？」と真に驚いていた。その後、三十分はうんともすんとも言わなくなったが、それからまた徐々にはじまった。まるで女子テニスの試合を見ているようだ。昔はほとんどうめき声は聞こえなかったはずだが、いまではテレビでテニスを見るたびにボリュームを下げなければならない。わざとやっているのだ。最近では男子にまで伝染して、試合でうめき声が飛び交うようになった。

あれこれ考えているうちに、困ったことにカウパー氏のことがますます嫌いになってきた。いちいちうめき声が聞こえてしまう。しかも彼だけでなくほかの住人たちのうめき声も気になる。最もたちが悪いのは自分のうめき声も時々聞こえてくることだ。どうすればこの癖をなおせるだろうか？

エヴァートに相談してみたところ、うめき声が聞こえるたびにもっとひどいうめき声を上げてはどうかと言われた。数時間後、エヴァートは自分の理論を実践してみた。うめき声を上げた入居者たちは驚いて、どこか悪いのかと彼に聞いていた。

4月7日（日）

閉鎖棟のスハフト氏が開いているドアをすり抜け、我々のコーヒータイムに参加してきた。いたく自慢げに自分の新しいリストバンドを見せてくれた。義母からもらったのだそうだ。〈蘇生処置拒否《レアニメール・マイ・ニット》〉と書いてある。

「どういう意味だかわかりますか？」エーフィエがやさしく尋ねた。

スハフト氏は知らなかったが、なにか女性に関係あることだと思っていた。

「ホステス《アニメールマイシエ》？」

「そんな感じです」スハフト氏は〈レアニメール〉と〈アニメール〉を混同していた。

義母からもらったというのは確かか、私が聞いてみると、彼は大笑いして、ひどく咳き込み、窒息しそうになった。それでヘルパーたちに気づかれ、閉鎖棟に連れ戻された。おかげで誰がそのリストバンドを配ったのか、聞けずじまいだった。

エヴァートはビジネスチャンスだ、と無表情に言った。

私が、すぐに一つ注文しよう、と言うと、変な顔で見られた。

冗談の応酬だったが、実は真面目でもある。エヴァートはきっと私のためにリストバンドを作るだろう。

そんなリストバンドに法的な有効性があるのかも調べてみよう。ついでに、意思表示ができなくなった際に安楽死宣言書が有効かどうかも調べておこう。なかなか語られることはないが、厄介な事柄だから。「安楽なんとかっていうのは大いなるタブーだからな」蘇生拒否のリストバンドをきっかけにグレイムが厳粛かつ挑発的に言った。皆、椅子の上で落ち着きなくもじもじし、長いあいだ集中してコーヒーを混ぜていた。「自殺はここで話すには向かないテーマだ」とエヴァートがご丁寧に付け加えた。

4月8日（月）

春。昨日は歩ける者はこぞって散歩に出かけた。たとえ玄関前のベンチまでしか行けなくても。施設の老人四人がベンチに座り、すばらしい天気について気分よく話していると、見ず知らずの年寄りの男性がベンチの最後の空席に座った。ブロッカーさんは彼を追い越して座ることができず、非難がましく言った。「そこは私の席ですよ」

「どこにもあなたの席だとは書いてありませんよ」男性は新聞を取り出した。

「いつも私たちがここに座ってるんです」住人たちが援護射撃した。

「でもいまから三十分は私の席です」男性は動じず言った。

ブロッカーさんは助けを求めにいったが、守衛しか見つからなかった。「これはうちの施設のベンチです」と守衛は言ってみた。

「このベンチは公道にある、皆のためのものです」というのが答えだった。

三十分、冷ややかな沈黙の中で新聞を読んだ後、男性は立ち上がり、あいさつをして帰っていった。

この話を私はさまざまな憤りの表わし方で四度も聞かされた。これが日曜日の最も重要なできごとだったのだ。


フリーチェが軽度の肺炎から快復中なので、三回目のエクスカーションが二日延期になり、あさっての予定が金曜日になった。

かなりガッカリしてしまったが、仕方ないじゃないか、フルーン！　我がクラブの会員はヨボヨボで、病気にかかりやすいとわかっているだろう。一つのエクスカーションが延期になっても、その後は予定どおりにおこなうという案が、採用後すぐ適用されることになった。


私が幹事を務めるエクスカーションの内容をついに決めた。料理ワークショップだ。インターネットで四人のコックを値段と距離で選び、一人当たり最低三回は電話で話し、老人と辛抱強くつきあえるか確かめた。二人はこの時点で脱落。最終的に、クッキングスタジオ〈屋根の下で〉になった。和やかに笑いながら料理を楽しめると保証してくれたからだ。あまり生真面目すぎないというのが私の気に入った。自分自身の言動を、過剰に重要視する人があまりにも多い。誰もが砂漠の中の一粒の砂、あるいは宇宙の中の細粒にすぎないのだ。

これはちょっと悲壮な考えだな、ヘンドリック。

4月9日（火）

やっと久しぶりに有名人の死がコーヒータイムの話題にのぼった。マーガレット・サッチャーだ。今年の訃報はまだ少ないが、鉄の女サッチャーほど意見が分かれる存在はない。バッカー氏はすばらしい女性だと言っていた。「確固たる意見をもっていたからな！」なにについてか、私は聞いてみた。

「自分が望んでいたことについてだよ」

フリーチェ「で、彼女はなにを望んでいたの？」

バッカー「これは取り調べかなんかなのか？」

昨日は居住者集会があり、当施設の建物を時代の要求に沿って改築するという理事会の計画が発表された。〈時代の要求〉が正確にはなにを意味するのかはわからないが、たいていは財政削減が背後に潜んでいるものだ。財政削減を〈経費を抑える〉とか、〈能率を高める〉などと呼んで。

施設長は三度も強調して、まだなにも決まっていない、この集会は住人たちの希望を聞くためのものだと言った。我々に発言権があると思わせるかのように。だが住人たちは不安が募るばかりだった。また心配の種が増えただけだ。昨日の午後すでに引っ越し用のダンボール箱を仕入れてきた人たちもいた。「古い植物は植えかえちゃ駄目なのよ」スハープさんは何度も皆に言ってまわった。自分を植物と比較するような自己認識が彼女に備わっているとは知らなかった。声は出すものの、それ以外は彼女の存在はほとんど植物と変わらない。

個人的には、なるべく住人に迷惑のかかるような徹底的な改築を望む。大規模な改築であればあるほどいいし、早ければ早いほどいい。実際に改築作業がはじまるまでに一年はかかるだろうし、自分があとどれくらい生きているか、わからないのだから。

救急隊員が電気ショックで誰かを蘇生してから〈蘇生処置拒否〉のリストバンドを見つけたとしたら、どうなるのだろう？　反蘇生処置？　そこに来た人は目を疑うことだろう。あるいは、蘇生処置されないことを望む人の夫が、リストバンドの有無にかかわらず、あらゆる手をつくして命を救ってほしいと主張する場合は？

そんなことを考えながら、今朝は目を覚ました。

4月10日（水）
抜き打ち検査をおこなうことを検査官が予告してきた、と私のスパイが教えてくれた。苦情が出たのだ。施設側はただちに警戒態勢を取った。介護関係の問題が起きると、マスコミが飛びつく。大手の介護サービス団体コルダーンとオシラはすでに餌食になった。オシラでは二十七の施設が監視下に置かれた。〈老人の虐待〉と当時の新聞の見出しに書かれ、誰もが衝撃を受けた。ならば誰もが一度は施設の見学に来るといい。ちゃんと教育を受けていない者を安い賃金で雇い、過酷な労働条件で働かせるとどうなるか、わかるだろう。さらに、合併して巨大になった介護団体では、幹部から実際の介護の現場まで九つもの階層構造があるのだ。これでは事故が起きないわけがない。何年も理事会が効率を重視した方策を取ってきた結果、自分たちの高い報酬を保証するシステムだけが残った。現場の職員には、介護の必要な老人をトイレに座らせ服を着せるのに、二分と十五秒しかない始末。よく拭けていなくて当然だ。

おや、珍しく私も思いきり罵りたくなってきたぞ。

その反面、こうも言える。ここの老人の中にはクソがつくほど意地悪な奴もいるので、しばらくクソまみれのおむつで放置してやってもかまわない。

最近、こんな事件があった。職員を叩いた女性居住者が職員に叩き返されたのだ。軽くたしなめるようなもので、大いに弁解の余地があった。〈被害者〉は幼い子どもよりもたちが悪い。にもかかわらず、その職員はクビになった。一件落着、というわけだ。

4月11日（木）

何日もたいしたことが起こらないことがある。いや、〈何も〉起こらない、と言ったほうが正しい。

私も、食事や天気についておしゃべりはできるが、ここのほとんどの住人はそれがなにより好きなのだ。なにもニーチェについて深い話をする必要はないけれど（私だって知らないし）。

誰かが愚痴を話してくることがなければ、私はそれだけで満足だ。

だから、談話室で誰の隣に座るかは重要。ほとんどの席は、いつもおなじところに座り、誰かが座ろうものなら大騒ぎしてみせる者たちに〈予約〉されている。空いているいい席を確保するにはタイミングが肝心だ。早く来すぎると選べないし、遅く来すぎても駄目だ。席は十分にあるのだからと二、三人で別のテーブルに座ると、つきあいが悪いように受け取られる。たいしたことではないと思われるかもしれないが、同じテーブルを囲まないことへの憤慨は大きい。まるでこちらが伝染病患者を避けたような反応をされるのだ。

だから、ほんとうはいつでもエーフィエかエドワードかエヴァートの隣に座りたくても、持病をいちいち挙げてみせたり、テレビ番組〈移動裁判官〉の内容を事細かに聞かせるおばあさんの隣に座って、行儀よく頷いていることもある。心の中で、彼女が驚きのあまり物も言えなくなることを祈りつつ、観念してクッキーを紅茶に浸《つ》けている。

明日の正午に玄関に集合。反乱クラブ、行動開始だ。

来週の木曜、〈屋根の下で〉での料理ワークショップを六人の老人向けに予約した。打ち合わせで、前菜は省いてメインとデザートだけを作ることに決めた。そうしないと、時間も値段もかかりすぎるからだ。なにを作るのかはまだわからない。私にとってもちょっとしたサプライズだ。「食事制限があれば、なにか解決策を考えます」と担当の女性が言っていた。「好き嫌いの激しい参加者には、すぐにミートボールを作ることもできます」とも。柔軟な対応をとってくれそうで安心だ。

ミニバスを予約し、施設の食事はキャンセルした。コックが眉をしかめていた。

4月12日（金）

腹立たしいことに、ハウスキーピング長のデ・ロースさんが施設長に頼まれて、来週の木曜、六名の住人が夕食を施設で取らない理由を聞きに来た。私はエクスカーションのことを話してしまった。

「まあ」と彼女は言った。

「時々なにかを企画するクラブを作ったんです」私はおずおずと言った。

「私たちの企画が十分でないと思ってるのかしら？」デ・ロースさんが聞いた。

「そんなことないです」慌てて私は言った。

「調理場ではたらく人たちは、六人も減るのを快く思っていないのよ」

「まるで我々が調理師たちの楽しみのために存在するみたいじゃないですか。彼らが我々のためにいるのであって、逆じゃないですよ。それが彼らの仕事なんだ。彼らがどう思おうが、こっちの知ったこっちゃない！」そう言ってやりたかったが、勇気がなかった。その代わりに、もう予約をしてしまったのだとつぶやいた。

「ちなみに、なにをするのか教えてもらえますか？」

料理のワークショップに参加すると言うと、彼女は一瞬言葉に詰まり、「あらまあ……」と言った。

またしばらく黙っていてから「そう、では楽しんできてくださいね」と言い、頷いて戻っていった。おそらくその足で施設長に報告に行ったのだろう。いまの私はじわじわ怒りが強まっているのだが、誰にも話すことができない。私の計画がバレてしまうからだ。

落ち着け、フルーン！　もうすぐエクスカーションの時間だ。レインコートをもって行ってこよう。

4月13日（土）

オマニドクラブは昨日、オランダで最も大きくて有名な、老人に人気のスポットを訪問した。キューケンホフ公園だ。老人だけではなく、ドイツ人と日本人も大勢いる。「日本人がまた陽気に写真を撮りに来ているということは、津波の後片づけは済んだのだろうか？」とエヴァートが疑問に思っていた。

訪問者の予想平均年齢は六十五歳以上。したがって高齢者割引もない。割り引いていたら、大変な額になるだろう。ただし、車椅子を押している人は無料で入場できる。明記されてはいないが、フリーチェが偶然知っていたのだ。そこで、エヴァートが私のために、グレイムがエーフィエ用に車椅子を取ってきた。さすがに三人も車椅子を押していたら、怪しまれただろう。節約した入園料四十ユーロ分を、コーヒーとケーキ代にできた。そして皆で順番に車椅子に乗り、押し合った。

とても上品ぶった、整いすぎた公園だが、すさまじい数の花があることだけはたしかだ。今年は少し開花が遅れているが、きれいだった。今日は天気の変化が激しく、雨、晴れ、雨、晴れと繰り返された。そのたびに中、外、中、外と移動した。温室内は心地よい暖かさで、観光客の群れさえ気にしなければ、すばらしい公園だった。

だが、品種改良もあそこまでいくとやりすぎだ。白ワインに揚げものをつまみながら、七百種類目のチューリップを栽培することの必要性について考えた。

フリーチェの準備は万端だった。ミニバンをもっているステッフという名のやさしい孫がいて、ガソリン代二十ユーロで、おばあちゃんとその友だちの行楽に一日つきあってくれたのだ。皆の話を興味深く聞いてくれる気のいい奴だった。我々といっしょにいるのを楽しんでくれていて、そのことが皆少し誇らしかった。

一日の終わりにステッフは、一時間も渋滞に巻き込まれた後だったにもかかわらず、またいつでも運転手の役を請け負うと申し出てくれた。フリーチェは渋滞を予想していたようで、クールボックスからフランス産のチーズとサーモンのカナッペ、白ワインを出してくれた。渋滞がこんなに楽しかったのははじめてだ。

足止めを食らったせいで夕食の時間には間に合わなかった。調理長は深いため息と共に残り物を電子レンジで温めてくれた。まるで自分が食べる分を取っておいたような素振りで。

4月14日（日）

昨日は施設の記念すべき日だった。脳卒中一名、大腿骨《だいたいこつ》骨折一名、クッキーで窒息しそうになった者一名。救急車が午後に三度も往来した。コーヒーとお茶の時間の話題が豊富すぎたほどだ。患者の中に親しい者はいなかったものの、厳しい現実を突き付けられた。老木である我々が倒れるのに、もはや嵐は必要ないということ。そよ風で十分、たかだかクッキー一枚でも命を落としかねない。人生最後の日という気持ちで毎日暮らすべきなのに、悲しいかな、皆残された貴重な時間を文句ばかり言って無駄にしている。

シッタさんは救急車が行ったり来たりしているのを見て、ビンゴは予定どおりやるのかと聞いていた。恥知らずにも「病人が出たからって健康な者がガマンする必要はないわよね」と言ってのけた。彼女がビンゴの途中に脳卒中を起こし、大腿骨を骨折し、クッキーで窒息するよう、願わずにはいられない。

楽しいことを書こう。もうすぐ愛《いと》しのエーフィエのところでお茶を飲み、今晩食事に行こうと誘ってみる。かなり高級なレストランを予約してあるのだ。

今日が人生最後の日であるように生きようではないか。

4月15日（月）

私の老いたプリンセスは喜んで招待を受け、口紅とチークできれいに薄化粧してきてくれた。

私は出発前に特別にシャワーを浴び、きれいな下着を穿いた。後者は不必要な贅沢《ぜいたく》ではない。次回、老年病医にかかるとき、まだ治療が可能か、あきらめておむつをする以外にないのか、きちんと確認してみよう。少し前には、おむつをつけることで尊厳を失うように思っていたが、いまはおむつをつけても尊厳は保てる、と考え方の幅を広げることにした。鍋のなかで水が徐々に熱くなるのに気づかないカエルに似ている。

七時にミニバスでレストランに行き、半月分の年金を使って豪華な料理を堪能した。

エーフィエは輝き、楽しんでいた。奢《おご》ることを習慣にしない、という条件付きで奢らせてくれた。「習慣にはしたくてもできないよ」と私は正直に言った。

派手に楽しんでみるのは気持ちのいいものだ。私にもこんなに容易《たやす》くできるとは思っていなかった。相手がエーフィエだからこそだ。

帰りはタクシーで戻ってきた。

お別れに両頬にキス。私はちょっと赤らんだ。八十三にもなって、なんたることだ!

4月16日(火)

国王戴冠式の興奮がここでも高まってきた。居住者委員会で我々なりの祝い方を真剣に話し合った結果、今年もヘイマ(日用品と食糧の大手チェーン)のオレンジ色のトムプースがコーヒーと共に出されることになった。そしてテレビの報道はすべて談話室の大画面で見ることができる。

エイ湾の祝賀航海はここからすぐそばなのに見学には行けないようで、皆ひどく残念がっている。詳しいことはわからないが、夜七時から二分間、新国王と女王が百メートル先を船で通過するのを見るためには、昼の十二時から柵で囲まれた場所で待機しなければならないらしい。

ここ数年、四月三十日のふつうの女王の日には、街がセキュリティレベルごとに一、二、三の地区に区分されるようになった。要警戒地区では、自分のガレージに自分の車を入れておくこともできなかった。電動カートでも通行不可だったので、ここの住人たちの憤りを買った。

あらゆる安全対策と七十万ユーロもの予算（プラス警官の給料）にもかかわらず、また黒のスズキ・スイフトが王室御一行に突進して来ないか、皆緊張してテレビを見ていた（二〇〇九年の女王の日にアペルドールン市であった単独テロ事件のこと）。

一度、戴冠式の安全対策案を見てみたいものだ。

スロットハウワー姉妹は「なにか大変なことが起こるにちがいないわ。なにかはわからないけど、そんな予感がするの」と言っていた。

北朝鮮の肥満児、金正恩《キムジョンウン》がちょうど四月三十日に我々の方に向けてロケット弾を発射するかもしれない、と恐れる人もいた。昨日ボストンマラソンで爆弾テロがあったことも、さらに不安を募らせた。

戴冠式の楽しみが、ここの不安げな老人たちのせいで損なわれてしまっている。

和やかだったスーストダイク宮殿での分列行進がなつかしい。ウールデン市のオラニエ団体が手作りした直径一メートル半のオレンジ色のレーズンパンの中に爆弾が仕掛けられていないか、チェックする必要性など誰も考えなかった時代が。

密《ひそ》かに共和主義者である私は、来る四月三十日をどうやり過ごすか、まだ決めかねている。

4月17日（水）

明日のことが心配だ。皆、料理ワークショップを楽しんでくれるだろうか？

彼らが順番に行き先を探りにくることから、楽しみにしてくれているのはたしかだ。

ところで、ケーキとクッキーの襲撃を受けた二つの水槽に、ようやくまた金魚が泳ぐようになった。貼り紙がしてあり、施設側が新たな金魚を購入するのはこれで最後、と書かれていた。ふたたび事件があれば、水槽は処分されるとのこと。しかしそういうことは我々のアナーキスト、エヴァートに知らせるべきではなかった。彼の目はとたんに輝きだした。金魚になにもしないよう、私はエヴァートに厳粛に誓わせたが、「母親の目の光に誓って」と言っていた。もう二十五年も土の中に埋められた目に誓われても……。

目下エヴァートはほかの犯行を企てている。観葉植物の襲撃には興味がないらしく、エレベーターをどうにかしようとしているようだ。


今夜テレビで新国王と新女王のインタビューがある。談話室のいちばんよい席はすでに陣取られていた。最前列の席に名前を書いた紙が置いてあるのだ。ホテルのプールサイドの長椅子に、朝八時からタオルが置かれているようなものだ。エヴァートに教えてやろう。悪さをする格好の機会ではないか。

ウィレムとマキシマのインタビューをテレビで見るために、一張羅のワンピースを着てくるご婦人方がいるはずだ。敬意を示すために。一張羅といっても古くてすり切れたものもある。住人たちは徹底的に節約しようとする。新しい服を買っても擦り切れるまで着るより早く死んでしまう可能性が高いので、勿体ないと思うのだ。それならば色あせたワンピースに穴のあいたストッキングと靴で十分。

私も罪の意識を捨てられず、新しい服はなかなか買えない。

4月18日（木）

きれいな色の青だった。インタビューのなかでマキシマのブラウスが最も印象的だった。いっしょに見ていた数人は、皇太子の指の包帯に最も注目していた。ドアにはさんだのか？ 瘭疽《ひょうそ》か？ あるいは爪が割れたのだろうか？

それに関してはインタビュー後、スタジオの解説者からはなんの説明もなかった。軽い内容のインタビューについてさも重要そうに話しているので、すぐに理想的な娘婿として人気の高いニック&シモンのライブ映像にチャンネルが切り替えられた。

ボストンのテロのせいで、スヒッパー氏は今秋のアムステルダムマラソンを見にいかないことにしたそうだ。せっかく孫息子が出場するというのに。エヴァートは彼一流のやり方でスヒッパー氏に説明してみせた。マラソンを見にいってケガをするよりも、マイクロカーに乗って運河に落ちる可能性のほうがずっと高いのだから、マイクロカーを手離したほうが身のためだ、と。中古のマイクロカーを探している人をちょうど知っている、とも言っていた。

これからオマニドクラブのメンバーたちに、このあと動きやすい服で来るよう伝えてこよう。はためくような服は着ないように。料理ワークショップで燃えたら困るから、とは言うまい。

4月19日（金）

とてもうまくいった。料理が出来上がるころに大盤振る舞いしてくれた良質なワインのおかげもあるけれど。コックはイメージどおり、太って親しみやすい男だったが、厳しいところもあった。滅茶苦茶してもいいわけではなく、エヴァートがナスをぶった切りにしているとレイミー（コックの名）に注意された。食べ物をばかにしてはならないと。笑って料理をするのはいいが、食べ物を笑うことは許されない。

皆、精神を集中して飴色《あめいろ》になるまで炒《いた》めたり、湯がいたり、焼いたり、ソースを作ったりした。それから成果を祝ってすべてを食べた。レイミーは我々の奮闘を喜び、コーヒーにコニャックをサービスしてくれた。担当の女性も怪我人が出なかったことを確認に来て、いっしょにコニャックを飲んでいった。

ミニバスがあっという間に迎えにきて、ドアの前でクラクションを鳴らした。その時になって、五時間も経っていたことがわかった。バスの中で皆のお世辞をありがたく聞いた。お金のことで文句を言う者は誰もいなかった。

もう一度、同じものを作れる者はいないだろう。エドワードは色々覚えているようだが、なにを言っているのかほとんど聞き取れないので、ほんとうかどうか確かめようがない。

施設に戻ると、闘争的な施設長ステルワーヘンが、朗らかに入ってくる我々を恐い顔でじっと見ていた。いつもは七時には施設を出るのに。ちょうどエンダイブのスタンポットを食べ終わったところの住人たちが我々に関心を示していたのも、彼女には気に食わなかったようだ。プラス思考の人たちは我々がなにを食べたのか知りたがり、陰気な人たちはどれだけ浪費したのかを知りたがった。

ステルワーヘンは一言も口をきかずに、しばらく後には姿を消していた。

4月20日（土）

リニューアルオープンした国立美術館には電動カートでの入館は許可されない、ということにホーヘンダイクさんが憤慨していた。自分の愛車でレンブラントの〈夜警〉を見にいくつもりだったのだが、「それができないっていうことね」と。美術館の担当者は、電動カートは交通手段であり、介助器具ではない、と正しい指摘をした。新たな展示にはショーケースとむき出しの陳列物が多いから、とも説明している。その間を老人たちが電動カートで見てまわるとしたら、どの展示室にも美術館員のほかに保険査定人と壊れた物を片づける人を配置しなければならなくなる。ほとんどの電動カート使用者は、盲目の歌手ジュール・デ・コルテよりも運転が下手なくらいだからだ。

昨日はようやく老年病医の勧めで受けたいくつかの検査結果が出た。幸い、新たな病気は見つからなかった。

添えられていた医師の手紙にこうあった。「患っている病気より患っていない病気のほうが多い、と考えてみてはどうでしょう。また半年後にお会いしましょう。」

自分が肺がんを患っていないことを祝おうと、葉巻を一本余分に吸った。施設側は玄関の外で喫煙するのを好ましく思っていないが、そんなことは気にせずに。施設内の喫煙室は心地よい場所ではない。他人の煙も強制的に吸わされるのは、体に悪い。職員は、自転車置き場でしか喫煙が許されなくなった。

4月21日（日）

昨夜は霊柩車《れいきゅうしゃ》が来た。施設の裏の、そっと死人を運び去るためにのみ使われる出口に。今回、運よくお迎えが来たのはタウンマンさんだ。しばらく前から生きる気力をなくしていたらしい。個人的なつきあいはなかった。

入居者に死者が出た場合については規定がある。エドワードが内容を聞いてみたことがあるが、〈公表できない〉とのことだった。そう言われるとよけいに知りたくなるものだから、なんとか入手する手段がないか、知恵を絞っているにちがいない。仲のいい看護師から聞き出そうとしてみたこともあるが、彼女はなにも教えてくれなかったそうだ。わたしもアンヤに頼んでみた。笑顔で、できるだけのことはやってみる、とのこと。

情報公開はここではなかなか望めない。ごくあたりまえの事柄もここでは内密なのだ。誰かの死因などもそう。職員は入居者に関する情報を提供してはならないことになっている。誰かが風邪をひいているとか、娘を訪ねている、などということさえ。

最近、エヴァートは死亡通知用の封筒で手紙を送っている。切手を貼らずに。慈しみの心によって罰金は見逃してくれるだろうし、優先的に配達してくれるだろうというわけだ。

とはいえ、税務署にまで死亡通知用の封筒を使ってしまったのはまずかった。

だが上には上がいる。エヴァートの兄はかつて中古の霊柩車に乗っていたそうだ。どこにでも駐車できるよう、自分で造った棺《ひつぎ》まで載せて。

エーフィエがコーヒータイムに言っていた。ウィレム＝アレキサンダーが戴冠式の前日に、「やっぱり国王になる気になれないので、辞退する！」と言いだしたら面白いのに、と。

「そう言ったの!?」三、四人の人が戸惑った顔で聞いてきた。ここの人たちは耳が悪い上に話を半分しか聞かない。

4月22日（月）

エヴァートが今朝、入院した。「一晩、泊めてもらえるんだ」昨日、モウの世話を二日間できるか聞きにきたとき、軽い調子でそう言った。

どこが悪いかは言おうとしなかった。「特別なことじゃない。いくつか検査をするだけだ」

「どんな検査？」

「ヘンキー、いまは俺の病気を事細かに君と分かち合う気分じゃないんだ。脚の具合が悪いんだよ。なにか治療できるか、診てもらってくるよ」

今夜電話をすることも許してくれなかった。かけてきたりしないよう、病室の番号を教えようとしなかった。「俺にもわからん」などと言って病室に電話を入れず、携帯電話は置いていった。邪魔するなよ、という意思がはっきり伝わる。

どうも気がかりだ。

戴冠式で披露される新しい〈国王の歌〉にはここの住人たちもフクザツな感情を抱いている。自分たちに理解できる範囲でかなりいい歌詞だと大多数の人たちが思っているが、自分たちの世代の歌手のコリー・ブロッケンやアンネケ・フリュンローらが参加していないことをとても残念に感じている。「若い歌手ばかりじゃないか。それが国民の平均じゃないだろう？　ベアトリクス女王だって七十歳を超えてるんだから！」

コーラスクラブのメンバーはいつもどおり、国歌〈ウィルヘルムス〉を歌えばいいのでホッとしている。〈国王の歌〉をそんな短期間に覚えて歌うのはむずかしすぎるからだ。特にラップの部分が厄介だ。

だが、そうこうしているうちに、国民の批判にうんざりした作曲者が〈国王の歌〉の上演をやめると言い出した。

あまりにもニュースがなくて暇なのか、国民がこぞって突然、老いて愚かになったのか、どちらだろうか？

4月23日（火）

飼い主が入院して、モウも動揺しているようだ。散歩に行く前にリードをつけていると、大きな、かなり柔らかい糞を、〈ウェルカム〉と書かれたココやしの足マットの上にしてしまった。その後すぐに大きく悲しげな老犬の目で私を見つめた。毛足の長いマットの糞を拭き取るのに二十分もかかったが、結局悪臭を取り除けずベランダに出すことに。

夕方にはエヴァートが戻ってくる。一時間前に病院から電話をしてきて、今夜は自分でモウの散歩に行けると言った。「ああ、すべてうまくいってる。なにも変わったことはない」それ以上はなにも聞き出せなかった。

この間、テレビで〈元気な老いぼれたち〉を見た。年老いた有名人がノスタルジックな家で一週間、共同生活をしながらさまざまな体験をするドキュメンタリー。その二日後にテレビをつけたら偶然、老人の合唱団についてのシリーズをやっていた。今度の土曜日にはオランダ版の〈セサミストリート〉に出ていたアールト氏が主導権をとって老人ホームで反乱を起こす、というテレビ映画が放送される。〈我々〉老人たちはいまテレビで大活躍している。

テレビで見る老人たちは、オランダの老人の代表と呼ぶにはそぐわない点が多々ある。いちばん年長の〈元気な老いぼれ〉は六十九歳だった。ここでの我々の平均年齢は八十歳を優に超えている。

ここ数年、老人ホームに入居するのは、もはや独り暮らしができない高齢の老人ばかりだ。すぐに入居するには要介護三（あるいはそれ以上）の認定が必要だ。もはや卵を茹でることができない段階になると、一気に閉鎖棟に入居できる。要介護二だと多くの施設では二年ほど入居待ちになる。そうなるともはや入居が不必要になる場合も出てきて、入居待ちのリストはおのずと短くなっていく。

七〇年代および八〇年代には、七十を迎えたばかりの健康で朗らかな夫婦が、老後を楽しむために老人ホームに入ったものだ。いまはいつ死んでもおかしくない、よぼよぼの老人がほとんどだ。

4月24日（水）

「病院で一日半、ほぼ全く飲まなかったんだから、補給しなきゃな」七時半に様子を見に行った時には、エヴァートはすでに何杯か飲んでいた。病室ではミネラルウォーターのペットボトルからこっそり酒を飲まねばならなかったこと以外は、ほとんどなにも話そうとしなかった。

若いときには早く大人になりたいと思う。大人になると、六十歳くらいまでは若いままでいたいと思う。ひどく年を取るともはやめざす目標はない。そこに、ここでの暮らしの虚《むな》しさの本質がある。めざすものがないということ。受かる必要のある試験もない、キャリアを積む必要もない、子どもを育て上げる必要もない。我々は孫の子守りをするにも年を取りすぎているのだ。

この変化に乏しい環境で、自分自身のために小さな目標を立てるのはなかなかむずかしい。まわりの人たちの目には、〈あきらめ〉しか見えない。コーヒーから紅茶まで生き延びては、紅茶からコーヒーまで生き延びる人たちの目だ。

もしかしたら、すでにこの話はしたかもしれない。

こんなふうに文句を言うべきではないのかもしれない。

毎日が意義深いものであるよう、もっと頑張るしかない。少なくとも二日のうち一日は。休息日が必要なのは、ツール・ド・フランスと同じだ。

4月25日（木）

昨日はランチコンサートに行ってきた。日々の空虚さについての嘆きを読みかえして、これはなんとかせねばと思ったのだ。エヴァートにはクラシックの良さはわからないし、エーフィエは体調が優れなかった。ほかに誰かを誘う気にもなれなかったので、一人で行くことにした。区役所で開かれる区民のための無料コンサートだ。

〈なにかやってみること〉で必ずしも楽しい午後になるという保証はない。コンサートはかなり退屈で演奏時間が長すぎた。そのため私は怒った隣の女性から揺り起こされるまで眠りこけてしまった。いびきもかいていたようだ。皆が私を見ていて、穴があったら入りたくなった。終了後になるべく目立たぬよう会場を出るときにも、まだ軽蔑の視線を背中に感じた。

「元気出しなさいよ、ヘンドリック、そんなに気にしないの。なにもしなければ失敗もないわよ。小さな失敗を気にしなさんな。次回は顎ヒゲを貼りつけていけばいいのよ」エーフィエはちょっとだけ見舞いに寄った私を叱咤《しった》激励した。私のもっていったトリュフチョコはまだ食べる気にならないようだった。愚痴っぽくではなく淡々と、腸のはたらきが時々悪くなるのだと教えてくれた。「そうなると一日部屋でおとなしくしているしかないの」と。

　調子がよくなれば、という条件つきで、明日の午後、白ワインとトリュフチョコに招いてくれた。

4月26日（金）

　気むずかしいディオドンネ＝ティテュラール氏（すばらしい名前ではある）がフラーフリップ（カスタードとヨーグルトのデザート）を食べながら、新聞の切り抜きを読み上げた。〈強盗事件特捜部〉の発表によると、老人の家を狙った強盗がかなり増えている、という内容。ディオドンネは満足そうに手をこすり合わせた。それならば、危険な外界に暮らすより、この安全な保護区にいるほうがいい、とでも言いたげに。ヒゲにフラーフリップをべっとりつけた顔で。

　特捜部によると、お金を入れた靴下の隠し場所を聞き出すために、手荒い暴力も振るわれるそうだ。老人を狙った強盗が増えた理由の一つに、暗証番号での引き出しを嫌がり、かなりの額の現金を家に置いていることが挙げられる。私には別の理由が思い当たる。老人は自分の財産を護《まも》るために野球のバットを振りかざしたりはしない、ということだ。泥棒は身を護る術《すべ》のない被害者を好むものだ。

　コーヒータイムの会話はこの話題でもちきりだった。またここの豊かな土壌に不安の種が撒かれた。半分以上の住人には夜間一人で外出する勇気がない。ナイフをもった黒人やモロッコ人が恐《こわ》いのだ。カバンのひったくり、こそ泥、スリ、悪質な掃除機セールス、募金詐欺などについて、話が後をたたなかった。

エーフィエの部屋を訪ね、二人でＤＶＤを観た。ロマンチックコメディーというジャンルはいつもなら居眠りしてしまうが、今回は起きていられた。

4月27日（土）

子どもは一日に約百回笑うそうだ。大人は十五回ほど。成長過程のどこかで笑うことが退化するのかもしれない。統計では、老人については言及されていなかったが、私自身の観察によると、笑いの減少は年齢に伴うようだ。一概には言えないのもたしかだが。ここ数日、気をつけて見ていると、毎日顔を合わせる人たちのうち五人は、もう三日も笑っていない。その逆に大変よく笑う女性が四人いる。あまりに度々なにもなくても笑うので、注意して見ていると苛立ってくる（注意して見てはいけない、そう思ったときには時すでに遅し。もはやそうせずにはいられない）。

中間グループのほとんどは、大声で笑うことはなくてもほほ笑むことはある。ほほ笑みの回数を記録しようとしてみたが、会話の内容が耳に入らなくなるのでやめた。四人の人が何回笑ったかはわかっても、会話の内容がまったく思い出せず、話し相手に具合でも悪いのかと聞かれる始末。

いまは自分が何回笑うかを数えてみているが、これも思っていたよりもむずかしい。一時間紅茶を飲み、一時間グレイムとエヴァートとビリヤードするあいだに三回（声を出して）笑い、十

〜十五回ほほ笑んだ。悪くはない。

自分自身も他人も、愛想笑いが多いということに、気づかざるをえなかった。あっちでもこっちでも、単に誰かを満足させるためにニコニコ。人は親しみを示すため、自分が面白いと思っていないことを示す勇気がないため、あるいは会話を避けるために、笑うものなのだ。

4月28日（日）

年老いたオランダの有名人の死を新聞で知ったときに、へえ、まだ生きていたのか？　と思うのはいいことだ。その人が静かに忘れ去られていたことになるからだ。その逆もある。かつて偉大だった人がよぼよぼになってまた脚光を浴びるのは、痛ましい。

人気歌手だったラムセス・コルサコフ・シャフィーは死ぬ前に舞台上に引きずり出され、カラスのようによたよたと音痴に〈我々は進みつづける〉を歌わされた。テレビの司会者だったウィレム・ダウスは五度目の脳卒中の後、口がきけなくなり、よだれを垂らして縮こまった姿でトーク番組〈世界は回りつづける〉に出ていた。コメディアンのライク・デ・ホーイヤーはかつて酔っ払うと、顔つきの気に入らない大男を一発で殴り倒したものだ。だがテレビでかつての相棒シヨニーのところに連れていかれた姿は弱々しいミイラのようで、死にかけのように見えた。ライクは老いぼれる前に自分の頭を撃ち抜くだろう、と思っていたのだが。

なぜテレビは人の衰えた姿を、あざとく愉しんで見せようとするのだろうか？　なぜ自分たちの〈すばらしい仕事仲間〉に対して、かつての偉大な人物の衰えた姿を見せるのは恥知らずで敬意に欠けたことだ、と誰も発言しないのか？

そういう場面に出くわしたら、私はいつもテレビを消すのだが、映像が頭から離れない。

戴冠式が近づいている。アムステルダムのなにもかも、誰もかもがその人形劇につきあわされて苛立っている。まだ自転車に乗れる数少ない住人の一人、スハフト氏は憤っていた。先週の火曜に警察が渡し船の停留所付近で彼の自転車を〈盗んだ〉からだ。一週間後に太った男が頭に冠をのせて百メートル先を船で通るから、という理由で。街全体が片づけられ、掃かれ、磨かれている。見世物が終わったら、ようやくアムステルダムはまたいつもどおりの退廃が許される。

戴冠式にまつわる私のむだ話は、全部は住人たちには聞かせられない。王室の悪口はタブーなのだ。

4月29日（月）

気分がすぐれない。頭が重く、めまいがする。脳になにかできているわけではないだろうな？すでに調子の悪い部分が多すぎて、この上さらに腫瘍まで育てるわけにはいかないのだ。

5月3日（金）

共和主義者としては、四月三十日に体調を崩したのはグッドタイミングだった。国王をめぐる騒動のほとんどは知らぬ間に終わっていた。戴冠式当日には割れそうな頭痛がし、胃腸炎を患っていた。それで解熱剤と下痢止めを飲み、ベッドに寝ていた。エヴァートが一度、顔を見せた。エドワード、フリーチェ、エーフィエも。私は寝たふりをしていた。

二日目には自分が臭うような気がしてシャワーを浴びることにしたのだが、シャワー室で滑って転んでしまった。痛みに堪え、なんとかベッドまで戻った。「助けてくれ!」なんてそんな簡単に叫べるものではない。自尊心と羞恥心が邪魔をするのだ。

結局、どすんという変な音を耳にした隣人の通報で、看護師が様子を見にきた。看護師に呼ばれてきた医者は、肋骨《ろっこつ》付近の打撲と診断を下した。それで済んだのが幸いだ。大腿骨骨折となると、手すりにつかまって歩けるようになるのに四ヵ月はかかる。

いまは息を吸うときに痛む程度。幸い、医者からたくさん鎮痛剤がもらえたので、さっき三日ぶりに下でコーヒーを飲んできた。何人か、私を見て喜んでくれる人がいて嬉しかった。

まだ数日はおとなしくしていよう。月曜にはエヴァートが幹事役のエクスカーションがあるので、体調万全で臨みたい。なにをするか一度で当てた者には、賞品にコニャック一ビンをプレゼントすると言われたが、私ははずれだった。シンクロナイズドスイミングではないようだ。

5月4日(土)

ステルワーヘンさんに昨日の午後、呼び出された。まず、気にかけている様子で、膝の腫れはひいたかと聞いた。「いや、膝はなんともありませんが、打撲した肋骨はまだ痛みます」と言ってやった。

あら、ごめんなさい、ケガをした別の人と混乱してしまって、とのこと。我々の施設長は精いっぱい思いやりを示そうとするのだが、なかなかうまくいかない。

呼びつけたのは、規約を読ませてほしいという私の要求について理事会と協議した結果、公開すべきものではないという結論に至った、と告げるためだった。

「で、公開すべきでないという理由は？」と私は聞いた。

「それについては理事会からお答えすることはありません」

「だから？」

「だからどうということはないわ。お役に立てずにほんとうにごめんなさい。これで失礼していいかしら？　待っている人がいるので。どうぞよい午後を」

私はしっぽをまいて逃げた——少なくともそういう印象を与えてやったことを願う。規約を見せてもらえなかった場合は、形式上、不平を言うのみにしておこうと心に決めていたのだ。


リアとアントゥワン・トラヴェムンディには多くの知り合いがいて、その中に定年退職した感じのよい弁護士もいるそうだ。施設長と話をしにいく前にアントゥワンから聞いた。理事会の公開性について、私が一度話を聞きにいけるよう、電話をしてくれることになった。お金はかからないので心配無用とのこと。

近々、訪ねてこようかと思う。

5月5日（日）

こんなにたくさん老人がいっしょに暮らしているのだから、五月四日の戦没者追悼と五日の解放記念日には、さぞや感動的な、あるいは衝撃的な戦争の話が聞けると思うだろう。実際には、皆押し黙っているか、砂糖が配給制だったことくらいしか話さない。

ここの住人は互いのことをなにも知らない――昨夜、二分間の黙禱中にそう実感した。まわりを見まわすと、自分がこの中の誰のことも、第二次大戦をどう生き延びたのかも知らないことに気づいた。仲のいい人たちでもほとんどなにも知らないのだ。

エヴァートに関しては結構知っている。彼とは二十年ほど前に出会った。印刷会社を営んでいた彼に、仕事上、連絡したのがきっかけで、以後ずっとつきあっている。妻は十年前に亡くなった。子どもが二人いるが、めったに会わない。金も物も信じる神ももたない。何年も道楽者を演じ、それが堂に入っている。見かけは無愛想だが心はやさしい、というのを地でいく。

アンヤ・アッペルボームは四十年前から知っている。ずっと独身。運命の人を長く待ちすぎたのかもしれない。賢くてやさしく、信頼できる。彼女はきっと孤独だと思う。

エヴァートとアンヤは私にとって、配偶者、子ども、友人に恵まれた、社会の一員だったかつての生活のなかで、唯一残っているものなのだ。

私は三年前まで人並みに庭付きのテラスハウスに住んでいた。ちょうどいい頃合いにそこで静かに死んでいく心づもりだったのだが、そうはならなかった。

妻は四十年も躁鬱《そううつびょう》病を患っている。娘が水死してからすぐだ。真夜中に車でフローニンゲンまで走り、マルティーニ塔にのぼり、見知らぬドラッグ中毒者に車をくれてやり、タクシーでアムステルダムに戻ってきたこともあった。何千ギルダーも無駄にして。最終的には万引きで捕まり、精神科医に薬漬けにされた。その後は何ヵ月も精神病院で底なしの鬱に苦しんだが、薬でなんとか危ういバランスを取り戻し家に戻ってきた。新たな躁が訪れ、その後また鬱になるまで。五回そんなことを繰り返した。とうとう私がちょっと買い物に出ているあいだに火事を起こした。それからずっと入院している。火事騒ぎのあとに、ソーシャルワーカーが私のためにこの施設を手配した。

約半年に一度、妻を訪ねる。ほとんど私がわからないようだが、それでも手を取り撫でてくれる。彼女に怒りを感じたことは一度もない。

カレンダーを見ると、最後に訪ねてからすでに半年以上経っていることがわかった。

以上、人生の簡単な説明。

この二年、空虚さが徐々に堪《た》えがたくなってきていたのだが、ほら……突然、エーフィエ、グレイム、フリーチェ、エドワード、アントゥワンとリアが現われたじゃないか。まだしばらくは死なずにいたいものだ。

5月6日（月）

昨夜気がついた。もう少しこの施設の背景の情報があると、読者にわかりやすいのではないか。

ここか、あるいはどこか似たような施設で老後を過ごしている人が読者である可能性は低いだろうから、これからは我々が劇を演じている舞台と、日課についてもっと詳しく書いてみようと思う。

六〇年代末に、老人ホームがたくさん建設された。倉庫に毛が生えたような安普請でも十分受け容れられた。当時の老人はまだあまり贅沢に慣れていなかったのだ。戦争体験者で、なんにでも満足した。

この施設の建築家は七階建ての灰色のコンクリート建築を選んだ。どの階にも、両ウィングの中央にエレベーターがある。どのウィングにも長くて陽の射さない廊下があり、両側に八つの居住スペースがある。一つの住居に一部屋か二部屋あり、オープンキッチンがついている。キッチンには四つの棚（二つは頭上、二つは下）、幅一メートルの調理台、二口のコンロがある（コンロはコーヒーや紅茶を淹れたり、牛乳を温めるのにのみ使用可）。卵を茹でるのは目をつぶってもらえる。小さなシャワーとトイレもある。転ぶ可能性のあるところに手すりがあり、段差はないということから、老人を対象に建てられたことがわかる。

部屋にはゴミ箱を置けばいっぱいになるバルコニーがついていて、ゼラニウムの鉢をぶらさげて、その前に座ることもできる（オランダでは窓辺のゼラニウムの後ろに座ったままという姿が老人の象徴）。

すべてのウィングの突き当たりには張り出した窓つきのスペースがあって、応接セットが置いてある。ほとんどの住人は下の広いレクリエーション室を好んで使うので、ここに誰かが座っていることはほとんどない。にもかかわらず、ほかの階の誰かがわけもなくそこに座っていると、多くの老人の反感を買うことになる。

つづきはまた今度。エネルギーを蓄えておかねばならないので。

二時に動きやすい服装で入り口に集合だ。本日の幹事エヴァートが、忘れがたいエクスカーションに連れていってくれるにちがいない。

5月7日（火）

エヴァートが太極拳のワークショップに我々をいざなうとは、誰も思いつかなかった！　まったく彼らしくないではないか！　幸い、講師は笑うのを許してくれたので、やりながら何度も笑ってしまった。それでもとても真剣に、スローモーションの動きを練習もした。強盗に襲われたとき、すぐに役立つとは思えないが。太極拳は手押し車を使ってもできるスポーツだから、老人にはもってこいだ。肋骨を打撲していたのは都合が悪かった。私はとても慎重に動き、無言で痛みに苦しんでいた。講師と優美なアシスタントが教えようとした技についた美しい名前は、残念ながらもうほとんど忘れてしまった。

グレイムはコウノトリのポーズのとき、ぶざまに倒れて減点されたが、それでも修了証はもらえた。

それから我々はひきつづき太極拳のムードを楽しめるよう、レストラン〈万里の長城〉に中華を食べにいった。フリーチェは真面目な顔をして、「三十三番ライスつき」と中国人のアクセントを真似て注文した（スター誕生番組に出場した中国人をからかうために審査員が言い、社会問題となったセリフ）。不謹慎だが面白い。幸い、中国人は老人を敬ってくれる。中国では老人に対して尊敬するよう生まれたときから教わる。西欧文化では、老人はむしろ厄介な存在とされるが、まあそれにも一理ある。

施設に戻り、すばらしい一日だったと皆に褒められると、エヴァートは喜びを隠すのに必死だった。「わかったよ、もうそのくらいにしてくれよ」と言いつつ涙ぐんでいるようにも見えた。

最初のエクスカーションのときから数えて、合計十七名がオマニドクラブの会員にしてもらえないか、聞いてきた。残念ながら、いまのところ新会員は募集していないのだ。

5月8日（水）

今朝から談話室の掲示板に、いじめに関する規定が貼ってある。住人間のいじめを防ぐ七つのアドバイスが書かれている。二年前の古い規定で、国家高齢者基金の会長ヤン・ロメ氏が作成したものだ。まるでここが老人の通う小学校のようだ。

アドバイス一、内密に相談できる人をたてる。アドバイス二、いじめについての集会を開く——というような内容がつづく。なんと斬新な。こんな規定があれば、ここのいじめはすぐになくなるにちがいない。シリアにもいいんじゃないか？　アフガニスタンにも？　世界中で人々がいじめ合っているのだから、世界的ないじめ規定があればいい。内密に相談できる人をたてて、いじめについての集会を開くのだ。

……調子に乗りすぎだぞ、フルーン。

ここでは噂話、無視、嘲笑が絶えない。どんなに子どもっぽいこともここでは起こりうる。無視するのがいちばんいい。あるいは、自分が被害に遭ったら、ちゃんと声を上げて抗議するか、別の席に移るのもいい。エドワードが勧めるように〈殴る〉という手もある。エドワードがそんなことを言うとは意外だが。

私自身はいじめの被害に遭うことがないから、そこまで真剣になれないのはたしかだ。ここには数人、どうしようもなくひどい人間がいて、注意が必要だ。いちばんの弱者をまるで猛禽《もうきん》のように餌食にし、誰も止めなければ引き裂くまでいじめつづける。いちばんいいのは、いじめの加害者どうしがいじめ合うことだ。いくつか興味深い確執がある。ダウツさんとスホーンダーワルトさんは、三年前に手編みのレースにコーヒーのシミがついたことがきっかけで、互いの血を飲めるほど敵対している。死が二人を分かつまで。

5月9日（木）

一旦ここに入れば、墓地に埋められるか火葬されるまでいつづけられる――なんと安心なことだろう。

新聞はまた、高齢者の介護費が急速に上昇するというニュースでもちきりだ。解決策は二つある。まず第一に要介護の基準を厳しくすること、そして第二は老人の自己負担額を大幅に増やすこと。

対策一。新たな要介護基準になると、ここに住みつづけられなくなる老人が今現在かなりいる。まだ元気に自立している者だ。このカテゴリーの老人は、より一層介護を必要とする老人に場所を譲るため、退居させられるという噂がある。この噂はかなりの威力で、住人たちの中には追い出されないよう、持病が急に悪くなったふりをする者さえ出てきた。

だが施設側が全員に、たとえ健康であってもここを出る必要はない、と文書で保証したので、皆安堵《あんど》の息をついた。「特別な状況をのぞく」という言葉が添えられていたのは遺憾だが。

対策二。コーヒータイムのひそひそ話から知ったこと。何人もの住人がすでに銀行から預金を引きあげ、靴下貯金をはじめた（枕カバーのこともある）。「すべての高齢者介護はタダにするべきだ。そのために一生苦労して働いてきたんだ」というのが主流の考えだ。コネクションのミニバスに二ユーロも払わされるだけでも、純然たる盗みとみなしている。

まちがいのないようにと、相談もされずに子どもたちに預金を引きあげられた、という気の毒な話もちらほら出ていた。自分たちがもらう遺産を護るためだ。

「母さんが生きているうちは、一日ごとにぼくが大金を払うはめになる」とスヒッパー夫人の息子が冗談で言ったら、ユーモアのセンスのない彼の妻が横で、そのとおりというように頷いていた。今日はキリスト昇天祭だというのに、悲しい話だ。

5月10日（金）

〈おばあちゃんとおでかけ〉というプロジェクトがある。子どもたちが見ず知らずの、声をかけてあげなければ一日中どこにも出かけずひとりでいる気の毒なおばあちゃんとどこかに行く、というものだ。おじいちゃんも参加できると思う。その一環として、グループ8（日本の小学校六年）の少年少女が数人の老人とリニューアルオープンしたマドローダム（デン・ハーグにあるミニチュアの街の遊園地）に行った。私は、不機嫌で文句ばっかり言うじいさんになる危険があるので、のんびり自室にいさせてほしいと頼んだ。マドローダム自体が楽しいとは思えないし、何時間もどこの子かも知らない十一、二歳の、わがままで知ったかぶりのガキどもといるのも大変そうだ。

　そんなにネガティブなことばかり言うなよ、フルーン。いい企画じゃないか。最近の子どもたちが、なんでもヘルパーがやってくれるのだから自分たちはお年寄りを気にかける必要はない、と考えていることを思えばよけいに。そう考えているのは子どもだけでなく大人も同じだが。〈おばあちゃんとおでかけ〉についての新聞記事には、愕然とする統計結果も書かれていた。オランダには約百五十万人の孤独な老人がいて、うち三十万人以上は極度に孤独なのだそうだ。これはすごい数だ。

　だが自分で自分を孤独にしている老人がいるのも事実だろう。この施設だけ見ても、何十人もの老人は感じが悪く、狭量な不平屋だから、避けざるをえない。率直すぎて申し訳ないが、そのとおりなのだから仕方ない。

　よく耳にするのは「ここにいれば話相手には困らない」ということ。たしかにその点ではひとり暮らしよりもずっといい。ひとりだと、天気について話せるのはネコかカナリアだけだから。

ここで極度に孤独を感じているのは誰だろう？

5月11日（土）

五歳の誕生日にピンク色のはじめての銃、〈マイ・ファースト・ライフル〉（本物の銃弾入り）をもらうアメリカのかわいらしい子どもたちのニュースを見て、考えた。アメリカの老人ホームでは老人たちが銃弾を入れた〈ラスト・ライフル〉を手に歩いているのではないか、と。手の震える人が大勢いるのだから、事故につながるにちがいない。まだ大量殺戮のニュースは聞いたことがないが、老人が自分の所有物――たとえば一切れのパウンドケーキなど――を守ろうとして、施設内の隣人に発砲する事件がないとは思えない。

身の回りに武器が溢れていることの利点は、入手困難な安楽死の薬を苦労して手に入れる必要がなくなることだ。指一本さえ動かすことができれば、解決策は鞘《さや》の中に見出せる。

今年も春たけなわ、季節の話題でもちきりだ。「草木が芽吹くのが見えるね」と一日に三度は聞く。エヴァートだけが「俺には聞こえるよ」と言う。たまに、じっと耳を澄ます人がいて、中にはほんとうに聞こえるという人もいる。

私は一日に二度、公園まで散歩している。エーフィエと行くこともあれば、グレイム、エドワートあるいはエヴァートと行くこともある。行きに八分、ベンチで十五分、帰りに八分。もはや急ぎの用はないし、春はけっして退屈しない。時には大雨の中、歩くこともある。「あの変なじいさん、なにやってんだ？」角のポーチで雨宿りしているティーンエージャーたちの声が聞こえてきたりする。私は彼らにむかって拳を胸にあて、リスペクトのサインをしてみせる。面白いと思うのだが、彼らにはなんのことだかわからないようだ。

5月12日（日）

閉鎖棟は我々のケアホームとは分かれているが、たまに看護師に付き添われた認知症患者をこちらの廊下で見かけることがある。そうすると、大慌てで自分の部屋に戻る住人たちがいる。認知症がうつると思っているからだ。うつらないかもしれないが、気をつけるに越したことはない。念のためになるべく近づかないほうがいい、というのが住人たちの基本的な姿勢だ。認知症だけではない。ガンもゲイもムスリムも、すべて避ける。年を取れば取るほど恐怖心が強くなる。もはやなにも失うものがないのだから、なにをも恐れない、というほうが我々の年齢にはふさわしいだろうに。

小さなことが重要、いや、小さなことが困難、と言ったほうがいい。日々の苛立ちの源はパッケージにある。プルタブに指をはさめない缶、開け口が小さすぎて開けられない真空パック、子どもが開けられない仕組みの掃除用洗剤、固すぎて回せないアップルムースのビンのフタ、スパークリングワインのコルク、ブリスターパック（透明の樹脂容器を使った包装）……すべては年老いて震えて力の入らない手がなるべく苦労するように、特別に考案されたもののようだ。

今日はピクルスのビンを開けることができず、床に落としてしまった。部屋中がピクルスのにおいに満ちている。ガラスの破片が飛び散り、最後の破片はスリッパの中に入っていた。

何万件もの身体的・精神的被害があるのだから、誰かがパッケージ会社相手に訴えるべきではないか。意図的にやっているとしか思えない。地球から月まで人間を送れるくらいなら、開けやすいビンのフタをつくることくらい朝飯前だろう？　……まあ今日は私も少し機嫌が悪いことは認めるにしても。

5月13日（月）

今朝エヴァートが緊急入院した。モウのめんどうを見てもらえないか、と病院から電話があった。足の指が二本、数日前から黒くなっていて、今朝、家庭医に行くと、すぐに救急車を呼ばれたそうだ。

エヴァートが恐れていたとおりの事態になってしまった。少しずつ切断されていったかつての友人と同じ症状だ。

ベッドに寝ながら電話をかけてきたエヴァートに「なぜなにも言ってくれなかったんだ？」と聞かずにはいられなかった。

「頼んでもないのにアドバイスされても、どうせそのとおりにはしないからだよ」

たしかに彼の言うとおりだ。

明日の朝手術で、すべてうまくいけば、目覚めたときに指を二本失っているだけで済む。

電話を切った後、タクシーで病院にパンツ、パジャマ、歯ブラシなど身の回りのものを届けた。

エヴァートが私を励ましてくれた。私が彼を励まさねばならないのに。後からそのことに気づいて恥ずかしくなった。

彼は物事をなるがままに受けとめる。前もってリスクを考え、受け容れ、なるべく長く糖尿病でないかのように生きてきた。楽しみ、勇敢に。入院してもなお、そんなふうだ。

施設に戻り、オマニドクラブのメンバーと職員に報告した。職員の反応は驚くほど親身だった。ほとんどの職員はやはりエヴァートのことが好きなのだ。とはいえもっと切断されればいい、頭ならいちばんいいと思っている者も中にはいるだろう。

住人のうち二人は誇らしげに、あんなにエヴァートに警告したのに、とよけいなことを言っていた。

最悪の一日だ。

5月14日（火）

さっきエヴァートと電話で話した。一時間前に麻酔から目を覚ましたそうだ。今朝早く手術で、右足の親指を含む三本の指が切断された。最初は特に歩行が困難だろう。リハビリに六週間かかる見込み。声が弱々しかった。

お見舞いに行きたい人のためにスケジュールを組もう。

まずはこれからオマニドクラブの会員と職員数人に、お見舞いに行きたいか、聞いてくる。

5月15日（水）

今朝、エヴァートを見舞った。すでに持ち前の図太さを取り戻していた。切断した指をビンに入れて食器棚に飾りたいので持ち帰っていいか、看護師に聞いていた。看護師は一瞬呆然としたが、その後「もう処分されてしまったと思いますが」と気味悪そうに言った。

「切断されても俺の所有物にはちがいない。警察に届けよう……嘘だよ、冗談だ！」

相部屋で、他に二人老人がいる。一人はずっとゴホゴホ咳をしていて、合間にあらゆる事、あらゆる人の文句を言っている。もう一人はじっと静かに死を待っている。少なくともエヴァートはそう思っているが、そういう彼自身もはつらつとしているわけではない。すでに女性看護師に見境もなくウィンクを送っているが、顔が蒼白《そうはく》だ。

「後十日もしたら、手押し車ですたすた歩けるようになるさ」と私に誓った。

オマニドクラブのエクスカーションは彼の復帰を待たずに予定どおりおこなう、と厳粛に誓わされた。でもまずは古ぼけた博物館訪問からはじめ、ほんとうに楽しいアイディアは後に取っておいてくれと言われたので、次のミーティングで話し合うことにした。

手術がうまくいったかどうかは、エヴァートにはわからない。外科医が昨日の午後、話をしに来るはずだったが、緊急事態で呼び出されたらしい。代理の医師はおらず、看護師たちはなにも知らないか、知らないふりをしていた。今日の午後には外科医が来るかもしれない。

患者は病院にとってはあまり重要ではない。結局のところ、重要なのは医師たちのほうなのだ。

オランダが小さなトラウマから立ち直った。若手の実力派歌手アヌークがユーロヴィジョン・ソングコンテストの決勝に進んだ。当施設の住人たちには往年の歌手ロニー・トウバーがオランダ代表のほうがよかったが、アヌークでもかまわない。国の威信にかかわる重要事項だ。ここでの一般的な解釈は、東欧諸国の不正のせいで、オランダはソングフェスティバル界で小国になってしまった、鉄のカーテンは早急にふたたび閉じられるべきだ、というものだ。「どうしようもないルーマニアのアコーディオン弾きはまとめてカーテンの後ろに押しやるんだな」いつでも率直なバッカー氏が言っていた。

5月16日（木）

「一日ここに寝ているだけで五百五十ユーロもかかるんだ。そんなに払っているのに朝七時に朝食を食べさせられ、三回まずいコーヒーを飲まされ、ぬるい食事を出され、パンまで減塩でまずい。五つ星の値段で星なしのホテルだ。一日二回、看護婦さんが熱を測りには来てくれるがな」エヴァート・ダウカーは従来のおしゃべりに戻り、しゃべりながらひっきりなしにシュガーフリーのラム酒入りチョコレートを食べている。医師から禁じられているアルコールを少しでも摂取するためだ。私に持ってこさせようと、わざわざ電話をかけてきた。チェリーボンボンでもいいからと。

「それからミネラルウォーターの小ビン。ボルス社（ジュネヴァを造る酒造メーカー）のだよ。頼んだぞ」

手術から一日半経って外科医が寄り、うまくいったと報告した。

「うまくいったとは？」エヴァートは聞いた。

「感染した足の指はうまく切断できたということです」

「それはうまくいったとは言えないんじゃないですか」

「切断しないのは不可能でしたので」外科医は平然と言い、もう部屋を出ていこうとした。

「今後は？」

「合併症が現われなければ四日後に退院できます。検診と理学療法のアポを取ってください。ではまた」そして外科医は、包帯をはずして診ることさえなく出ていった。

私の日記は一時的にエヴァートの日記になっている。

5月17日（金）

昨夜はオマニドクラブの特別会議だった。主な議題はエヴァートの病状。おそらく来週月曜か火曜に退院なので、退院祝いの会をおこなうことにした。次回のエクスカーションは車椅子でも参加できるようにするとエドワードが請け負った。一巡目最後のエクスカーションになる。皆のやる気は変わらず、これまでと同じ順番で二巡目もおこなう。エクスカーションの成功とエヴァートの健康を祈り、会議終了後に皆で少し飲みすぎた。

部屋に戻ると玄関マットに躓《つまず》き、おもいきり転んでしまった。幸いにも白ワインで庭のホースのように体が柔らかくなっていたので、ケガすることなく起き上がれた。今朝、頭に瘤ができているのを見つけたが。玄関マットは処分し、今日一日はおとなしくしていることにした。

ここでは転ぶ人が後を絶たない。私のように敷物に躓くこともあれば、なにもないのに倒れることや椅子に座りそこねることもある。ベーンさんが椅子から立ち上がろうとしてつかまったお茶のセットを載せたワゴンは、ストッパーがかかっていなかった。大音響と共にワゴンは倒れ、ベーンさんはクッキー、角砂糖、コーヒーミルクにまみれて倒れた。魔法瓶のフタがきっちり閉まっていたのが不幸中の幸い。一瞬、静まり返ったあと、ベーンさんが床に大の字になったまま大声で笑いだした。ベーンさんへの気づかいから、皆もいっしょに笑ったが、そのうちベーンさんが泣きはじめたので誰かが看護師を呼びにいった。私はその場には居合わせなかったが、さぞやシュールな光景だっただろう。

5月18日（土）

犬の散歩というアルバイトのために、一日三度外に出ている。モウが私よりもゆっくり歩くのが幸いだ。歩くというよりも、スローモーションで揺れる感じ。施設を一周するあいだに迷子になることはないだろうから、モウだけ行かせてもいいくらいだが、仲間がいるほうがいいだろうと思い、つきあっている。モウがもっと若くてものぐさでなければ、私を見て飛びつき、しっぽを激しく振るにちがいない。いまのモウはゆっくりとうめきながらカゴから出てきて、歓迎の意味で私の手を弱々しく舐め、ドアの横に立つ。

エヴァートはたまに外でモウの正式な名前を大声で呼ぶ。モウは十メートル以上離れることはないのだから、呼ぶ必要はないのに。彼がそうするのは、モロッコ人かそれらしい人が視野に入ったときだけだ。

「モハメッド、こっちだ！」――そのモロッコ人もモハメッドという名であることを願って。実際、その確率はかなり高い。十分な困惑を引き起こせたら、失敬という仕草をして犬を指さし、みんなににこやかにあいさつをして先へ進む。

モウの糞をスコップでビニール袋に入れるのは恥ずかしい。多くの窓のカーテンの向こうから見られているのはわかっているので、上は仰ぎ見ないことにしている。そういえば、持ち帰られなかった糞がどの犬のものかをＤＮＡ鑑定で割り出し、飼い主に罰金を支払わせる、という提案を新聞で読んだ。頬から唾液を取らせるのが犬の義務になるのか、自由意思によるのかは書かれていなかった。

5月19日（日）

今朝、ディックハウト氏（例のエイプリルフールの冗談の主）の電動カートを借りて乗ってみた。以前から乗ってみるよう勧められていたのだが、自信のなさも手伝い遠慮していた。今朝はちょうど一周り散歩に出ようとしたときに、外から戻ってきたディックハウト氏に出くわした。

「ちょっと乗ってみるかね？　ヘンドリック」

介護保険の規則では、カートを他人に貸すことは禁じられているし、正式には新たな使用者は一人で道路を走る前に三度、講習を受けねばならない。だがディックハウト氏は規則が嫌いだし、むずかしいことは一切言わない。私に五分間でひととおりの説明をすると、ドライブを楽しむよう言い、自分はコーヒーを飲みに施設に戻った。

ちょっと深呼吸をして、とても慎重にスタートした。結局三十分も自転車道を進み、近くの公園を走った。聖霊降臨祭一日目の朝早くだったので、道は静まりかえっていた。最初は〈カタツムリ〉モードで、これだと歩行者にも追いつけないほど。そこで数分後には〈ウサギ〉モードにしてみた。メーカーは老人が愚かで、速度を数字で示すよりカタツムリとウサギの絵のほうがわかりやすいと思ったようだ。その点ではメーカーが正しいかもしれない。

正直言って、電動カートで走るのはとても気持ちがよかった。ほとんど音がしないし、とても座りごこちがよくて疲れないのだ。脚も痛くならない。すっかり気に入ってしまった。スロットルを握りつづけなければならないので、右手が少しこわばるくらいだ。メーカーにクルーズコントロールつきのタイプをお願いしたいものだ。

施設内に乗り入れるとき、少し気が大きくなって、シーツ類を載せたカートをエレベーターから下ろしていた守衛に軽くぶつかってしまった。たいしたことではなかったが、思っていたより回転半径は大きかった。守衛は嫌な奴なので、ぶつけてやってちょうどよかった。

電動カート〈カプリ・プロ3〉は三百九十九ユーロで手に入るが、もうちょっと頑丈なタイプを買おうと思う。まだ十分に歩けるので保険は下りず、自腹になる。

5月20日（月）

閉鎖棟の住人が昨日ビリヤードのボールを口に押し込み、どうやっても取りだせなくなった。

看護師が二人がかりでスプーンを使って取ろうとしているあいだ、痛ましい高い声でうめいていた。十五分やっても取りだせなかったので、救急科に搬送された。公式の試合用ボールではなかったが、それでも口の前にかざしてみるとてつもなく大きく見え、気分が悪くなった。

クルーク氏は、ボール二つでプレーしないといけなくなったと立腹していた。

午後、エヴァートが退院してくる。よく熟成したすばらしいジュネヴァを冷やしておくよう、頼まれた。奢るから自分のためにもなにか買っておくように、と。オマニドクラブの会員とリア、アントゥワンで退院祝いの会をする。リアは施設長に、例外的に部屋で簡単なオードブルを料理していいか尋ねたが、ステルワーヘンさんに「とっても残念だけど」例外は設けられないと言われた。

「今後一切なにも聞かんぞ！」アントゥワンは一時間前に激怒して言い、換気扇を〈強〉にして仔牛のラグーを作りはじめた。

テーブルの上には花が飾られ、モウはきれいなリボンをつけている。

5月21日（火）

エヴァートは昨日午後二時に、車椅子で施設の玄関まで送られてきた。看護師が車椅子を押して部屋まで来ると、エーフィエ、フリーチェ、グレイム、アントゥワン、リア、エドワードと私がパーティー用の帽子を被り、飾りをつけた椅子のまわりに立っていた。エヴァートは突然、鼻を激しくかんだ。

「病院で風邪ひいたの？」エーフィエが意地悪して聞いた。

「いや、病院ではむしろ喉が渇いて困ったよ」エヴァートはごまかすように言ったが、声が上ずっていた。

「じゃあまず冷たい牛乳でもぐいっといくか？」とエドワードが言った。

「酒もあるなら酒にしてくれ」

「ラグー入りのおいしいパイを作ったんだよ」とアントゥワンが言って、甘いものと塩味の手の込んだつまみを披露した。紅茶とシャンパンも用意されていた。

とてもなごやかで楽しいひとときだった。エヴァートのたっての願いで、病気と病院については一言も話さないことにした。

四時に患者が酔いつぶれ、しばらくすると満足そうな笑みを浮かべて眠りに落ちた。とても感動的な光景だった。我々は最後の一杯を飲み、後片づけをした。あとはエヴァートの足の指がこれ以上切断されないことを祈るばかりだ。こんなパーティーは一度きりだからこそ楽しいのだ。

エドワードのエクスカーションは五月二十八日火曜におこなわれる。うまくいけばエヴァートも快復して参加できるかもしれない。私はアントゥワンとリアのことが少し気になる。なにも言わないが、彼らもいっしょに行きたがっているのがわかる。ちょっと彼らのために動いてみよう。

5月22日（水）

勇気をもちつづけるのは時にむずかしいことだ。今日の会話は、殺されて排水管の中で見つかった少年二人のこと、リウマチ、ヘルニア、すり減った大腿骨、外の最高気温が十一度しかないことなどだった。五月後半なのにあちこちのストーブがまだついていて、サーモスタットは二十三度に設定されている。年を取るほど寒さがこたえるのだ。そして、ますます削減される介護費！　皆ため息をつき、不平を言い、うめいている。株式相場のみが上昇している。どれだけ悲惨な状況かを逆に示す、奇妙な尺度のようだ。

オランダの暗いムードを吹き払う、国を挙げてのキャンペーンがはじまったという記事を読んだ。実行委員会はぜひ一度ここに来てみてほしい。やることがたくさんあるはずだ。まずは簡単なところから、病気について話さない日を設けるといい。その日、自分の病気について話しはじめたら、十ユーロの罰金。貯まったお金でシャンパン付きのパーティーを開くのだ。

アントゥワンが定年退職した弁護士の友人の電話番号を教えてくれた。午後、電話をかけて、施設の規約を公開させるにはどうしたらいいいか、聞いてみよう。

「きっと喜んで相談に乗ってくれるよ」とアントゥワンが言っていた。

エーフィエにいっしょに聞いてくれるよう、頼んでみるつもりだ。

5月23日（木）

バッカー氏が棟長のヘルスタットさんに、言葉づかいに気をつけるよう警告を受けた。バッカー氏は徐々におかしくなってきている。アルツハイマーなのだ。近々建物の〈向こう側〉に移されるかもしれない。彼がいなくなっても惜しみはしない。いままでも陽気な男ではなかったが、最近はひどく粗野だ。特に理由がなくても誰かを罵倒している。ずっと〈クソクッキー〉と言っているのをヘルスタットさんに咎められると、怒って下を見ていた。ヘルスタットさんが聞こえない距離に行くと、同じテーブルにいた人たちに「あのズベ公、まるであそこにキュウリを突っ込んだように歩いてやがる」と言った。私は大声で吹き出してしまったが、他の五人は絶句し、ショックを受けていた。ハンカチで顔を覆ってヒクヒク笑っていた私は、皆に白い眼《め》で見られた。バッカー氏の発言はコーヒータイム終了後速やかに、多少の修正を加えてヘルスタットさんに伝えられたにちがいない。

エヴァートに話したら、車椅子から転げ落ちそうに笑っていた。最近は昔よりも粗野な冗談がずっと好きになったから、私もちょっとボケてきたのかもしれない。だんだん品行方正でなくなってきた。

昨日の午後、規約を公開させる件についてアントゥワンに勧められた弁護士に電話した。「どうぞヴィクトーと呼んでください」という気さくな弁護士は、話を聞いてすぐ乗り気になり、〈情報公開法〉を持ち出せば簡単なはずだと言っていた。一度会って意見の交換をしようと言ってくれた。スピーカーモードでいっしょに聞いていたエーフィエが頷いた。

五月三十日木曜にトルハウスで会うことになった。昔ながらの店で、テーブルクロスがかかったテーブルでおいしいクロケットサンドが食べられる。

エヴァートの快復はまずまずといったところ。

5月24日（金）

シリアの毒ガス攻撃のニュースを見て、ポット夫人が言っていた。「あの人たちはあらゆる死んだスズメを食器棚に入れられたゾウにするわね」と。〈死んだスズメに喜ぶ（価値のないものに喜ぶ）〉〈蚊をゾウにする（小さな問題を大きくする）〉〈食器棚のゾウ（非常に不注意）〉ということわざを組み合わせたのだ。

「アラビアの春はオランダの春に似てるわね。秋っぽくて」と横にいた女性が、クッキーをお茶に浸しながら助太刀した。バッカー氏は、アラビア人が互いを殺し合っている間は、我々は心配する必要はない、と暴言を吐いていた。

お茶の時間の国際ニュースの分析は、ニュアンスが感じられず、理解不足でも平気で言いたい放題。身近な、小さなニュースでも然り。昨日、階下の店が葬儀を理由に閉まっていた時には、ブーイングの嵐だった。一日中、チーズクッキーやヘアスプレーが買えないなんてとんでもない、と。東欧諸国のような状態ではないか！　葬儀なんて半日休めば十分じゃないか！

ダンボール三箱分くらいの商品しか置いていない小さな店で、外のスーパーよりトイレ洗浄剤が二十セント高い、とふだんはさんざんけなしているくせに。

昨夜はエーフィエの部屋でワインを飲みながら、いじめの規定を例に、老人ホームで気持ちよく暮らすための規定を作るべきか、ということを話し合った。それが十分価値のあることなのか……我々は迷っている。ここの住人に役立つだろうか？　限られたエネルギーを自分たちに残された年月（残された日々、かもしれない）を快適なものにするのに使うほうが賢明なのではないか？　そのとおりのような気がするが、もう少し考えてみることにした。近々また二人で会う口実にもなることだし。

5月25日（土）

棺が途中で引っかかり火葬炉の扉が開いたまま。棺が燃えると、煙が葬儀会場に流れ込んできた。まだ涙目でなかった人は煙で涙目になり、参列者は速やかに退場。これぞまさしくあっと驚くお葬式――数年前に実際にあった話だ。

自分自身の葬儀については、棺の中に小さなCDプレーヤーを隠しておくという案を考えてみた。外からリモコン操作してもらい、私の声を聞かせるのだ。「おーい！　みんな！（ドンドン叩く音）なにかのまちがいだ！　出してくれ！　まだ生きてるんだ……いや、冗談だよ。完全に死んでるよ」

自分でその場にいられないのが大変残念だ。

冗談はさておき、そろそろ真剣に遺書を書いておかねばならない。多くの願いがあるわけではなく、絶対に避けたいことがいくつかあるからなのだが、なかなか書く気になれない。

アムステルダムのひどく貧しい老人たちは、近々無料でバスとトラムに乗れるようになるそうだ。我々がひどく貧しいのはたしかだが、残念ながらバスやトラムに乗る勇気のある老人はほとんどいない。「トラムはスリとひったくりでいっぱいだから！」

スリには財布をしっかりしまうことで対抗できるが、スピードを出しすぎる横柄な運転手には対抗しようがない。認めるのは心苦しいが、これに関しては住人たちの言うとおり、公共の乗り物と八十歳以上の老人は折り合いが悪いのだ。車内は混みすぎだし、スピードを出しすぎ。すでに失われた体の柔軟性が要求される。老人がいると邪魔になるし、それが老人を不安で無力にする。まごついている自分に気づくと、情けなくなるが。だからバス会社よ、ありがたい話ではあるが、我々はいままでどおり老人用のミニバスを利用することにするよ。

5月26日（日）

居住者委員会の特別会議の議題は、〈電動カート使用上の規則〉。二台の電動カートが廊下の曲がり角で正面衝突したのを理由に会議が開かれた。車体破損がひどかったが、人間のほうは軽傷で済んだ。当然、どちらも相手に非があったと主張している。

委員会は、交通標識とカーブミラーの設置を施設に要求することにした。

先週は住人が轢かれて入院したという噂だ。スハープさんは転んだのではなく、電動カートに轢かれたらしい。運転者（誰だったのかは本人の希望で明らかにされていない）は買い物カゴに気をとられていたようだ。施設長は正確な事実を公開しない。目撃者がいたとしたら、「調査の妨げにならないように」緘口令《かんこうれい》を敷かれたにちがいない。

廊下は二台の電動カートがようやくすれちがえる幅しかない。その上、多くの住人は目か耳が悪いか、パーキンソン病を患っているか、あるいはそのすべてを兼ね備えているかだ。ここは移動遊園地かと思うほど混乱していることもある。もっと大勢、事故に遭っていないほうが不思議なくらいだ。平均的な反応速度の鈍さを考慮すれば、よけいに。

運転者が平静を保つことができれば、時速五キロでは事故も起きないはずだが、誰かが急に廊下に現われてパニックになると、完全に予想のつかない動きをしてしまう。施設の偉大なる司令官が、効果的な交通計画を立ててくれるよう祈るばかりだ。

5月27日（月）

今日、こんなダイレクトメールが届いた。「リビッド・クリスタル・ショッツはあなたの男性器を鋼のように堅くします。火山のような噴射が体験できます」私はしばらく忍び笑いが止まらなかった。これはエヴァートの冗談だろうか？

昔、誰の誕生パーティーでも、自分のムスコでまだ教会のドアを叩き壊すことができると言っていた叔父がいた。下ネタついでに……別の叔父は、「マリーおばさんのあれはすごかった、馬がそこから飲めるくらい」とよく歌っていた。そういえばラジオで忘れ去られた歌を探す番組があったはずだ。まだ覚えている節を歌うのだ。それに応募してみようか……？

オマニドクラブのエクスカーションが明日から今日に突然変更になったので、いまから準備しなくては。変更の理由は天気予報。どうやら今日はここ数週間でいちばんの春らしい天気になるようだ。

エドワードは昨夜全員の部屋をまわり、変更可能か聞きにきた。誰も問題なかった。手帳の予定は空っぽなのだ。今日も明日も、一年中いつでも。みんな時間ならいくらでもある。かつてはいつも手帳の予定がいっぱいで不満を言っていたが、いまはたまに病院以外の予定が書き込めたら、子どものように喜ぶ。

三十分後に、動きやすいアウトドアウェアで玄関に集合だ。

5月28日（火）

昨日は遠出せずに、ゆっくり歩いて五分の目的地に到着した。施設の南側から見える公園内のペタンク場だ。そこで第一回ペタンク大会（七十九歳以上限定）が開かれた。あらゆるものが用意されていた――十二個の輝くボール、メジャー、優勝トロフィー、六脚の座りごこちのよいガーデンスツール、テーブル、テーブルクロス、魔法瓶に入ったコーヒーと紅茶、ケーキ、サンドイッチ、日焼け止め、使い捨てではない食器セット、クールボックスに入ったドリンク、燻製のサーモンとウナギをのせたカナッペ、パラソル。そのすべてを輝かしい春の陽光の下で楽しんだ。

エドワードがフリーチェの孫のステッフにアルバイトを頼んで準備をし、朝のうちにすべてをミニバンに積んで二分先の公園でおろして、きちんと並べていた。

十二時にエヴァートの車椅子を先頭に皆で歩いてやって来て、一同ビックリした。まずはコーヒーとケーキを楽しみ、それから抽選をして試合開始。二人ずつ三チームに分かれて本格的な試合をした。ステッフが審判役を務めた。

途中でランチ、試合終了後の授賞式ではシャンパンが振る舞われた。優勝はグレイムとフリーチェ。二位がエーフィエとエヴァート。エヴァートは、足の指がないほうがずっとうまく投げられた！　と叫んでいた。エドワードと私が三位だった。勝ったのに涙ぐんでいたグレイムは〈ペタンク界のアリエン・ロッベン〉と冷やかされた。

試合が終わるころには施設の住人たちが大勢見学に集まってきた、というのは想定外。我々のクラブのいい宣伝にはなったが、新会員は募集していない。

四時に撤収し、施設に戻った。くたくたに疲れていたが、満ち足りた気分だった。

5月29日（水）

八十歳の男性がエヴェレストに登頂した。私は歩道の段差を越えるだけでやっとだというのに、不公平だ。八十一歳の前最高齢登頂記録保持者は、来週記録を奪回すると発表した。片脚の女性も登頂したことがある。彼女は義足を使ったのだろう。まさか片脚跳びで八千メートル登ったわけではあるまい。

両腕のない男もすでに史上初の登頂に成功している。最近は驚くような人たちがエヴェレスト山頂をめざす。もしも史上初の尿漏れする、ベールを被った顔の見えないムスリムの女性がポリネシアの旗をエヴェレストの頂上に立てたら、私も登ることにしよう。

保険会社に電話をかけてみた。電動カートを借りるには審査を受けなければならない、六週間後に予約を取れる、とのこと。面目を保ち、自腹で買おうかと思う。〈消費者ガイド〉誌に最近の電動カート比較テストが掲載されていないか、見てみよう。

消費者には三つのタイプが存在する。最も人数の多い一番目のタイプは、中庸を選ぶ。最も安いものでも最も高いものでもなく、そのあいだを取る。それよりもずっと数の少ない二番目のタイプは、いつでも最も高いものを選ぶ。そして最後のグループはいつでも最も安いものを選ぶのだ。なにかを買うとき、どれを選べばいいかわからない場合、私は最も安いものを買う。とりあえず散財は避けられるからだ。もちろん時には安物買いの銭失いになることもあるが、高い物を買ったためにますます高くつくこともある。

　昨日偶然、オフロード電動カートの記事が新聞に載っていた。キャタピラ付きのアクション・トラックチェアは森や砂丘、深雪の中でも走れるそうだ。一万ユーロもするのが残念なところ。

5月30日（木）

　エヴァートの快復があまり順調でない。傷がきれいに癒えないのだ。毎日看護師が包帯の交換に来ている。

「いい娘だよ！　だからもうしばらく来てもらえるのは一向にかまわんがね」

　相変わらず威勢がいい。でも今朝モウを迎えにいったら（まだ私がフルタイムで世話をしている）私が入ってきたのに気づかずモウにこう言っていた。「モウ、俺はもう駄目かもしれん。そうなったらおまえをどうすればいいのか、わからんよ」

　私は気まずくなり、咳払いをして到着を知らせた。

「聞いてたのか？　ヘンキー」

「ああ」

「どう思う？　そうなったらモウを死なせるしかないだろうか？　こんな老いぼれた犬をシェル

ターに入れるわけにはいかない。シェルターにも申し訳ないし」

「まだそこまで考えなくてもいいんじゃないか？」

「どうかね……」

私は喜んでモウの世話をするが、それはエヴァートが生きていればこそ。エヴァートが死んでしまえば、一週間以内に部屋を明け渡さなければならないし、私の棟では、犬は飼えない。

5月31日（金）

昨日はエーフィエと定年退職した弁護士ヴィクトー・フォルステンボス（七十一歳）に会った。かなりスノッブで高慢な男だが、「死ぬほど退屈している」と自分で言っていた。やることができて喜んでいた。かつて勤めていた弁護士事務所はもはや仕事を回してくれないそう。自分が腕利きの老弁護士であると今一度示したいようで、協力してもらえることになった。今週中にも施設長に連絡し、情報公開法を楯《たて》に、我々の施設の経営に少しでも関係のある資料はすべて公開を求めるという。依頼は自分の個人名でおこなうとのこと。エーフィエは如才なく、我々の施設は政府機関には該当しないから、この法律は有効でないのでは、と聞いていた。それには一理あるとヴィクトーは認め、その点には留意すると言った。

数日したらふたたび訪問して、依頼書を見せてもらうことになった。人間に対する信頼は、弁護士時代に損なわれてしまったそうだ。「老人ホームで通信の秘密が守られるとは思えないし、メールの安全性もまったくあてにならない」

まるでスパイ小説の登場人物になったようだ！　いくつか刺激的なスキャンダルが見つかるのを待とう。

四階に住む気のいい男、スハンスレー氏はここに入居するまでは熱心なハト愛好家だった。中国人がベルギーのレースで優賞したハトを三十一万ユーロで買ったという話に仰天して、「信じられない、信じられんよ」と繰り返し言っていた。エドワードは、そういう高価なハトがダム広場のハトたちといっしょに暮らそうと決めることはないのか、と考えていた。あるいは狩猟家に撃ち落とされて、パテにされるとか。「そのパテが三十万ユーロの味になるわけじゃないだろう？」

「ああ、時には行方のわからなくなるハトもいるよ」とスハンスレー氏は暗い顔で言った。彼自身も長年の飼育で何十羽ものハトを失ったそうだ。

6月1日（土）

悪い知らせ。

昨日フリーチェと散歩をしたときのこと。五分歩くたびに休まなければならず、市が気を利かせてしつらえたベンチに腰かけた。陽を浴びておしゃべりしながら、我々はいつのまにか個人的な話をしていた。最近、自分は実際の道に迷うだけでなく、生活のさまざまなことでも道に迷ってしまう、とフリーチェが言った。「うまく隠せるんだけど、もうそろそろ限界みたい。とても不安なの。突然、エレベーターに乗っていて、どうやってそこまで来たのか、なにをするつもりだったのかわからなくなったりするの」

私はなんと言っていいかわからなかった。しばらく黙ってから、家庭医のところでアルツハイマーのテストを受けてはどうかと提案してみた。どうしていいかわからなくなった時には、信頼できる人に助けを求めるべきだ、とも言った。そうすれば、方角を示してもらえる。「いつでも私に声をかけてくれていいんだよ、フリーチェ。私にできるかぎりは喜んで助けになるから」

やさしくも少し心を閉ざして控えめだったフリーチェが、私に話してくれたことに驚いていた。少し誇らしく思い、少し悲しくもあり……さまざまな感情に押しつぶされそうになった。

エヴァートの快復は少し進んでいるようだ。理学療法を頑張っていて、リハビリの際中には罵り声が絶えない。ユーモアのあるアシスタントはエヴァートが歩行訓練をはじめる前に、わざと大げさに脱脂綿を両耳に詰めてみせた。それを見たエヴァートは、大きな脱脂綿の塊を口に入れて応酬した。

6月2日（日）

フリーチェとの会話が気になってよく眠れなかった。どう考えてもアルツハイマーとしか思えない。今朝、ほかの人にも話したかどうか、聞いてみた。まだ話していないそうだ。

「家庭医とも？」

「感じのいいドクターじゃないのよ」

「私が誰かにアドバイスを求めるのは嫌かな？」

ちょっと考えさせて、と言われた。

インターネットで少し調べてみた。オランダでは約二十五万人が認知症にかかっている。アルツハイマー型が全体の七十パーセントで最も多い。五人に一人の割合で発病し、恐ろしいことに、死ぬまでに平均八年患うそうだ。

我々は当然、多少は現場で見て知っている。ここには年齢と共に頭がおかしくなっていく老人が大勢いる。少しずつ症状が悪化していき、最後には完全に頭の中が混沌《こんとん》と化してしまう。幸運であれば陽気な混沌、不運であれば不安な、あるいは他人に対して攻撃的になる混沌。衰退の最後の段階は幸い間近で見ずに済む。〈不幸な者〉は閉鎖棟に隔離されるからだ。スープを指で混ぜたり、自分の排泄物《はいせつぶつ》を投げたりするようになったら、引っ越しは時間の問題だ。

フリーチェがそんなふうになる姿は見たくない。

6月3日（月）

エヴァートが言っていた。「何年も思っていたとおりだったよ。サシャ・デ・ブーア（写真家になった元ニュースキャスター）のケツはでかい」足の指がなくなっても観察眼は衰えていないようだ。ニュース番組ではよく見えなかったが、オランダ鉄道の雑誌に載っていた写真家としての彼女のインタビュー記事を見ると、エヴァートの言うとおりなのがわかる。

理事会から住人宛てに、当施設を含むすべての施設で介護内容の〈見直し〉をおこなうという通知があった。経営陣がこの用語を使うときには用心が必要だ。〈見直し〉とは財政削減と改組を意味するのだから。

通知にはこうあった。「介護内容の見直しは結果的にはサービスのクオリティの向上につながります。」

はいはい、そうだね。〈老人ホームをふたたび老人のものに〉と書けば、もっとよかったのに。介護団体の広報担当者はそこまで考えなかったようだ。

我らがルッテ首相も、オランダをオランダ人に返すと言っていたが、まったくなにも変わっていない。

理事会の通知からは具体的な内容はなにもわからないものの、住人たちの意見は分かれていた。地獄が待ち受けていると読む人もいれば、パラダイスが訪れると夢見る人もいる。老人はあらゆる考え方ができるものだ。

一つだけまちがいないのは、どんな計画であろうと最終的には理事たちの給料アップにつながる、ということだ。

6月4日（火）

オランダではじめてのアナーキーな老人ホームはどうなったのだろうか？　フローニンゲン州の小村オンダーデンダムにある介護施設〈デ・ホーフェン〉のことだ。二年前に、三ヵ月間すべての規則をなくすという試みをおこなった。ほんとうに〈すべて〉だったのだろうか!?　平均的な老人を知っている者から見ると、ケンカから殺人にでもなりそうだし、毎日ビンゴばかりしていそうだ。

オンダーデンダムの施設長は、職員と住人が規則がないことを喜ぶか試そうとした。〈規則のない介護〉という名の実験は、フローニンゲン大学の研究者の指導下におこなわれた。

インターネットで調べてみたが、実験結果は見つからなかった。

突然そんなことを思い出したのは、ここで新たな規則が導入されたから。今後、自室では省エネランプしか使ってはならない、というものだ。環境重視というわけ。

弁護士ヴィクトーの家で、施設の規約公開を求める文書の下書きを読ませてもらった。専門用語が多くて私にはちんぷんかんぷんだったが、相手に信頼感を抱かせる内容だと思う。エーフィエがいれば鋭い判断をしたのだろうが、あいにく気分がすぐれず同行できなかった。

まだ昼の二時だったが、高級品にちがいないコニャックを大きなグラスで出してくれた。葉巻も振る舞われたので、咳き込みながら吸った。我々の弁護士は、スノッブで高慢ちきな人のカリカチュアを楽しんで演じているようにも見える。演技と現実がごちゃ混ぜだが、それが彼にはよく合っている。

6月5日（水）

フィッサーさんは今朝早く、バッグに二つ愛用のコーヒーカップを忍ばせて、コネクションのミニバスでアムステルダム南東地区のイケアに向かった。不良品としてお金を返してもらうためだ。ただし底が抜けるおそれがありイケアが返品を呼びかけているリダ・ジャンボカップではなく、他のカップ。リダの底が抜けるならこれも熱湯に耐えられないはず、というのが彼女の言い分。フィッサーさんは出かけて三時間経ったいまもまだ戻っていない。

ここの住人はなるべく危険を避けようとする。世界のどこかである食品が返品処分になると、自分の台所にもその危険な食品が潜んでいないか、あらゆる棚を開いて確かめる。それとは対照的に、賞味期限はあまり気にしない。食べ物を捨てるのは、たとえカビが生えていようと大罪なのだ。「ちょっと上を削ればまだ十分食べられる!」老人に深刻な食中毒が多いのはそのためだ。施設の調理場で毎日バターの保存温度が五度から七度に保たれているかチェックするのを義務づけられていても、これでは意味がない。

最近亡くなった人の部屋の明け渡しで、新たな記録が達成された。冷蔵庫に賞味期限を十七年過ぎたものが入っていたのだ。それ以外は部屋の中はシミ一つなく整っていたそうだ。こういう事柄はもちろん正式に発表されるわけではないので、噂にすぎないのだが。

明日はまたエクスカーション。暑すぎも寒すぎもせず、風も湿気も少ない、老人には理想的な天気になるようだ。

6月6日(木)

アムステルダム市の警備員(最近はたしか〈地区監督〉という名で呼ばれている)の姿を見かけると、そこは安全なのがわかる。彼らは問題のある地区は頑なに避けるものだからだ。彼らは天気がいいと、施設の前のベンチで油を売っている。給料の低さを思えば、街の悪漢が問題を起こす地区を避けたい気持ちはわかる。時速七十キロでジェット戦闘機のような騒音を立てて自転車道を走るバイクを自転車で捕まえようというのも、所詮無理な話だ。市の警備員は悲しい無力さを漂わせている。制服もなぜかかならずサイズが一回り小さいのだ。

上には上がいるもので、ハーグの駐車監視員は一日平均一件の駐車違反の切符しか切らないと最近新聞で読んだ。彼らは歩合制ではない。どういう基準で監視員を雇っているのかと不思議に思う。

驚くなかれ、暑さに対するぼやきが昨日からはじまった！「オランダはいつもあっという間に蒸し暑くなるんだ！」とバッカー氏。寒さに対する不満が二日前に止まったばかりだというのに。時々彼に殺意がめばえる。

私は夏の一張羅を着て、昔ながらの麦わら帽子を用意した。モーリス・シュヴァリエをイメージして。昼食後に玄関に集合し、グレイムが幹事のエクスカーションに出発だ。彼はもう何日も前から、こんないい天気なら成功まちがいなし！と言っていた。

6月7日（金）

昨日は十三時ちょうどに三台の自転車タクシーが迎えにきた。運転手は三人とも若くてたくましい青年なので、気の毒に思う必要はない。一人はグレイムの息子の友人で、彼がすべてを手配した。ていねいなエスコートで全員が乗り込むと、多くの視線を集めてキャラバンは出発した。

隣に座っていたエヴァートはすぐさま〈乗り物に乗って〉を歌いはじめた。完璧に覚えていたが、老いぼれカラスのような声だった。

行き先はアムステルダム北部のワーターランド。ズンダードルプ、ランスドルプ、アウトダム、ザウダーワウデ……すばらしい昔ながらの村々を通っていった。時代の波は受けていないが、家の前に停められた高価でオシャレなカーゴバイクを見ると、アムステルダムの金持ちのヤッピーに乗っ取られてしまったようだ。

エヴァートは昔の話をし、他の自転車タクシーから時折笑い声が聞こえてきた。たまにエーフィエの野鳥観察のためにストップした。私にもマッチ箱の絵のオグロシギだけはわかった。

ザウダーワウデにはワインショップがあった。食料雑貨店が消え去り、代わりにソムリエがやって来たのだ。我々のためにおつまみ付きの試飲会が開かれた。ワインで流し込むには小さすぎるおつまみだとエドワードは言っていた。テイスティングではワインを飲み込まずに吐き出すことになっているが、我々の適応力には限度がある。吐くのは病気の時だけだ。運転手たちにもいっしょに試飲を楽しんでもらった。帰りに酔っ払って堀に突っ込み、我々を溺れさせない、という条件付きで。

その場で集めたお金でワインを二ダース買った。なんとも至福な時間であった。

帰路には最初こそ歌を歌っていたものの、じきに皆、居眠りをはじめた。

施設の入り口できちんと下ろしてもらい、運転手たちにチップとして皆で選んだおいしいワインを一本プレゼントし、朗らかに手を振り見送った。

エクスカーション代の支払いはいつも翌日、幹事のもとで良心的におこなわれる。高かった？

いや、見事なコストパフォーマンスだった。

6月8日（土）

〈アルツハイマー自己診断テスト〉というのがある。誤解を招きそうな名前だが、テストは自分以外の誰かがアルツハイマーかどうかを調べるものだ。それを使って自分を調べてみたが、〈アルツハイマーでない〉という結果で安心した。

そんなことをしてみたのは、エクスカーションでフリーチェの様子に注意していたからだ。楽しんではいたものの、時々ぼんやりしていたし、驚いているような時もあった。アルツハイマーかテストをしてみるほどには彼女のことを知らないが、その兆候はある。直接彼女から聞いた内容は、心穏やかなものではない。

ゆっくりと、なにもかもがわからなくなっていくのを止めることができない――それは鍋の中で徐々に茹だっていくのに気づかないカエルのたとえとは異なり、長期にわたり衰えていく自分の苦しみを自覚しているということだ。ブラックホールに落ち込むことが、徐々に増えていく。穴から這《は》い上がっている時間が次第に少なくなり、たとえ這い上がってもふたたび落ちることはわかっている。混乱し、悲しみ、恐れ、憤る老人たちを見て、自分もそうなるのだと自覚せざるをえない時間は十分すぎるほどある。陽気な認知症患者もいないわけではないが。最初は落ち着きなく失ってしまったものを探そうとし、その後は無関心に横たわっているだけになる。手に負えなくなれば縛られ、あらゆる尊厳が損なわれる。

かわいそうなフリーチェ。どんな言葉で彼女を慰めたらいいのだろう？

6月9日（日）

濡れたスリッパを電子レンジで乾かそうとしたスールマンさん。二十分にセットしてテレビを見にいき、すっかり失念。スリッパが使い物にならなくなった上、火災警報機が作動してしまった。

この事件を引き金に、施設長が電子レンジの使用を禁止したとしても不思議ではない。

施設長といえば、我々の安全のために廊下に防犯カメラを設置すると手紙で知らせてきた。あんまりだと憤慨する老人が大勢いて、なかには〈ゲシュタポ〉という言葉を使う者さえいた。

「ステルワーヘンは完全に狂ってしまったのか？　防犯カメラだと！　誰が水槽にパウンドケーキを投げ入れたか知りたいんだろうよ。電動カートで薬を配るワゴンを遮ったのが誰かも」グレイムはいつになくひどく怒っていた。防犯カメラが設置されたら自分で壊してやるそうだ。エヴァートがすぐに協力を申し出た。

ステルワーヘンは自分の手腕を過信しているように思う。

ほとんどの住人は防犯カメラの設置を望んでいない。テレビカメラなら大歓迎なのだが。地元のテレビ局が百歳になった人の取材に訪れると、彼らはなんとしてでも自分も映ろうとする。何年もブツブツつぶやくことしかなかった住人が、朗々と誕生日の歌を歌ったり、いつも灰色に汚れたワンピースを着たきりの女性たちが、突然きれいな花模様のワンピースに着替え、パーティー用の帽子を被っていたりする。
幸い、この前テレビ局が撮っていった四十五分間の嘘だらけの映像は、きっかり五十秒しか放映されなかった。全員ひどく落胆し、なかには侮辱と受け取った人もいた。

6月10日（月）

昨日は新聞を読んだりテレビを見たりしながら、四度もうたた寝してしまい、夜は逆にまったく眠れなかった。温めた牛乳にハチミツを入れて飲んでみたが、その後睡眠剤を二錠飲んだ。
トリンボス研究所の依存症の専門家によると、オランダには私のように睡眠剤を常用する五十五歳以上の人が、九十三万人いるそうだ。老人ホームはジャンキーだらけ。皆、睡眠薬中のベンゾジアゼピン依存なのだ。ベンゾジアゼピンは〈不安〉と〈くよくよ悩む〉ことにも効く。ただし骨折リスクが高くなる。統計によると、年間千人以上の老人が夜中に朦朧《もうろう》とトイレに行って転倒、骨折しているそうだ。

6月11日（火）

昨日はエヴァートがオマニドクラブ・ミーティングのホスト役だったが、上出来とは言えなかった。揚げものを焦がし、真っ黒なビターバレンとチキンナゲットにしてしまった。彼の部屋の換気扇がよく利きすぎで、誰も気づかなかったのだ。老いた鼻では仕方ない。レバーソーセージは賞味期限が切れていた。まともに食べられたのはチーズのみ。酒は溢れるほどあった。
そこで、我が施設の料理のプロフェッショナル、リアとアントゥワン・トラヴェムンディを求める声が無視できないほど高まり、満場一致で仮会員にすることが可決された。フリーチェとエドワードが迎えにいき、すぐにやって来た彼らはいたく感動していた。ていねいに一人ずつお礼を言い、アントゥワンは涙さえ浮かべていた。
「長生きできてよかったわね」エーフィエが皮肉っぽく言った。アントゥワンは頷き、リアはぎこちなく笑った。彼らは会員にしてもらえたことを祝おうと、すぐに自室からフランス産のチーズ、セラノハム、スモークサーモンをもってきた。
「ほらね、だから入れてあげたんだよ！」
定期的に集まりたいので、一度に多くの議題について話し合うことはない。今回は、一巡目のエクスカーションの評価だけを話し合った。多かれ少なかれ、賛辞の言葉しか出なかった。
エクスカーションの新たな幹事と予定時期が決められた。
六月末　　リアとアントゥワン（まだ仮会員なので二人で担当）
七月中旬　グレイム
七月末　　エーフィエ
八月中旬　フリーチェ
八月末　　私
九月中旬　エヴァート
九月末　　エドワード

いい感じだ。夏の終わりまで気晴らしと娯楽に満ちている。

6月12日（水）

フリーチェが私の部屋にコーヒーを飲みにきた。世間話をしにきたわけではない。家庭医とインターネットから十分な情報を得て、自分が認知症だとはっきりしたのだ。

「もちろん悲しいけど、仕方のないことだから、なるべく長くいまの暮らしをつづけられるようにがんばるつもりよ」

私にも協力してほしいと言われた。クラブのメンバーを含むほかの人たちにも頼むそうだ。条件は、我々が彼女に対してオープンで正直であること。役に立たない同情は無用。足手まといになったり手に負えなくなったりしたら、閉鎖棟に任せることを厳粛に誓わされた。彼女は自嘲めいた表情を隠せなかった。ほかに行き場はないことを重々承知し、受け容れているのだ。だが降伏する時がくるまでは残された力をふりしぼり、「良識ある人間として」人生を謳歌《おうか》するとのこと。

私は胸がいっぱいになり、可能なかぎりあらゆる協力をすると誓った。〈可能なかぎりあらゆる〉とはちょっと大げさだけど、いいわ、じゃあお願いね、とフリーチェは言った。

具体的にどう協力すればいいのかも話したが、なかなかむずかしい。お互い一晩考えてみることにした。

6月13日（木）

時々、住人たちの軽い敵対心を感じることがある。よく我々のクラブの噂話をしていることも知っている。我々は〈目立ちたがり屋〉なのだそうだ。施設が提供してくれる娯楽をつまらないと思っていて、〈恩知らず〉でもあると。〈尊大〉とも言われているようだ。

仲間に入れてもらえない失望感が、嫉妬心に変わることがある。ここでは嫉妬心が長い時間をかけてはびこっていく。

恨み屋、陰謀家、中傷者をけっして甘くみてはならない。彼らは温厚な、無関心な、あるいは無知な住人たちに執拗《しつよう》に邪悪な考えを吹き込む。たいていは些細《ささい》なことがきっかけだが、長い時間と共に軽蔑、無理解、嫌悪に変わっていく。一日中なにも大切なことがなければ、小さな事柄が重要になってくる。時間はつぶさなければならず、関心はどこかに向ける必要がある。卑しい品性は吐き出す対象を求める。年と共に人は大らかになっていくと思われがちだが、実際はその逆でどんどん狭量になっていく。年を取って賢明になるというのは、むしろ例外的なのだ。

時々、緊迫感を感じる。私が近づくと咳払いが聞こえたり、会話が止まったり、無言で視線が交わされたりする。

今朝のコーヒータイムに我々のテーブルに誰も来ないので、エドワードとグレイムとその話をした。彼らも同じように感じているそうだ。気分のいいことではないが、それもクラブに付随することとして受け容れるしかないだろう。

6月14日（金）

世界で最も有名な老人、ネルソン・マンデラの具合があまりよくない。小康状態の日と危ぶまれる日が交互に訪れる。住人たちがいたく心配している。マンデラはおそらく過去二十年で最大の支持を集めた、英雄だったたであろう。だが英雄もやはりいつかは死んでしまうもの。新聞社は十分余裕をもって死亡記事を用意できるだろう。世界各国のリーダーたちは、葬儀が参列しやすい日取りであるよう願っているはずだ。

幸いマンデラはかなり前から公共の場に姿を見せていないので、我々は彼のことを弱々しいが威厳のある賢明な人として記憶にとどめておくことができる。そこにまさしく彼の偉大さが秘められているのだ。

「マックス会員祭があなたのところにやって来る！」ラジオ・ヴェロニカのかつてのスローガンを老人向けにもじったコピー。居住者委員会が、どこかの劇場（まだ未定）で開かれる放送団体マックスの会員祭に参加者を募集しているのだ。

「おいしいコーヒーとケーキを用意して、あなたの参加をお待ちしています」とあるから、成功はまちがいない。抽選ですばらしい賞品が当たるというのも、祭の成功を約束している。さらにロニー・トウバーまで歌いに来る。

数年前、マックスは夏に全国の老人ホームをまわるツアーをおこなった。元ニュースキャスターのヨープ・ファン・ザイルが司会をして、昔のテレビ番組を題材にしたクイズ大会をした。ヨープが来る、ということと共に、〈マックス・ケーキ〉が呼び物だった。

この時は満員御礼だった。今回、居住者委員会は例年以上に早くから参加者を募っている。会場がまだ決まっていないというのに……もしかしたら、バスで二時間近くかかってフローニンゲンまで行くことになるかもしれない。

6月15日（土）

フリーチェ、エーフィエ、私の三人で、フリーチェのアルツハイマー対策を考えた。オランダ・アルツハイマー協会の資料によると、認知症の人の七十パーセントはまだ自宅に暮らしているそうだ。ここは〈自宅〉とは言えないが、それでもフリーチェがすぐに閉鎖棟に引っ越す可能性が低いのは、希望のもてる見通しだ。まわりの助けがあれば、まだしばらく自室に住みつづけることができる。最初の具体的なステップは、毎日午後に我々のどちらかが訪問し、フリーチェがハムスターを冷凍庫に入れていないか確認すること。これはフリーチェ自身が出した例で、実際には彼女はハムスターを飼っていない。そのほかには、いろんなリストも作った。名前と役職、電話番号のリスト、毎日するべきことのリスト、するべきではないことのリスト、買い物リスト、どこになにが置いてあるかのリスト、そして毎日の詳細にわたる予定表。我々は必要なときに助ける。なにか忘れたりわからなかったりしたら書いておき、後から我々と話し合う。緊急であれば電話で話す。

認知症に関する本も読むことにした。専門的な知識が必要な時のために。具体的に計画できたのは気持ちがよかった。白ワインを飲みながら、燻製ウナギを古新聞に広げて食べたことも。フリーチェはもてなし上手だ。もし水と食パンしか出てこなくなったら注意する、と約束した。

6月16日（日）

病気や障害をもつ老犬が家庭的な環境で最期の日々を過ごせるホームが存在する。きちんとめんどうを見てもらえ、必要であれば死への介添えもしてもらえる。ジンバ財団の運営。ウェブサイトには、杖をつきサングラスをかけた盲目の盲導犬のイラストが載っている。作り話ではない。犬の介護にも人間のように、助成金があるのだろうか？

規約やそのほか重要な資料の公開を求める我々の手紙に、回答があった。といっても単に受領通知のみだ。ヴィクトーから転送されてきた。

「大いなる時間稼ぎがはじまりました。」と同封のヴィクトーの手紙に書いてあった。「折り返し、八月一日を期限とし、それまでに公開されない場合は略式裁判になる可能性がある旨、送っておきました。ちょっと脅してやろうという意図で。我々が死んだり、認知症になったりしてから公開されても、意味がありませんから！」

いいぞ、ヴィクトー。

日曜の午後、訪問の時間だ。最初にやって来た息子たち、娘たちは老いた父母とすでにコーヒーを飲んでいる。役割が反対になり、かつては両親に諭すように話しかけられていた子どもたちが、いまでは両親を諭そうとする。「私たちが来るときくらいきれいなシャツを着といてよ。いつも同じクッキーじゃなく、たまにはちがうのを買ってよ！」

6月17日（月）

「そんなことをしたら死んでしまう！」とここの誰かが言うのを何度も耳にしてきた。その約束をどこまで守らせることができるかわからないが、然るべき時が来たら思い出させてやりたい住人は何人かいる。オランダの何軒ものケアホームが閉鎖されるという噂でもちきりだ。

コンサルティング会社ベーレンスホットによると、今後数年で八百七十軒のケアホームが閉鎖になる見込み。いままでより審査が厳しくなり、新規入居者は大幅に減る。自宅での暮らしが不可能になるまで在宅介護をつづけさせ、その後一気にナーシングホームに入れるというのがおおよその考え方だ。その間にもケアホームで暮らしている老人たちは死につづける。計算が得意でなくても、空き部屋が増えていくのは予想できる。施設の運営者は最後の住人が死ぬのを待つことなく、残った老人たちを引っ越させるだろう。

そうなったら死んでしまう、と未来の被害者が予想しているのだ。ふたたびひとり暮らしを強いられると思っている者たちもいる。一層ひどい！　と。

引っ越しに対する恐怖は大きい。バッカー氏はわざと〈移送〉という言葉を好んで使う。だが、ほとんどの住人はいったん新しい、いままでより広い部屋に引っ越してしまえば、死ぬどころか二度とそこから出たくないと思うにちがいない。

私にとってはここに住んでいようが、数キロ先のケアホームに引っ越そうがどちらでもかまわない。友人たちといっしょに引っ越すことができ、引っ越し期間中はライン川の旅にタダで行かせてもらえれば、それで満足だ。

6月18日（火）

天気の話で申し訳ないが、昨日は暑すぎも寒すぎもしない心地よい夏日だった。午後は新聞と本をもって公園で過ごした。最初はエーフィエと。彼女は小一時間で帰っていった。その後夕方のアペリティフの時間に新しい手押し車でエヴァートがよろよろとやって来た。買い物かごには魔法瓶が二本。一本はウィスキー、もう一本は白ワインが入っていた。ジャケットの内ポケットから、きちんとトイレットペーパーにくるんだワイングラスを二つ取り出した。

「量を減らしてるんだ」と彼は言った。「ほんとうだぞ！」私がそうだね、というように頷いているのを見ると、酒量を減らしている分、高価な酒を飲んでいると付け足した。高価で一層おいしい酒だ。それは賢明だと思う。実際彼はすばらしい白ワインをもって来ていた（ただし少し魔法瓶の匂いがした）。そんなふうに我々は公園のベンチにきちんとしたホームレスのように二人で座り、顔が少し赤らみ、足が少しふらつくまで酒を飲んで、いっしょに戻ってきた。手押し車を間にはさみ、二人で一つずつハンドルを握って。バルコニーから見ていたエドワードに今朝、心温まる光景だったと言われた。二人用手押し車を考案したら、売れるかもしれない。

部屋に戻ると、ソファで居眠りをしてしまい、十一時にようやく目を覚ました。夕食を食べに来なかったので職員がドアのところまで見にきたそうだ。まだ生きているか確認したが、起こす必要はないと思ったらしい。

6月19日（水）

気温が高いと、老人の死亡率が平均を上回る。気象予報士のピート・パウルスマが三十三度と予測していた。夜まで生きられるよう、願っている。

事務所でアンヤに会い、施設側が我々の行動に気づいているか探ってみた。施設長はどこかで介護の変遷についての会議があって不在だったので、安全領域だった。

情報公開の要請がどこから来たのかを尋ねる内部メモがあった。施設長は理事会で「不満を抱く住人たちによる、少数だが団結力の強い集団が存在する」という憶測を語っていたそうだ。つまり、我々のことだ。

略式裁判を起こすと脅されて驚いた理事会が、施設長に説明を求めたのだ。いろんな介護施設の経営者が最近新聞でネガティブに取り上げられていることが、我々には有利になっている。彼らは新聞に書きたてられることをひどく恐れ、住人の不満のエスカレートを防止する策を取るよう、ステルワーヘンに命令した。ステルワーヘンは近々、情報公開を求めた弁護士と連絡を取るそうだ。

その後、アンヤから得た情報をどうすればよいか、エーフィエと相談した。結果、弁護士とオマニドクラブのメンバーには知らせないことにした。危険な情報でよけいな負担をかけないためだ。我らがアンヤ・アッペルボームがジュリアン・アサンジ、エドワード・スノーデン、ブラッドリー・マニングら内部告発者に名を連ねることになると困るので。

私は少しナーバスになっているようだ。

6月20日（木）

昨日、ファン・ヘルダーさんの部屋に泥棒が入った。下で紅茶を飲んでいる隙にナイトテーブルの引き出しから腕時計を盗んでいった、と廊下で泣きながら皆に話していた。ご主人から結婚記念に贈られたものだそう。

皆がショックを受けていた。

ファン・ヘルダーさんはいつもドアに鍵をかけているので、犯人は鍵をもっていたにちがいない。

住人は部屋を出るとき鍵をかけるよう義務づけられている。一度、混乱した老人が他人の部屋のベッドに寝ていたことがあったのだ。部屋の主は毛布をめくってあまりにも驚き、倒れて手首を骨折した。

腕時計がなくなったことで、いつもどおりなんとなく掃除や介護の人間が疑われている。大概、肌の色が濃いほど疑われる。それに「男性のしわざにちがいない。女性はそんなことはしないものだから」とも。七十歳以上を対象とした〈論理的思考〉という講座があればいいのだが。

施設内の雰囲気はますます悪くなった。

施設長には遺憾なこと。信頼のおける筋からの情報によると、腕時計がなくなったことより施設の評判を気にしているそうだ。

6月21日（金）

夏まで生きながらえた！　まるで秋のような夏だとしても。

「自殺日和だ！」いつも陰気なバッカー氏が紅茶を飲みながら三度も叫んでいた。三度目に叫んだ時、エヴァートが「あんたを屋上に連れていこうか？」と言った。あんたの財布は俺が引き受けるから、と。

老人の自殺がここ数年かなり増えたと統計が示している。

当施設では死亡者が出た場合、死因は公表されない。そうすれば、自殺は存在しないことにできる。統計的には過去数年にいくつか自殺があったはずだが、そんなことが明らかになれば住人たちのあいだに不穏な空気が流れるし、自殺を考える人がさらに出てくるかもしれない。

昨日、家庭医のところにある鏡に映った、自分のやせ細った裸に驚いた。

人間はかなりできそこないで醜い動物だ。わずかな例外を除いて、服を着ているほうが裸よりもいい。裸が似合うのは子どもだけだ。その後は年齢と共に服を着こんでいったほうがいい。それもだっぽりとした服。洋梨のような体形の女性たちが毎週月曜、ぴったりしたレギンスを穿いて、廊下を通り体操室に行進する姿は、とても見られたものではない。

家庭医は、あらゆる症状を考え合わせても、私の健康状態には満足していた。尿漏れはもはや治療できない。「おむつをしなくては。フルーンさん、それしか解決策はないですよ」

6月22日（土）

ファン・ヘルダーさんの腕時計が見つかった。掃除係が、洗濯機から取り出した濡れた洗濯物の中から見つけたのだ。きれいにはなったが、もはや動かない。ファン・ヘルダーさんは、事態を恐れた泥棒が腕時計の始末に困り、洗濯機に入れたにちがいないと言っている。なぜわざわざ洗濯室まで行って腕時計を捨てたのかは説明がつかない。「でも世界にはもっと変なことがたくさんあるでしょう！」

自分でうっかり腕時計を洗濯かごに入れてしまった可能性は「ぜったいにない」そうだ。

正直者の発見者に、お礼として五十セントあげていた。


一昨日、家庭医がヤン・フーイマーカースの話をしていた。老年病の教授で、人が非常に高齢まで健康に生きられるための研究をしている。それが可能であると確信し、すでにマウス実験では結果を出している。ＤＮＡの修復がどうとかいう話だ。あと十年くらいであらゆる老年病に効く奇跡の薬ができるかもしれない。

私と仲間たちにはちょうど間に合わないわけで、まったく病気にでもなりそうだ。二百歳まで生きる必要はないが、まずまず健康で人生を終えられるなら、ぜひそうさせてもらいたいものだ。
そういえば、安楽死をどう思うか、家庭医に聞くのをまた忘れていた。

6月23日（日）

改築に関するニュース。施設長が手紙で我々に提案してきた。〈快適な暮らしに関するあらゆること〉のため、建設協議会に助言する居住者協議会を立ち上げる、という内容だ。

建設協議会なるものが存在し、改築案はいままでの印象以上に具体的に進んでいることがわかった。発言権があるような幻想を与え、その事実を隠そうということだろう。

この知らせに安堵をおぼえる住人たちもいる。徹底的に改築するならば、その後すぐに閉鎖はしないだろうから。よって他の施設への引っ越しは免れる。他方、大掛かりな改築は、たとえ一時的であるにせよ引っ越しを意味する。そう考えるだけでもすでに彼らの血圧は危険なほど上昇する。〈不確かさ〉と〈変化〉はあらゆる老人の天敵なのだ。嫌な策略家のポット夫人は、改築は住人たちを一掃するための作戦かもしれないと言い出した。「だから改築なんてするのよ。みんなが生き残れないように！」どんなに愚かな発言であろうと、コーヒーテーブルを囲む中にはかならず頷く人がいるものだ。

改築はきっと大騒ぎになるにちがいない。受けて立とうじゃないか。動きがあればあるほどいい。建設協議会に助言をする協議会にも入りたいと思う。

エーフィエの提案に従い、改築計画についても別件で問い合わせるよう、弁護士ヴィクトーに連絡した。

6月24日（月）

新しい住人オーペルスさんは毎朝コーヒータイムに新聞の死亡広告を読んで聞かせる。誰が最初に文句を言うか、私は興味深く待っている。そんな陽気な知らせで一日をはじめたい人ばかりではないだろう。

死人に特別な関心を寄せる住人はほかにもいる。誰かが死ぬたびに、（私のほうが長生きできた）と思っているのが会話の端々からわかる。かつて知っていた人の名前を死亡広告に見つけるのは、さらに満足度が高い。

私自身は、幼い子どもの死亡広告のほうがよっぽど心を動かされる。娘のことを思い出してしまうから。十社もの企業の役員を務め、そのすべてが死亡広告を出すような重要人物の死には、死んだ当人と同じくらいなにも感じない。さっさと地面の下に埋められればいい。そこでもまだ自分が重要人物か、見てくることだ。

オマニドクラブの新会員、リアとアントゥワンが今度の金曜、公民館の調理場と小会場を借りている。会員にしてもらえたことを祝う晩餐会《ばんさんかい》のきれいな招待状が、郵便受けに入っていた。コース料理のあいだにスピーチや朗読、歌などを披露してほしいと書かれていた。私の古い脳が音をたてて軋《きし》みそうだ。

二十五年も袖をとおしていなかったタキシードをクリーニングに出した。明日は新しいシャツを買いにいこう。

6月25日（火）

オーペルスさんは死亡広告を読んでいないときには、愛護センターに入れざるをえなかった愛猫のことを嘆き悲しんでいる。三千五百ユーロもかけて、後ろ足の複雑な手術をしたところだった。獣医はニッコリ笑って、彼女の貯金をすべて奪い取ったのだ。メソメソしているのは気に障るが、やはり気の毒だと思う。ネコのことをそれだけ愛していたのだ。でも、ペット禁止というここの規則は変えられない。それを理由に自宅に住みつづけたかったのだが、子どもたちが反対した。母親のめんどうを見るのはもうたくさん、というわけだ。

C&A（衣料品店）の店員は、私のシャツ選びを助けてくれなかった。小さすぎる制服を着た老けた女性は十メートル先のラックをめんどくさそうに指し示して、「あそこにありますよ」と言った。「ごていねいに教えてくださってありがとうございます」という私の返事に、最初は驚き、その後苛立っていた。

フローム&ドレースマン百貨店のサービスも似たり寄ったり。老いて無知な男性は好ましい客ではないようだ。結局、試しにライトブルーのシャツを買ってみたのだが、ぶかぶかだった。明日返品に行かなければならない。老人が返品に来るのも店員には喜ばしくないだろう、と今ふと思った。

6月26日（水）

エヴァートの具合がよくない。今朝、術後の検診で病院に行くと、すぐさま再入院させられそうになった。エヴァートは葬儀を理由に、入院を月曜にしてもらった。

「いままでの人生で随分、葬儀を言い訳にしてきたよ。いざとなるとそれ以外の言い訳が思いつかないんだ。同じ人に三度使わないかぎり、嘘つき呼ばわりされることもない」のだそうだ。

数日入院を遅らせてもたいして変わりがないのはわかっていても、新たな手術に向けて心の準備をしたい気持ちはわかる。それに金曜の公民館でのディナーにも参加したいのだ。

部屋に寄ると、やはり弱気になっているように見えた。ティーカップを手にしていたのもエヴァートらしからぬ光景。そう言うと、紅茶にラム酒が一滴入っていると言うのでホッとした。

我々は二人でモウに入院を告げた。来週はまた私が世話をすることになると聞いて、片耳を上げ、おならをした。

防犯カメラを設置するという施設側の計画は、腕時計泥棒騒ぎで賛成派が増えていたが、腕時計が誤って洗濯機に入れられていただけとわかり、また情勢が変わった。アンヤから、ステルワーヘンはなにも盗まれずに残念とさえ思っていたようだと聞いた。我々の前線の仲間からの情報。

6月27日（木）

老人は時に不精なものだ。シミだらけで襟が黒ずんだレインコートを着ていても、汚れが見えないか、もはや気にならないかのどちらかだ。新しいコートを買っても着古すまで着る時間がないのは勿体ない。だから四十年前のワンピースやスーツを着て、履きつぶした靴と穴のあいたソックスを履いている。尊厳を失うはじまりだ。見た目がどうでもよくなると、汚い食べ方をしたり、堂々と股間を掻《か》いたり、月に一度しか洗髪しなかったりするのも気にならなくなる。まったく恥じらいもなく、「きれいなパンティーがなくなったら、いちばん汚れの少ないものをあと一日穿くようにしているの」とコーヒータイムに話している住人がいた。

幸い、きちんとした服装でよい香りのエレガントな男女も存在する。エーフィエ、エドワード、リア、アントゥワン、それと、私自身も（尿漏れ問題はあるが）。きれいな服を着て、よい香りをまとい、きちんと整髪している。

二月に一度散髪に行き、まだ残っているわずかな髪を二度洗ってもらうのが気持ちいい。

「どんなふうに切りましょうか？」

「ちょっとモダンにお願いします。どうぞお急ぎにならず」

「じゃあゆっくりといい感じにしましょうね」

もう何年も同じ理容師に切ってもらっているが、このちょっとした会話はけっして飽きないものだ。

6月28日（金）

もう六月二十八日だというのに、あちこちでストーブがシュンシュン音を立てている……セントラルヒーティングなので、実際に音はしないが。ほとんどの部屋のサーモスタットは上限の二十三度になっているし、冬のコートを着て玄関に向かう人さえ見かけた。昨日の最高気温は十四度だった。

今日は公民館でのディナーにそなえてほとんどなにも食べない予定。なにも食べなくてもまったく苦にならない。食欲は年と共に低下する。仕方なく無理やりなにか口に入れる時さえある。幸い最近は〈飲む朝食〉というものが存在する。必要に合わせて〈飲む昼食〉にもできる。食欲がないのに無理して噛む必要がないのがいい。エヴァートの病状も食欲をそぐ一因。

古いタキシードは少しだぼついているが、きちんとクリーニングしてある。新しいシャツは、結果的にはうまくいった。フローム&ドレースマンに交換に行くと、愛想のいいモロッコ系の女性店員が首回りと腕の長さを測り、ぴったりのシャツをラックから探し出してくれたのだ。

なんだかんだ言っても、私の見た目はまだ十分いけると思う。自分で言うのもなんだが。

香水も奮発した。手の甲でいくつか試してみたが、すぐに混ざってなにがなんだかわからない香りになってしまった。これでは意味がない。ちゃんと少量を香水用の紙に吹きつけてみるべきだった。結局、店員が私にぴったり、予算にもぴったりのものを見つけてくれた。

6月29日（土）

出張レストラン〈シェ・トラヴェムンディ〉の店主、アントゥワンとリアに脱帽。こんなにおいしい食事は何年ぶりだろう。六品のコース！　ほどよい時間をかけて出され、老人にちょうどよい量、気心の知れた仲間、最高の夜だった。五時から十時までテーブルにつき、食器を洗いながら歌い、その後は皆千鳥足で帰ってきた。賢明な飲み方をしてよかった。でなければいまごろ脳死状態だったところだ。

ウェルカムカクテルのあとエヴァートがスピーチをした。人生の喜びや友情の愉しさについての熱いスピーチ。きちんと準備をしたものだ。最後にさりげなく月曜から数日、ボーフェン・アイ病院にバカンスに行くと言い、面会時間を教えてくれた。

「今晩、この件についてこれ以上一言でも口にする者がいれば、このラングスティーヌのカルパッチョを頭になすりつけてやるから」

一瞬会場は静まり返った。

そこへグレイムがエヴァートに乾杯！　と言い、いつもの皆に戻った。

他にもすばらしいスピーチがあり、歌や朗読、食べ物に関するちょっとしたクイズもあった。すでにもうだいぶ忘れてしまったのが残念。

今日の午後からツール・ド・フランスがはじまる。これから三週間は退屈せずに済む。延々と生中継を見るのが好きだ。最初の数時間はベルギーの解説を聴き、最後のスリリングなところでラジオをつけて、テレビの画面を見る。

6月30日（日）

半分まで来た。今日が終われば前半六ヵ月が過ぎたことになる。書けなかったのは具合の悪かった五日か六日のみ。上出来だろう？

書きつづけるというのは容易なことではない。テーマがおのずと見つからない時もあるし、言葉づかいにも慎重になる。だが書くのが義務だと観察眼が鋭くなるし、物事に注意するようになる。誰かがおかしな発言をしたら、覚えていようとする。記憶は、このポンコツな体の中でも特に弱い部分なのだが。小さなメモ帳を携帯しているが、目立たないように書かなければならない。興味津々のつぶらな瞳がどこから見ているかわからないからだ。

「いつもなにを書いてるの？　ヘンドリック。ちょっと読ませてよ」

「回想録《メモワール》を書いているんだ。書き終わったらみんなに読んでもらうから」

そうすると大概、皆自分が出てくるか知りたがる。誰かれ区別なく、出てくると言うことにしている。「いいことしか書いてないよ！」と安心するよう付け足して。それで皆満足するが、メモワールだなんて気どり屋だと思っているようだ。

ツール・ド・フランスを見るのがちょっと恐くなってきた。昨年も一昨年も集団落車があり、いつもオランダ人選手が巻き込まれるので、楽しんで見ていられなかった。第一ステージを見ても、今年も落車が多い予感。最初の落車は国民的不運の人、ジョニー・ホーヘルラントだ。またしても落車だが、幸い今回は鉄条網ではなく広告幕へつっこんでいった。その後もひどい落車がつづいた。

フィニッシュのアーチに引っかかったバスが、間に合って抜け出せたのは残念。あのままあそこにいれば愉快な大騒動になっていたのに。

7月1日（月）

エヴァートは今朝タクシーで病院に向かった。今彼に電話をしたら、横になって執刀医を待っているところだった。

「友だちにはなれないタイプだが、医者は選べないからな」

自由市場のシステムは医師には、少なくとも保険会社が費用を補償する場合には当てはまらない。ベアトリクス王女（女王が退位すると位はふたたび王女となる）であれば話は別だが。彼女も我々と同じように追加保険もかけているのだろうか？

昨日の午後、まだ一度も重要な賞を取ったことのなかった無名のベルギー人が、集団スプリントを十メートルも引き離してステージ優勝を遂げた。ロードレースが好きでなくても、親指トムが巨人に勝ったり、ダビデがゴリアテに勝ったりすれば嬉しいもの。私はダークホースが好きだ！　負けた時にみじめな姿を見せるのでなければ。

フリーチェは自分宛てに長い手紙を書いてキッチンの戸棚に貼りつけた。手紙には自分がアルツハイマーを患っていることと、それによってどんな問題が生じうるかが書かれている。いつか物事をきちんと把握できなくなった時の自分自身に助言し、励ましている。最後は「きちんとしていなくても大丈夫。愛をこめて、フリーチェ」で締めくくられている。自分に愛をこめて、と語りかけているのには心を打たれる。彼女は自分なりの方法で病気と向き合っている。

　将来自分はこの手紙にどんな反応を示すのだろう、と私に聞いてきた。その答えを私が知るころには、たぶん彼女にそれを話して聞かせることはできなくなっているのだろう。なんだかシュールな話だ。

7月2日（火）

　エヴァートは、足の指を少なくともあと二本は失うのではないか、と心配している。外科医はかなり深刻な顔で診ていたそうだ。

「ご自分の手術結果に満足でないんですか？」とエヴァートは聞いた。いや、医者はそういう表現より、〈想定外の合併症〉という用語で説明するだろう。自分から過ちを認めた医者はいまだかつていないはずだ。パン屋が一度パンを焦がしても問題はないが、外科医がまちがった脚を切断してしまったとしたら……看護師が用紙の誤った箇所に印を付けていたことにされる。〈高い木〉ほど多くの風を受けるが、良い災害保険をかけているのも〈高い木〉なのだ。位の高い人物が職を失っても、またすぐどこかで同じように高給で良い職につけるもの。

　エヴァートの手術は木曜で、それまでは絶対安静。外科医が自分を憎むあまり切れないメスで執刀しないよう祈る、と言っていた。

電話を切ったあと、気分が悪くなった。明日は見舞いに行ってくる。ご注文のボルスのミネラルウォーターを届けよう。

住人たちからの見舞いのカードも何枚か持っていく。ケチな老人たちは切手代も出し惜しむのだ。

7月3日（水）

今朝、エヴァートを見舞った。明るく振る舞うべきところだが、私のように悲観的なタイプにはむずかしかった。

臨床道化師《クリニクラウン》は私には務まらなさそうだ。

自分を慰めるために言うと、他の訪問者に比べれば私のほうがよっぽど朗らかだった。同室の手術直後の男性のところには妻が訪ねてきていたが、三十分間、自分のこと（ほとんど病気のこと）しか話していなかった。思わず、かつての自分には考えられなかったことを言ってしまった。

「じゃあご主人と入れ替わりますか？」

これにはエヴァートもすっかり喜んでくれたが、病人の妻は疑い深そうに、意味がわからないという顔でこちらを見ていた。

「あんたの巻き爪の方がご主人の心臓切開手術よりもよほど大変だから、あんたがベッドに横になってはどうですか？　という意味ですよ」エヴァートは涼しい顔でそう言った。

「よけいなお世話です」と病人の妻。

バスがゴールのアーチに引っかかった件の後、ツール・ド・フランスはもっと大きな危機を免れた。第三ステージの終わりに白い子犬（『タンタン』のミルーに瓜二《うりふた》つ）が、隊列の通過直前に道を横切ったのだ。子犬がズタズタに轢かれていたとしたら、ツール・ド・フランスが突如、施設中の——とりわけ女性の——関心を集めていたところだ。何十人もの選手が骨折したり脳震《のうしん》盪《とう》を起こしたとしても、たった一匹のかわいい子犬の死には勝てないだろう。事故の模様のスローモーションを何度も繰り返し見て、顔をしかめていたにちがいない。

7月4日（木）

エヴァートは今晩七時ごろ安眠室で目を覚ます見込み。安眠室とはよい響きだ。電話できるまで快復したら、すぐにかけると言っていた。電話を待って長い一日になりそうだ。

歌手のマールテン・ファン・ローゼンダールが亡くなった。聞いたことのない名前。ここは社会のはずれで、すべてのニュースが入るわけではないのだ。いつも古いニュースが話題になる。

フリーチェが〈遅すぎる最期〉を聴いてみて、とファン・ローゼンダールのCDを貸してくれた。

いままで聴いた、老人をテーマにした歌で最もすばらしい曲だった。アルツハイマー初期患者であるフリーチェはどういう気持ちでこの歌を聴くのか、尋ねてみた。「おかしいかもしれないけど、これを聴くとホッとするのよ。むしろあきらめの心境かもしれない。でも気力は残っているあきらめなの」

ＣＤには他にもいい歌がたくさんあった。マールテン自身には、誰が〈早すぎる最期〉のような曲を書いてくれるだろうか？

エジプトのモルシ大統領が軍のクーデターにより失脚した。クーデターというのか……「軍は政権移行の舵取《かじと》りを自らおこなうことにした」のだと、我らが外務大臣ティメルマンスが言っていた。

「いえ、おまわりさん、私はなにも盗んでいません。ただ所有権移行の舵取りを自分でおこなっただけです」というわけか。

我らが施設長も財政削減しているわけではなく、単に移行の舵取りをおこなっているだけなのだ。

７月５日（金）

今朝九時にエヴァートより電話。片脚の膝下が切断されたそう。

今日はこれ以上書けない。

７月６日（土）

気持ちを奮い立たせてまた日記を書こう。自分のために。紙に心のうちを明かすと、その事柄から適度な距離を取ることができ、また素直な自分に戻れる。まわりの人たちにとってもそのほうがいい。

昨日のエヴァートの見舞いでは、かなり心が乱れた。彼自身は当初のショックは乗り越えていた。木曜の夜にはひどく動揺していたそうだ。

「ちょっと足を動かしてみようとしたらもうなかったんだ。もうゴミ捨て場に捨てられていた。君に電話をする勇気がなかったんだよ、ヘンク。まずは自分が落ち着く必要があった」

よくわかる、電話がなかったからそうじゃないかと思っていた、と私は言った。

だいぶ立ち直った様子を見せようと、エヴァートはこんなことも言っていた。イスラム教徒は手術もハラルの法に則ってするのだろうか、と。

片脚の膝下だけでは済まないのではないか、心配だ。だいじな友人のもう片方の脚や腕も壊死《えし》してしまい、最後には命まで奪われてしまうのではないか。

施設での小さな出来事やコーヒータイムの会話がまったく頭に入らない。

エーフィエが心の拠《よ》りどころになってくれている。彼女は落ち着いていて強く、同時にやさしく親身になってくれる。ほぼ毎日どちらかの部屋で会い、私を元気づけてくれる。私は彼女に特別な感情を抱きはじめているようだ。

7月7日（日）

この施設には、バカンスに行く人はほとんどいない。

ワインの旅に興味がないか、遠回しに聞いてみようか？〈ラインの旅〉と混同しないでほしい。陽気なボランティアに車椅子を押してもらってアンリー・デュナン号の舷門《げんもん》を渡る病人のイメージが湧いてくる。たとえお金をもらっても、それだけはゴメンだ！）

少人数で乗りごこちのいいバンを借りてシャンパーニュ地方に行き、数日、素敵なシャトーに泊まるようなことなら可能だろう。気の毒な、不満ばかりの年寄りから離れ、おいしい食事と飲み物、ワイナリーや大聖堂を楽しむのだ。車椅子でも行けるのが条件だ。

バカンスのことを思いついたのは、ここ数日の悲しい出来事の埋め合わせとなるような、ポジティブなことを求めているからだ。まずはエーフィエに、オマニドクラブの皆と短いバカンスに行くのをどう思うか、聞いてみよう。

今夜は、我々がエヴァートにしてあげられることを相談する。我々というのはフリーチェ、エーフィエ、グレイム、エドワードと私。リアとアントゥワンは芝居のチケットを買ってあった。ミーティングに出るために芝居をやめようとしたが、なんとか思いとどまらせた。リアはおつまみを用意してエドワードに届けておくと言い張った。我々は形だけ二度断わったが、「でももちろん、おつまみがあれば嬉しいよ」とグレイムが絶妙なタイミングでつぶやいたので、それで決まり。グレイムはほくそ笑んでいた。

7月8日（月）

「一歩前進ですね」と医者に言われ、「一本足で前進するのは難儀だよ！」とエヴァートは応じたそう。

　今朝、見舞いに行ってきた。明日にはリハビリテーションセンターに移動する予定。順調にいけば、十日後には退院できるようだ。

　昨夜の話し合いは充実した内容で、いくつか具体的なことを決めた。

　エドワードが電動車椅子を手配する。エーフィエは在宅ケアにつてがあるので、家事介助を要請する。グレイムはどんな医学的介護が必要か、家庭医に相談する。フリーチェが当分エヴァートの買い物をする。「わかりやすいリストを作ってもらわなきゃ！　自分の買い物を二つ覚えるのもむずかしいくらいだから」リアとアントゥワンがエヴァートの食事を作り、私は犬の世話をする。これぞ模範的なマントルゾルフ（家族や友人、隣人による介護のこと）だ！

　これで退院後の数日は、片脚でこれからどうやって暮らしていくか、ゆっくり考えられるだろう。最終的な目標は、エヴァートがいままでどおり独居棟に住みつづけることだ。我々のケアホーム棟への引っ越しは、エヴァート対多くの住人の戦争につながる、というのが我々の一致した考えだ。明らかに〈ウィン・ウィン〉ならぬ〈ルーズ・ルーズ〉だ。

　我々の対策はよけいなお世話ではなかった。エヴァートの住居が近日空く予定のリストに載せられている、とアンヤが教えてくれた。誰がそんなことをしたのかは、我らがスパイにもわからなかった。

7月9日（火）

フルーンテマンさんのマイクロカーの側面にバイクが時速四十キロで衝突した。バイクに乗っていた少年の弁護のために言うと、フルーンテマンさんは車道を走っていて、突如横断歩道を渡ろうとしたのだ。マイクロカーはもはや修理不可能だが、怪我人が出なかったのが奇跡のようだ。バイク少年はマイクロカーの上を飛び、かすり傷で済んだ。フルーンテマンさんは死にそうなうめき声を上げたが、髪が乱れただけだった。

目撃者の証言は（くだんのヘラジカの）エルロイ氏によるもの。お茶の時間に面白可笑しく聞かせてくれた。

事故の責任について、フルーンテマンさんは自分に有利とみている。「横断歩道を通行中の者が常に優先権をもつ」と信じているのだ。オールリスク型の保険をかけていたのが幸いだ。

多くの住人はあらゆることに、オールリスク型の保険をかけている。「なにがあるかわからないから……」と。ここで皆が葬儀保険にかけている金額を合わせたら、我々専用の中規模の墓地が買えるくらいだ。

高齢者はどんな乗り物に乗っていても、たとえ時速五キロしか出なくても、道路では危険な存在だ。アルバート・ハイン（スーパーマーケットのチェーン）の中でも然り。電動カートで土曜の午後の繁華街でトレーラー付きのトラックを先導するくらいのろのろと走っていても、急にバック走行しだすかもしれないからだ。

それでも、近々自分の電動カートで道や広場を危険にさらすのはやめておこう、とは思わない！

7月10日（水）

ヘンゲロー市だかアルメロ市だかの市議が言っていた。要介護老人の世話は、無職の人間が失業手当を受けながらやればいい、と。それでは介護職に従事している者が失業に追い込まれるではないか。

有資格のプロの介護師ではなく、失業中の建設労働者がシャワーを浴びさせ、尻を拭いてくれる……老人に対する敬意がますますなくなるというわけだ。幸い多くの人が、厚顔にもこんな提案をしてのけた女性をとんでもない馬鹿者だと思った。だがオランダの四百八の自治体で各々独自に老人と病人についての介護法を定めるとしたら、困った問題が色々出てくるにちがいない。愚かな市議はどこにでもいるものだから。

今のうちに国会で調査委員会をつくっておくほうがよい。

ドイツの何十もの都市では高齢者の買い物、温かな食事の配達、外出の送り迎えなど介護の一部を、定年退職後《ルーエシユタント》のまだ元気な老人がおこなっている。報酬は〈介護を受ける時間〉というシステムで、後に自分が要介護者になったときに使うことができる。そのためには常に新たな若い退職者が必要で、高齢化が甚だしく進んでいるドイツではそれが問題となるかもしれない。

あわせて従来どおり、プロの介護師が専門職として給与を得ているのは当然のこと。

7月11日（木）

今朝、ミニバスでリハビリテーションセンターのエヴァートを訪ねた。なかなか気に入っている様子だった。「ここでは必死でやるしかない。誰でもそうだ。ここにいるのは重いハンディキャップを背負っている奴らばかりだが、ロードレース用語でいえば、士気は高いってことだ」

医者と理学療法士は、八日あれば退院できると保証したそうだ。それを目標に、エヴァートはよく頑張っている。こっそり持ち込んだ酒は一日にグラス四杯で我慢しているそうだ。

エヴァートはモウを恋しがっている。モウのほうでも飼い主を恋しがっているようだ。暑い日をなんとか生きながらえるために最小限の行動しか取らないので、本当にそうなのかわかりづらいが。立ち上がる時にこれほどうめく犬ははじめてだ。外に出ると、〈のろのろ歩く〉というのが大げさなほど進まない。いままでもそうだったが、ますますノロマになったようだ。この私が、何度も立ち止まって待たねばならないほどだ。

昨夜、次回のエクスカーションについて話し合った。エヴァートの希望に反して延期にするか、予定どおり決行するかが議題だった。心から楽しめる気分ではなかったが、エヴァートの怒りを招きたくないので、やはり決行することにした。

「よし、だが行くからにはよいエクスカーションにしよう」次回の幹事グレイムが厳粛に言った。グレイムが潔癖症の人はいるか、熱帯病の予防注射はしてあるか、と謎めいた質問をしたおかげで、オマニドクラブの楽しい雰囲気が一気に戻ってきた。

7月12日（金）

夏の小旅行に興味のある人がいるか、慎重に探ってみた。最初はもちろん愛しのエーフィエに。彼女が無理だと言ったら、これ以上エネルギーを費やす意味はない。だがエーフィエは長く考えた後（あまりに長いのでナーバスになるほど）、乗り気を示した。

「そんなこと考えたこともなかったけど、もしかしたらとてもいいアイディアかもしれないわね」と言ってくれた。「もう少し考えてみるわね、ヘンドリック」

〈もう少し〉とはどのくらいか、私は尋ねた。

「一日でいいわ。そのくらい待ってもらえる？」

我々に残された時間は短いけれど、その時間はあり余っている。急がなければならないのかもしれないが、急ぐだけの価値のあることはもはやほとんどない。

狡猾なスロットハウワー姉妹が事故を装い、ファン・ディーメンさんの頭上で菊の花の花瓶をひっくり返してみせた。目撃したエドワードが、あれは意図的にやったにちがいないと言っていた。姉妹はファン・ディーメンさんを毛嫌いしているのだ。いままでに自分たちを意地悪呼ばわりしたすべての人のことも。二人はいつも狙いを定めて弱者を攻撃する。まともでなく残忍だ。オランダにオオカミが戻ってきた、いや見まちがいだ、というニュースでもちきりだが、ここにはもう何年も前からハイエナが二頭うろついている。施設長も手をこまぬいている。サディスティックな行動を止める手段があまりないのだ。たとえば、スロットハウワー姉妹を蹴っ飛ばすことはできない。すぐにマスコミが嗅ぎつけて、〈高齢の姉妹（八十七、八十五）、施設で虐待！〉と書きたてられてしまうからだ。けっして〈高齢の姉妹（八十七、八十五）、当然の虐待！〉とはならない。

7月13日（土）

昨日の午後、北ブラバント州の施設に妻を訪ねた。片道二時間かかるので、昔のことを考える時間がたっぷりある。

妻が私だとわかるかどうか定かではないが、わかっているような気がする。よい天気で、すばらしい庭を腕を組んで散歩した。いつもどおり、こみあげてくる感情があった。話すことはほとんどない。コミュニケーションはほとんど不可能なのに、深く繋がっている感覚がある。美しく、同時にとても哀《かな》しいこと。

7月14日（日）

エヴァートは順調に快復し、リハビリに励んでいる。「まだ三度しか転んでないよ」と言っていた。

松葉杖で歩く練習をし、義足も注文した。傷が完全に癒えたら装着できる。酒もほとんどやめた、と自分では言っている。「つきあいで一杯やるくらい」だそうだ。

昨日見舞いに行った時、一週間、北ブラバント州に行く気はないかと聞かれた。息子に、八月の第二週、ウーデンにある自宅に泊まりにくるよう、招待されたらしい。

「おそらく義務的な招待だろう」とエヴァートは言っていた。「何年も親父を放っておいたのを悪かったと思っているんじゃないか」

エヴァートは堅苦しすぎる息子の妻が苦手で、私がいっしょに行って場を和ませれば、なんとか一週間楽しめると考えたのだ。私用の個室もあり、犬にも専用の小屋があるそうだ。「息子の嫁は掃除だけでなく料理も上手なんだ。うまく頼めばきっとエフテリング（北ブラバント州にある、人気の遊園地）にも連れて行ってくれるだろう。いっしょにローラーコースターに乗ろうじゃないか」エヴァートはそんなふうに自分の案をプロモーションした。

私は行くことにした。一週間は長すぎるので、五日ということで。思いがけず小旅行に行けることになった。

7月15日（月）

〈九十歳以上の高齢者、一層元気に〉とトラウ紙の見出しにあった。これ以上まだ元気になるのか？　デンマークの調査によるとそうらしい。

精神状態や認知力が向上するという話で、体もそれに伴い向上するわけではない。十二年前の調査と比較した結果だ。この進歩が継続すれば、十二年後にまた調査結果を読めるかもしれない。八十歳以上の老人に希望の光となるニュースだ。

オマニドクラブの他のメンバーにも小旅行に興味があるか、尋ねてみた。皆よい反応を示してくれたが、フリーチェだけは慎重だった。「その時になってみないとわからないわ。知らない場所に行くと、ふだんより混乱しやすいことに気づいたの」

フリーチェの言わんとするところはよくわかる。いままでは綱渡り師のような優美さで認知症をうまく乗り切ってきた。予想外の瞬間に記憶に穴が空くと、器用に誤魔化していた。不安な気持ちは軽い皮肉で包み隠した。私がそう言うと、「いまのところはまだそれができるのよ」と言っていた。

クラブで小旅行に行くなら九月がいい。そのほうが安いし観光客が少ないからだ。年を取っても我々オランダ人の節約精神は変わらない。そしてなるべく近場がいい。老人のバカンス国として有名なルクセンブルクが候補地に挙げられた。マーストリヒトという意見もあった。「アンドレ・リュウがコンサートに来てる時期は避けなきゃ」とエーフィエが言った。実は一度、彼のコンサートに行ってみたいと思っていたのに、エーフィエの手前、言い出せなかった。私は、意気地無しだ。

7月16日（火）

「もうその頃には生きていないだろう」——部屋にじっと座って死ぬのを待っている九十歳の老人が言えば、それはまさしく文字どおり。

ほとんどの住人は大きなニュースには無反応で、身の回りの小さな問題ばかり気にしている。

「ギリシャが破産したら、ビンゴの景品が安物になるわよ」スハウテンさんはユーロ危機をそう分析してみせた。

生涯ずっと貧しく、節約してきた人間には、アメリカの国債が十兆ユーロにもおよぶことは、理解のしようがない。たとえ貧しくなくても理解できるものではない。数百億あれば、世界中の人が飢餓に苦しまず、きれいな水を飲めるようになる。アメリカは十兆ユーロ赤字なのに、さらに定期的に五百億ユーロほど借金をする。

私は銀行残高を赤字にして死ぬと決めている。なかなかむずかしいことだ。まだ八千ユーロほど残高があるが、あとどれくらいそれで生きなければならないかはわからない。いまのところは、年間千ユーロほど使ってオランダ経済に貢献しようと思っている。経済危機を脱出できなくても、私のせいとは言わせまい。

7月17日（水）

少し落ち込んでいると、コーヒーテーブルで隣からこんな言葉が聞こえてくる。「それからパン屋に行ったんだけど、ペディキュアの後だったからもう遅かったのよ。クニップ（上部に切り込みのある食パン）を半斤買おうと思ったのに、茶色の柔らかいパンネしか残ってなかったの。耳があんまり好きじゃないのに。でも食べないわけにはいかないからね。いつもは二枚ずつ食パンを入れた袋がいくつか冷凍庫に入ってるんだけどさ、孫が六枚ぜんぶ食べちゃったのよ。男の子だからよく食べるわ……」

「私の孫もそうなのよ。パネンクーク（オランダの薄いパンケーキ）にシロップをかけて八枚も。そのシロップもファン・ヒルセのものじゃないとおいしくないって言うのよ。まあ、ここはいつもなんて暑いんでしょう」

「昔は冷凍庫なんてなかったから、うちじゃいつも古いパンを食べさせられたわ。結局いつでも古いパンを食べていて、焼きたてのパンなんて食べさせてもらえなかったの。母がいつも買いすぎてたのよ。なにかあった時のためにって。カビが生えたらやっとカモにやるのを許してもらえたわ」

とりとめもない言葉が際限なく溢れ出て、雑草のようにすべてにはびこる。考えない、意味もない、強迫観念にとらわれているようなしゃべり。まわりの人に、自分はまだ死んでいない、まだ話すことがあるのだ、と知らせるためのように。他人が聴きたいかどうか、自分に問いかけることはない。問いかけていれば、もっと黙っているはずだ。

7月18日（木）

〈消費者ガイド〉誌のバックナンバーに、ナーシングホームとケアホームの衛生状態の調査結果が載っていたのをエドワードが見つけた。約三百軒のホームのうちの百二十一軒に協力を求めたところ、我々の施設を含む半数が拒否した。最終的には三十七軒のホームでおこなわれた調査の結果、十八軒が不可（十点満点の六点未満）、十一軒が六点、八軒が七点で、八点以上は一軒もなかった。検査が厳しすぎたのか、ほんとうにそれほど汚いのか、どちらだろう？　協力を拒否した施設もおそらくよい結果ではなかったはずだ。

施設長が協力できない理由を述べた消費者連盟宛ての手紙が見つからないか、アンヤに聞いてみた。

ここの掃除の人たちはたいてい黙って廊下をモップがけしている。ほとんどオランダ語がしゃべれないからだ。彼らはとてもフレンドリーに頷くことはできる。元気はつらつとしているふうには見えない。まるで住人たちのテンポに合わせているようだ。可もなく不可もない掃除をして、最低賃金を稼いでいるのだろう。たまに優秀な人もいるが、そういう人は長くは勤めない。競争相手の清掃会社に引き抜かれるか、がんばり屋を好まない同僚たちに追い出されるかのどちらかだろう。

月曜日はまたオマニドクラブのエクスカーション。グレイムが幹事だ。エヴァートが絵はがきを送ってくれと言ったので、切手を買っておいた。

7月19日（金）

おとなしくおずおずとした私の隣人、デ・コーニングさんが今朝、〈カセットプレーヤーにテープが絡まる〉という古典的な問題を抱えてやって来た。まるでヘロインの密売でもするようにビクビクとまわりを見まわして、器械を私に渡した。二年間隣に住んでいるのに、まだ一度も頼みごとをしたことがなかったのだから、よほど困ったにちがいない。「亡くなった夫の声が録音されたものなの」と言っていた。

カセットを器械からなんとか取り出し、鉛筆を穴に入れてテープを巻き戻した。彼女は七回もお礼を言い、おじぎをしながら後ずさりして出ていった。

我らが弁護士ヴィクトーに、理事会からの手紙のコピーをもらった。郵送ではなく、自ら届けに来てくれた。我々が要求した文書は、プライバシー遵守の義務により残念ながら公表できないという内容。以後この件に関しては理事会の顧問弁護士と話し合ってくれ、とのこと。次の手を相談しようとヴィクトーが言っている。

エーフィエと共に、来週水曜またヴィクトーと会う予定。

7月20日（土）

日記を書きだして以来はじめてのスランプで、今日はなにも書けない。

7月21日（日）

コーヒータイムに自分の便通について愚痴る無作法な住人がいる。とりわけ日曜日、大勢集まっている時にかぎって。日曜には施設からパウンドケーキが振る舞われる。信頼のおける情報筋によると、出されるのはアルディの九十セントのパウンドケーキで、棟長の指示で最低十五切れに切り分けられるそうだ。一人当たり六セントでまかなえる計算。

そのみすぼらしいパウンドケーキを、大騒ぎして、不要な情報と共に断わるのだ。「もう四日もお通じがないのよ！」逆に「午前中ずっとトイレに籠りきりだったんだ。もう出るものもないよ」と言って断わる人もいる。

そんなこと、わざわざ言うな！

家庭医にかかるか、〈うんち外来〉（というのが実在するらしい）に行けばいい。パウンドケーキを食べている時にうんちの話はやめてくれ。味わえなくなるんだよ！

多くの老人の驚くほどの羞恥心のなさ……それが〈人は他人の愚痴や嘆きに心から関心を抱くもの〉という奇妙な思い込みと混ざり合う。

幼い子どもなら、腹痛や膝小僧の傷で騒ぎ立てれば母親が温かな牛乳やばんそうこうをもって駆けつけてくれるが、老人の果てしないぼやきはなんの役にも立たないし、堪えがたいものだ。

明日は我らがオマニドクラブのエクスカーションだ。

7月22日（月）

今日の午後は、ツール・ド・フランスが終わりぽっかりと空いた穴を、幹事のグレイムが埋めてくれる。〈エクスカーション〉というとカッコ良すぎではあるが、我々の平均年齢が八十二・五歳であるのを考えると、その言葉にふさわしく興奮するものなのだ。

半年に一度ある、居住者委員会主催の日帰り旅行は、気分転換にどこかちがう場所でコーヒーを飲み（十時半）、昼食を取り（十二時半）、お茶を飲み（三時半）、そのあいだはいつも施設で過ごすのと同じようにバスの中で過ごす、という内容だ。その他のすべての時間は四十五人の老人を四度バスに乗り降りさせ、三度休憩所の障害者用トイレに連れていくのに費やされる。過去二回の施設の日帰り旅行は病欠した。二回目は、「また？　ちょうど今日、病気なの!?」とひどく怪しまれてしまった。

一回なら偶然だが、二回だと意図的と受け取られる。三回つづくとのけ者にされる。これから先の二回はまた参加せざるをえない。

オマニドクラブのすばらしいエクスカーションはそれとは大ちがい。倒れるまで思いきり行動し、（ちゃんと人間らしく）休憩を取ってコーヒー、パン、ワインを楽しむのだ。

7月23日（火）

エクスカーションはとても楽しかった（ありきたりな表現で失礼）。エヴァートの不在が楽しさに陰りを与えるかと危惧されたが、ちゃんと楽しめた。

行き先はアルティス動物園。いちばん心が動かされたのは、ゴリラの赤ちゃんが逆立ちに失敗し、母ゴリラのフルーツサラダの中に落ちてしまった様子。

グレイムは事前に下調べして、クイズをしながら園内をまわるゲームを準備していた。最後にワインを楽しみつつ賞品が授与された。ゾウの体重を二千七百キロもまちがえていたリアは残念賞。中古の体重計が賞品だった（こちらも一キロくらいの誤差はあたりまえ）。

皆でエヴァートに電話をして、いっしょに来られなくて残念、と言った。エヴァートが電話ごしに皆に一杯奢ってくれた。

フォトサファリゲームをしようと、グレイムは三台、簡単に使えるデジタルカメラをもってきていた。私とエドワードのお題は〈お尻〉の写真を撮ること。我々メンバーに最も似ている動物を撮る、というのもあった。

次の会合でパワーポイントにまとめて見せてくれるそうだ。老人だからといって、時代にとり残されてなんかいないぞ！

十一時に出発し、五時に戻ってきた。疲労困憊《こんぱい》。二台車椅子を借りて、定期的に座らせてもらったが、それでも私には歩く距離が長すぎた。最後にはベンチからベンチへ移動するのがやっと。頼りになる押し手はアントゥワンとグレイムだけで、あとは皆、押してもらう側だった。

7月24日（水）

猛暑によりこの二日間に施設で三人の住人が亡くなった。〈高齢者、のきなみ猛暑に死す〉という新聞の見出しが頭に浮かんだ。

我々老人は静かに死んでいくために、夏のけだるい暑さをうまく利用しているようだ。まどろみながら棺に入っていく。予言がおのずと現実となるように。

エーフィエと私は今朝、弁護士を訪ねた。理事会の回答は時間稼ぎで、我々に余分なお金を使わせておじけづかせようとしているにちがいない――ヴィクトーはそう確信している。

彼はますます楽しんでやってくれている。我々は報酬として毎回異なる国のワインを持っていくことになった。長くかかればかかるほど、あまり知られていないワイン生産国を探し出さねばならなくなる。一年経ったら同じ国のワインでもいいとのこと。「この件に二年かかったとしても不思議ではないからね」

エーフィエと私がいぶかしげな表情をしたせいか、ヴィクトーはこう言った。「依頼主の高齢を考慮し、最短の時間での対応を求めよう。弁護士自身の年齢も考慮されるべきだしね」

ただちに理事会の顧問弁護士への手紙に取りかかり、法的な手続きもはじめるそうだ。前回とおなじクールな上流階級らしい口調で話すので、まるで安物の弁護士劇を見ているようだった。

我々はますます彼のことが好きになった。

7月25日（木）

フェルヘーア氏が車椅子に乗ったまま妻に階段から突き落とされた、と大騒ぎになっている。彼は複雑骨折で入院、妻は何度も施設長に尋問されている。こんな騒動をもみ消すことができるのだろうか？

妻が故意に突き落としたのを二人が目撃したそうだ。彼女自身はグリップがはずれたのだと言っている。実際、車椅子が十段下に転げ落ちた時、グリップはまだ彼女の手のなかにあったらしい。それ以前に、階段のほうに行ったことにはご主人を恐がらせる以外の理由がない、というのが彼女には不利だ。ご主人はいつも彼女に意地悪で、命令口調で怒鳴り散らしていたのだから、身から出た錆《さび》とも言える。それにもかかわらず、彼女はもう何年も愛情をもって辛抱づよく、献身的に世話をしてきた。もっとずっと前に階段から突き落とされていてもよかったくらいだ。新聞に載るのを免れるか、興味深い。こんな話は誰かがヘト・パロール紙に電話をするだけで載ってしまうはずだ。

施設からは、くれぐれも〈我々自身のため〉、他言しないよう、なにか疑問があれば施設長に聞くように、と言われている。

私は奥さんの味方だから、このすごい事件についてなにも言わないが、施設長がネガティブな報道を恐れるあまり、住人が階段から突き落とされても処罰にならないなんて、あるまじきことだ。

当分は事故だったと信じることに決めたが、奥さんが逮捕される可能性もなきにしもあらず。

7月26日（金）

エヴァートが今朝退院してきた。我々は部屋をカラフルな旗で飾り、ケーキを用意して、大歓迎した。お祭りムードを高めようと、エヴァートは我々に義足のつけはずしをデモンストレーションしてみせた。演技ではなくほんとうに誇らしげだったのだが、何人かはそっと目をそらしていた。

オマニドクラブが新米の障害者である彼を、最初の二週間手助けするという計画には、とても喜んでいた。

「だが二週間経ったらとっとと消え失せてくれよ。ちゃんと自分でなんでもできるようになるんだからな」上等なワインのボトルを開けて、新たな脚に乾杯した。白ワインは、たくさん氷を入れるとソフトドリンクのように飲める。まだ正午前だった。

フェルヘーア氏の階段落下事件については、まだ議論がつづいている。病院行きになるように奥さんが仕組んだことなのだろうか？　施設側の正式な発表によると、奥さんは猛暑で少し混乱し、車椅子を誤った方向に押していたが、気の毒な事故の原因そのものはグリップがはずれたことにある、とのこと。意図的にやった、という目撃者たちは、おそらく自分たちの勘ちがいだったのだろう、とつぶやいている。

「暑かったから蜃気楼《しんきろう》でも見たんだろうよ」バッカー氏は皮肉を言わずにはいられなかった。

今日は電動カートを買いにいく予定だったが、バタバタしていて行けなかった。明日行くことにしよう。

7月27日（土）

〈エレガンス4〉購入！　安定していて快適、小回りが利き、きれいな赤色。電動カート店で三台試乗した結果、これにした。落選したのは安物の〈カプリ〉、まるでおもちゃの車に乗っているみたいだった。もう一台は名前を忘れたが、高すぎた。店員にもう何年も電動カートに乗っている、と嘘をついて試乗させてもらった。そのほうが向こうも安心だと思ったからだ。納車は三週間後なので、私が赤い電動カートで北地区を危険にできるのは、エヴァートとの短いバカンスが終わってからになる。保険についてはこれから調べる。販売員が保険についてなにも言っていなかったのはおかしい。たいていそれは良い兆しではない。

あとでホーフダーレン氏を訪ねて、いろんなアクセサリについて聞いてこよう。修理工場を経営している彼の息子から買わせてもらう。これでまた行動範囲が広がるのが楽しみだ。

フリーチェの認知症対策の一環として、新たに二通の手紙を二人で書いた。常に肌身離さず持っておくためのものだ。

一通は〈道がわからなくなった時〉、二通目は〈誰が誰だかわからなくなった時〉。どちらの手紙も「申し訳ありません。私は物忘れがひどく……」ではじまる。

7月28日（日）

猛暑がつづく時には、消防車が老人に放水して回ってはどうだろう。暑さと同じくらい不平不満が堪えがたくなったから、というだけではない。今週四度目の死者が出たのだ。私の知るかぎり最高記録だ。今回も幸いほとんど知らない人だったので、葬儀に参列する必要はない。

建物は約四十年前のもので、日よけ以外、住人が涼しく過ごせるような建築設備は設けられていない。建築家が、「老人はいつでも寒がりだろう」とでも考えたのか。いまは館内の温度が三十度を超えそうな時がある。我々を生かしておくために、持ち運びできるエアコンが購入され、扇風機が設置されたが、室温はたいして下がらない。

これ以上死者が増えて新聞沙汰になるのを施設長が恐れている、と私のスパイが教えてくれた。来週末には三十度超えが予想されている。

7月29日（月）

同年代のジャズ歌手、リタ・ライスが亡くなった。さっきリサーチしてみたら、皆彼女のことを知っていたが、誰も「ディビドゥビドゥバ、ダダディバドゥ」と歌う彼女のレコードをかけたことはなかった。

食事について、以前にも増して不満の声が上がっている。新しいコックはすべての食事を塩分抜きで作っているようだ。歯のない人を気の毒に思ってか、どれもストローで食べられるほどくたくたに煮てしまう。我々の食堂ではなく、スーパーで売っている温めるだけの食事ですませる人も増えている。

問題は、率先してコックに抗議をする人がいない、ということ。誰かが焼身自殺して抗議をすることは、手が震えて火が点けられないせいもあってまず望めない。

オマニドクラブのメンバー数人と、食事に関して抗議の手紙を書くべきか話し合ってみたが、まずはメンバー以外の誰かがやってくれるのを待ってみることにした。いちばん不平を言っている者に、手紙を書かないか、もちかけてみるつもりだ。

ここには株主が二人いる。フラフトダイク氏とデルポルテさん。多くもっていればこんなところにいるはずがないから、たいした額ではないだろうが、いつも尊大ぶっている。二人で経済紙を購読し、株式市場の動向を見てロケットのごとく上昇する優良株を探している。負けたら偶然運が悪かったせい、勝ったら自分たちの優れた分析能力によるものとされる。サルがなんの知識もなしに、優れた株式売買人とおなじくらいよい投資結果を出したことがある、というニュースが彼らにはショックだったようだ。「そのサルはラッキーだったんだよ」とフラフトダイク氏が苦虫を嚙みつぶしたような顔で言っていた。

7月30日（火）

電動カートでの事故で年間二千件入院――エーフィエにエレガンス4（電動カート界のサーブ）を買ったと喜び勇んで報告すると、彼女はシビアな統計結果の載った記事を持ってきた。ほとんどの事故は自損事故、あるいは歩道の縁石が〈加害者〉ということになる。歩道から転げ落ちるケースが多い。

昨年オランダには推定三十五万台の電動カートが存在した。老人が使いこなせず恥をさらしていることを思えば、二千件の入院はそれほど多くはないと思う。過ちは誰にでもあるが、アクセルとブレーキくらいは混同せずに学べそうなものだ。電動カートの運転免許制に私は賛成だ。実技の一部は混雑したスーパーでおこなうのがいい。

自分で言うのもなんだが、私は運転は得意だ。一年間、フォークリフトに乗っていたこともある。同僚たちとあらゆる競争をしたものだ。大昔ではあるが、感覚はまだ残っている。試乗中、電動カートを蔑むような視線が多いことに気づいたが、それも頷ける。

ドラッグストアのクラウトファットで、ひどく太った、しかしそれほど年寄りでもない女性が電動カートでレジの間にはさまり、身動きが取れなくなった。少し先に〈幅の広いレジ〉と書いたボードがあるのを見落としたのは、なんとも愚か。

7月31日(水)

数年前にベルギーの夫婦が二人同時に安楽死した。末期ガンの夫(八十三歳)と深刻な老人病を患う妻(七十八歳)は、どちらも一人で生きつづけようとは思わなかったのだ。手を取り合って死んでいったのは、どこかロマンチックでもある。

検察は当時、誰が二人を安らかに死なせたのか捜査を開始したが、この隣人愛溢れる行為をおこなった者はたしか見つからなかったはずだ。

同じくベルギーで、階段から二人で転げ落ちた夫婦の記事を読んで、そのことを思い出した。どちらも死んだのはかなり奇遇だと思う。一人だけ、大腿骨と頭蓋骨を骨折して後に残され、死が迎えにくるまで何年も嘆き悲しんで生きるよりもずっといい。

私自身も、どうすれば簡単に後を汚さずに死ねるのか、所々で聞いてみた。毎回、本当にやろうとしているわけではない、と念を押した上で。ただ万が一必要になった時のためだ、と。だがそのたびに、不安げな目で見られるだけで、役に立つ情報は得られなかった。やはり、私の老年病医に聞いてみるしかない。

8月1日（木）

エヴァートはよく義足を付けたりはずしたり、皆の前で見せびらかしている。

「ちょっときつくなったからはずしておこう」と言って、テーブルの真ん中のクッキーの横に置くのだ。

スタッフの度重なる警告の後、娯楽室では義足を付けたままにしておくよう、施設長がじきじきに告げにきた。

「ほう、そうですか？　そうしなきゃならないと規約にでも書かれてるのかね？」

ステルワーヘンは反論すべきかしばらく考え、じっとエヴァートを見つめてそのまま立ち去った。戦術家としてのステルワーヘンは侮れない。ほとんど過ちを犯さないし、常にタイミングを見計らっている。自分の手の内はけっして見せず、感情も表に出さない。めんどうなことは他人にやらせる。彼女の弱点を私はまだ知らない。

我らがウィキリークス、アンヤが今朝、書類の束を渡してくれた。今日の午後、少し目を通し、残りはウーデンに持っていってじっくり読む予定。

今夜はエヴァートと組んでクラーフェルヤス大会に出る。エヴァートはどの色を切り札にするかを知らせる、細かいサインのシステムを考案した。「もちろん窮地に陥った時、特定の相手にだけ使うんだよ」と弁解がましく言っていた。小心者の私はそんなことはしたくないのだが、バッカー氏かポット夫人と対決して負けそうになったら、例外的にサインを使おう。〈信条〉も時には、より高尚な正義のためには捨ててもかまわないだろう。

8月2日（金）

入手した極秘情報はちょっと見たかぎり、世界を揺るがすようなすごい内容ではなかった。残念。それでも、いくつかの興味深い情報は、詳しく読んでいけば明らかになるだろう。

我々のスパイは次の資料を提供してくれた。

1. 過去五回の理事会の議事録
2. 施設の規約
3. 一束の内部メモ
4. 住人の死に際する規定
5. スタッフへの指示書き

コピーを取ってエーフィエにも届けた。アルバート・ハインでコピーを取っている時、ずっと周囲の視線が気になって、紙を何度も落としてしまった。私がスパイになったらまったく役立たずだろう。

正式に動いてくれている弁護士に対し、すでに信用のおける筋から不法に資料を入手したことを話すべきか、考えあぐねている。

　クラーフェルヤスではエヴァートと私のチームは最下位近くで終わった。それでよかったのだ。我々は元々人気者ではないのだし、クラーフェルヤス大会で優勝したりすると、ますます友人を減らすことになる。なにかにつけて子どもじみた妬みが病的に肥大している老人は多い。皆お互いに我慢ならず、ましてや誰かが優勝して賞品を獲得するのは、たとえ変わりばえのしないレバーソーセージであろうと許せないのだ。

　この種の妬み深い老人はまるで〈物事をなるべく自分に厄介なようにする〉ことをモットーにしているようだ。高齢であるだけではまだ悲劇が足りないかのごとく。

8月3日（土）

　子どもの頃、どこかに泊まりに行く前に少しドキドキしたように、今の私もちょっと緊張している。考えてみたら、もう十二年もバカンスに行っていなかった。

　七〇年代に買ったスポーツバッグの中には黒ずんだカビが生えていたので（七〇年代のカビだろうか？）、時代の波に乗ってキャスター付きの小型スーツケースを買うことにした。荷造りを終えて、ドアのところに置いてある。疲れたら座ることもできる頑丈なものだ。

　エヴァートの息子ヤンが一時間後に迎えに来て、ウーデンに連れていってくれる。ヤンも楽しみにしているとエヴァートが言っていた。息子の妻エスターは年寄りが二人も泊まりにくるので三日前からストレスでナーバスになっているそう。「我々に慣れるのにおそらく一週間くらいかかるだろう。ちょうど我々が帰るころまで」

私は申し訳ない気がするが、エヴァートは心配無用と言っている。「エスターには常になにかしら気がかりがあるんだ。我々のことでなければ、近所のネコのことでも気にしているところだ」

それならおそらく我々と近所のネコの両方が気がかりになるはずだ。いっしょに行くモウがネコを毛嫌いしているから。

最後にもう一度、忘れ物がないか確認してみよう。

予想外のことが起きなければ、八月九日金曜にまた書く。

8月9日（金）

ウーデンにはぜひ一度行ってみるべきだ！　楽しい旅となった。退屈で規則正しい日常のいい気分転換ができた。だが施設に戻ってきたことも、また嬉しい。認めるのは癪《しゃく》だが、自分で思っていた以上に、ケアホームの小さく静かな世界に愛着を感じていたようだ。年を取るごとに環境に順応するのが困難になる。自分では精神的にもっと柔軟だと思っていたが、五日もすると、老人でいっぱいの施設の自分の狭い部屋が恋しくなった。平均的な住人に比べればまだ柔軟なほうだ、と自分を慰めるしかない。

ヤンは父親にそっくりの愉快な奴だった。だが五日もいっしょにいると、エヴァートは一人で十分、と感じはじめた。滞在が終わるころだったのでよかったが。

皆でたくさん笑い、毎日かならずどこかに出かけた。トランプ、ミニゴルフ、モノポリーをし、ティーンエージャーの孫娘と息子に簡単なゲームやＷｉｉを教わった。新たな世界が開かれた（残念ながら、今日からその世界はまた閉じてしまった）。

ヤンの妻、エスターは大変な一週間になると不安だったようだ。がさつな夫とがさつな義父二人のめんどうを、自分のきれいに片づけた家で見るのは気が重かっただろう。私の役割は、エヴァートと約束したとおり、彼女の心を少しでも楽にすること。うまくできた。二人の不作法者のとなりで、お世辞がうまくチャーミングで、教養もある年配のジェントルマンを演じるのは、容易なことだ。

「いいかげんにしろよ、年寄りのおべっか使い」何度かエヴァートが耳元でささやいた。「吐き気がするよ！」

8月10日（土）

次回のエクスカーションはゴルフにしようかと思う。ゴルフは老人に適したスポーツのようだ。後期高齢者も該当するかはわからないが。まあおそらく該当しないのだろうが、ミニゴルフでは威厳を欠く気がするのだ。

今朝、近所のゴルフ場に電話してみた。我々がどういう人間で、なにを求めているか……午後の数時間、小さな挑戦をしつつ楽しむことだと説明した。電話に出た女性は感じよく話を聞き、引き受けてくれた。コーヒーとパウンドケーキ付き、ワインとビターバレンはなし、これで一人五十五ユーロという値段には多少驚いたが、「それで結構です」と言ってしまった。私は値切るのが苦手、というより値切ってみたことさえない。

この値段で三時間、説明と練習、初心者コースが楽しめる。オマニドクラブの会員の負担を軽減するために、自分でいくらか負担する価値はあると思う。もしもに備えて分けてある五千ユーロのなかから支払うことにしよう。

エヴァートのことが気がかりだが、電話の女性によると、そのゴルフ場では障害者もゴルフをたまにプレーしているそうだ。カートを二台、用意してくれるという。別途三十ユーロ。

九月十三日に予約した。

8月11日（日）

いよいよ明日、新品の赤い電動カートを取りにいくので、小さな子どものように興奮している。

昨日、フリーチェが大きな花束と図書カードをもって来た。理由を尋ねると、認知症に関する本を開いて、線の引いてある箇所を指さした。「認知症の人は病気のせいで、あなたがやってあげていることにほとんど気づかない」と書かれていた。

「いまのうちにお礼を言っておこうと思って」

「そんな必要ないのに」

「必要はないかもしれないけど、そうしたいのよ」

私は胸がいっぱいになった。

『アルツハイマーとの関わり方』という本も置いていってくれた。早速読んで、いくつか役に立つ助言を見つけた。

他の人にもプレゼントをしていたことが、エーフィエと話してわかった。

エーフィエとお茶をするのがとても楽しい。ただお茶を飲み、なにかおいしいものを食べ、他愛のないおしゃべりをし、時には深い話もする。お互いが好きな音楽を聴かせ合ったり、本やＤＶＤの話をすることもある。二人ともいっしょに過ごす時間を心地よく思っている。

8月12日（月）

今、電動カートを取りにいき、乗って帰ってきたところだ。新しい自転車を買ってもらった子どものような嬉しい気分。最高の乗りごこち。公園でゆっくり時間をかけて、色々試してみた。歩道を上がったり下りたり、左右に小回りしたり、加速したり、ブレーキをかけたり、草の上や泥道を走ったり。月曜の朝なので、誰もいなかった。今でもかなりスピードが出るが、もう少し出るようにしてもらうつもりだ。我らが電動カートのエキスパート、ホーフダーレン氏によると、簡単にできることらしい。来週、息子さんの修理工場にいっしょに乗っていく約束をした。東地区まで！

新聞とネットで、老人の旅のアイディアを集めている。実にさまざまな旅がある。〈高齢者の豪華旅行〉というツアーではスイス十二日間のバス旅行が二千ユーロ。豪華旅行だとその値段になってしまうのだろう。我々の旅はもっと短くて安いものでなければ。豪華な九人乗りのミニバンを運転手付きで五日間借りるといくらするか、数週間内に調べてみよう。あとはシャンパーニュ地方にリーズナブルなホテルを見つければ、オマニドクラブ初の旅行が実現できる。

エーフィエにいっしょにまとめ役を務めてもらえるか、頼んでみよう。

楽しみなことがあるというのは、活力を高めるのに重要だ。

8月13日（火）

王室に悲しいことや喜ばしいことがあると、住人たちの崇拝ぶりが一気に高まる。フリーゾ王子の死は多くの住人を心から悲しませたが、ほんとうは安堵の気持ちのほうが強いのではなかろうか。昏睡状態の人と共に何年も生きつづけるのは、誰にとってもつらいことだから。

今朝、老年病医のところに行き、アルツハイマーの兆候と対処の仕方を聞いてみた。「ほとんどなにもない」とのことで、なんの励みにもならなかった。

まだその心配はないだろう、と言われたので、仲のいい友人のことだと説明した。彼が提案したのが、すでに我々の取っている対策とほぼ同じだったので、それは少し嬉しかった。

それから検診をおこない、私の老化は「許容できる速度を保っている」という結論に達した。

「許容できる、とは？」と私は尋ねた。

「ゆるやかな進行で、まだ数年は十分なクオリティ・オブ・ライフを得られるということです」

そしてまた私におむつをすることを勧めた。

おむつをつけた老人のクオリティ・オブ・ライフについてどう思うか、聞いてみた。

おむつをつけていてもそれなりにしあわせな老人を、何人も知っているそうだ。

それからあちこちのすり減った関節をチェックし（「ほとんど手のほどこしようがない」とのこと）、最後に薬を見直していくつか変更した。

私はためらいながらも、安楽死についてどう思うか、聞いてみた。

安楽死に反対ではないが、大っぴらに話してまわることもない、とのこと。

「でももし私が熟考した上で、もう終わりにしてほしいとお願いしたら、先生に協力していただけると思っていてもいいんでしょうか？」ふう、やっと言えた。

ドクターはしばらく考えて、慎重に頷いた。

しばらくどちらも黙っていた後、次回もっと詳しく話し合おうと言われた。「これは長い時間を要する事柄ですから」

老人はコカインにどう反応するかは聞き忘れた。ぜひ一度試してみたいものだ。

8月14日（水）

コースターヒルケで、老人がプリンセス・マルフリート運河に電動カートで突っ込み、水死した。これは教訓だ、フルーン！　ニキ・ラウダ（オーストリアの元F1レーシングドライバー）ではないのだから、いつでも〈ウサギ〉モードで走るわけにはいかないのだ。

昨日は私の新車フェラーリで北地区を走ってみた。自分の住んでいる地区なのに、もう何年も行ったことのなかった場所を見てきた。これからは歩行範囲が限定されることなく、ミニバスを予約する必要もない、というのが実に爽快な気分。数年前に電動カートを買うべきだった。ただし運転には注意が必要だ。危険はあらゆる方角から迫ってくる。特にスクーターと自転車には要注意。不思議なことに、車はさほど恐くないし、歩行者は問題にならない。だがスクーターか自転車に乗った若者には気をつけなければならない。自分が自転車道の王様とでも思っているかのようだ。生意気な視線に電動カートへの不満が滲み出ている。

早くよい雨具を買ってこよう。昨日は夏用のジャケットしか着ていなかったところ、突然の大雨に見舞われ、十五分間、自転車用のトンネルで雨宿りするはめになった。そういうときには、五分後に痺《しび》れを切らしてずぶ濡れにならないよう、落ち着いて待つことが肝心だ。

それは道を渡るときにも言えること。最初はゆったりタイミングを待っているが、あまり長くかかると辛抱できずに、ちょうど危ないときに渡ろうとしてしまうものだから。

8月15日（木）

我々の施設にもＯＰＡ（実在する〈アムステルダム高齢者党〉の頭文字。オランダ語で〈おじいちゃん〉の意）が誕生した。

「高齢者は国じゅういたるところで、地区の福祉機関の財政削減の犠牲になろうとしている。それゆえ、我々にとって重要な事柄を守るため、ＯＰＡ党の支部を当施設に立ち上げる。」と誤字だらけで書かれている。

国語力がこの党支部のクオリティを反映しているとしたら、笑うに笑えない。

50プラス党のクロル氏とナーヘル氏は、二〇一四年三月の市議会議員選挙に候補者をたてる意思がない。無能で日和見主義的なじいさんばあさんの集団が、互いにいちゃいちゃしながら、あちこちの市議会の会議室にいる様子が彼らの目に浮かぶのだろう。そんなことに自分たちの党を利用させる気はないのだ。

我々のOPA党支部のいちばんの目標は、〈より多くのベンチを老人に〉だ。

50プラス党は政治的に重要なパワーになりうるかもしれない。社会的チャンスに恵まれずに憤る七十歳以上の人の支持は期待できるだろう。彼らは得票数に貢献してくれる。だが党の要となるのは、五十歳から六十五歳の政界のエリートたちだ。その中の一部は、ほんとうに五十歳以上の人たちのために尽力するかもしれない。退屈しのぎのようなものかもしれないが。

一国の文明度は、老人と弱い立場の人がどう扱われるかによって計ることができる。オランダは高齢者の福祉を敬意を払うことなく愚かにも破壊した。それが老人のポピュリズムへの傾倒を招いている。我々は世界で最も豊かな国々の一つに住んでいるにもかかわらず、言われるのはいつもおなじことばかり、福祉はもはや国の財政ではまかないきれない、ということだ。

8月16日（金）

電動カートで茂みに突っ込んでしまった。

夕食後に公園を一周しながら辺りを見わたすと、芝生の上で夕食中のウサギが二十羽も見えた。

視線を前方に戻すと、子ウサギが前輪から一メートルも離れていないところにいた。私はかなり素早く反応したのだろう。一秒後には頭が枝のあいだにはさまっていた。うっかり轢いてしまったウサギの残骸がないか後輪を確認し、その後慎重にバックして茂みを抜け出した。自転車で通りかかった美しい女性が手伝ってくれたが、私より彼女のほうが驚いていた。

昨日は事務室にアンヤを訪ねた。あらゆる進展を逐一報告してくれた。施設の改築に関して話し合いが重ねられているようだ。理事会はケアホームの一部を、市場でのニーズを見込んでナーシングホームに建て替えようか、検討している。施設長の身だしなみ費用が大幅に上がることも、アンヤは小耳にはさんでいた。モダンなパステルカラーのスーツ姿で、いまでも十分身だしなみは整っているのに。

月曜日にはオマニドクラブの次のエクスカーションがある。十三時出発で、レジャー用の服着用とのこと。エーフィエが幹事を務める。

「まさしく私にぴったりの内容よ」と謎めいたヒントを言っていた。

ちょうどまたなにか楽しみが必要になってきたところだ。

8月17日（土）

高齢者の六十四パーセントは、自分でもう十分生きたと思ったら、尊厳ある方法で人生を終える権利があると思っているそうだ。十四パーセントは実際に自分の人生が完了したと考えている。

死にたいと思う最大の理由は、認知症になることへの不安と、次第に痛みと苦しみが増すことへの恐怖だ。——放送団体マックスの調査結果にそうあった。

すなわち、統計的に見れば、当施設の住人のおよそ七名に一名は、死が迎えにきても歓迎する、ということになる。コーヒータイムにまわりを見てみても、誰がそうなのか、まったくわからない。


新しい規則ができた。住人はスタッフの許可なしに階段を使用してはならない。先週、スタウファーさんが階段から落ちて鎖骨を骨折したからだ（鎖骨だけならたいしたことないじゃないか、と思った）。

規則は我々居住者のためだといつでも言われるが、当然それはリスクを避け、施設が訴えられるのを未然に防ぐ方策だ。

スタウファーさんはエレベーターを使うべきだったのかもしれないが、彼女はこの五年間健康のために毎日、四階分の階段を上り下りしていた。認知症でないのだから、自分で好きなようにできるべきだ。スタッフはただ階段にバナナの皮がばらまかれていないか、チェックすればいいだけだ。

8月18日（日）

住人が亡くなった際の規定が存在する。

中には、死因について公表してはならない、という項目も含まれている。死因に関する質問は、治療に当たった医師か施設長に回される。質問を受けた医師および施設長は、互いに質問を回し合う。それでもまだしつこく聞いてくる者には、プライバシーを理由に死因は公表できない旨を伝える。自殺に言及することは厳密に禁じられている。

規定には、死亡した住人の部屋を早急に明け渡すよう遺族にうまく話す、ということも書かれている。

施設側にはなにも盗まれないよう監督する義務がある、とある。これは知らなかった。過去に紛失した物があったのだろう。

住人が介護者に「私が亡くなったら、これをあなたにあげるわ」と約束することがあるのは知っている。実際には、そんなことをしたら遺族と揉《も》め事《ごと》になるだけだ。

勤務時間内に葬儀がある場合、参列することが職員の義務であるとは書かれていないのが意外だった。逆に、職員の葬儀参列は出勤扱いにはならず、参列の際には休みを取らねばならない、との記述はあった。

日曜の朝に死の話題、これくらいで十分だろう。

8月19日（月）

今朝はもう一時間、電動カートで走ってきた。音が静かなので〈ささやきの椅子〉と呼びたいほど。音がほとんど出ないのは、この電動カートのすばらしい点の一つだ。クッションもよく、アスファルトの上を走ると浮いているようなのだ。今朝はフリーヘンボスに行ってみた。蝿《フリーヘン》の多い森《ボス》ではなく、W・H・フリーヘン氏に由来する名前だ。森に名前が付けられたくらいだから、偉い人だったにちがいない。

最後に訪れてから十年は経っていたと思う。気持ちのいい森で、誰もいないので思いきり運転の練習ができる（ただしウサギはたくさんいる）。鋭く曲がりすぎてまた塗装に傷を付けてしまったが、へこみも傷ももうたくさん付いているので、どうってことはない。でもやはりもう少し気をつけて乗るようにしよう。我が電動カートはオフロードがあまり得意ではない。

エーフィエにも電動カートを勧めてみた。

「いえ、私はいいわ。あなたと出かけるのは楽しいけど、あんな物で出かけるのはお断わりよ」

残念。

だが悲しむことはない。これからレジャー用の服に着替えてエクスカーションに行くところだ。我々にはもはや毎日がレジャーの時間なのだが、服はレジャー用のものばかりではない。それともいつも着る服が自動的に〈レジャー用〉になるのだろうか？

8月20日（火）

昨日は尿パッドの替えをもっていくのを忘れたが、それ以外はすばらしい一日だった。

私らしい、とエーフィエが言っていたのだから、アマチュア鳥類学者の彼女が我々を鳥類公園アフィファウナに連れていくのは予想できたはずだ。鳥はぜんぜん好きではないが（あの丸い目が臆病で意地悪な印象)、それでも心から楽しめた。エヴァートはまた絶好調で、それぞれの鳥の前でいちいちおいしい料理の仕方とそれに合うワインを挙げてみせた。アントゥワンはそれを受けて大真面目に自分の意見を述べていた。アントゥワンとリアはちょっとお人よしで、我々のからかいに気づかないこともあるのだが、気がついても二人は気にしない。

エーフィエはなににもわずらわされず、大好きな鳥たちを楽しんでいた。

フリーチェは二度ほど道がわからなくなっただけで、それもあまり気にしていないようだった。エドワードは専用のグローブをはめてタカを手にとめさせてもらい、目を輝かせていた。グレイムはふだんどおりのグレイムだった。

公園内を案内してもらった後、ドリンクとつまみで休憩し、緑地地帯《フルーネ・ハルト》の運河をめぐるボート内でまたドリンクとつまみが出た。

施設に戻ったのは、食事にギリギリ間に合う時間だった。

8月21日(水)

この施設にはびこる嫉妬心には、いつまでたっても驚いてしまう。大成功だったエクスカーションから戻ると、他の住人たちの冷たい視線を浴びた。他人が自分よりも楽しい日を過ごした、ということが、多くの人には堪えがたいのだ。よって、我々は今日もまた渋い顔の人たちに取り囲まれている。

年を取るごとにやさしく賢明になっていく人もいれば、一層意地悪く愚かになっていく人もいる。

　平均的には両者が互いを補い合うものだが、ここにいる柔和な人間は、噂話やぼやき、妬みに対して、他のテーブルに座る以外の対抗手段をもっていない。よって我々オマニドクラブの面々は、次第に皆とは別のテーブルに集まるようになった。それによって、残りの人たちの共通の敵として我々に一段と強い絆《きずな》が生まれるが、敵意というのは伝染するものだ。気をつけないと、こちら側も〈他の人たち〉に嫌悪感を抱くようになってしまう。

　スタッフはまるで調和を保とうとする幼稚園教師のように、住人たちの仲裁をする。「ダウカーさん（エヴァートのこと）、スロットハウワーさんにもう少しやさしくしてあげたらどう？　さあ、いっしょに座ってコーヒーを飲みましょうよ」

「それよりもクッキーを喉に突っ込んでやりたいよ。ゆっくりと窒息死するように」エヴァートがそう考えているのが私には手に取るようにわかる。エヴァートは〈柔和な人間〉には属していない。

　ここが恐ろしいだけの場所だと誤解されないために言うが、ここにも穏やかでやさしく、他人を思いやる人間もいるにはいる。ただ彼らはどうにも目立たない存在なのだ。

8月22日（木）

午後じゅうずっとバッカー氏の息子とルード（サイコロゲームの一種）をしなければならなくなったとしたら

……。息子は父親に輪をかけて無礼で愚かなのだ。

介護サービス団体フィアストロームが、新規入居者の家族は毎月最低四時間、施設内で支援活動することを〈道徳的に〉義務づける、と決めた。内容は、住人たちと散歩をしたり、ゲームをしたり、話し相手になったりする、といったもの。まったく知らない誰かの家族に義務で話しかけられたり、押しつけがましい関心を寄せられたりするのは、たまったもんじゃない。誰かといっしょにいるほうがいっそう孤独、というのはよくあることだ。

実験的に〈義務的なマントルゾルフ〉をさせてみると、ますます施設に入り浸る人が出てくることがわかった。実験に参加した住人の三人に一人は、週に二十八時間以上活動に来る家族を提供していた。もし家族を嫌っている人がその家族から世話をされたら、トラムの前に飛び込みたくもなるだろう。

なぜ新たな住人だけがボランティアを提供しなければならないのかは、私にはわからない。そうしなければボランティアの数が増えすぎて逆に困るからかもしれない。

ステルワーヘン施設長は最近、姿を見せない。一層高い立場の理事たちとの会議が多いからだとアンヤが言っていた。詳細は彼女にもわからないらしい。報告書やメモがほとんど見つからないそうだ。

8月23日（金）

電動カートで切符を切られてしまった！　信号無視をしたら、後ろにマウンテンバイクに乗った警官がいたのだ。自分も含め誰の危険にもならず、たかだか時速六キロで右折しただけだというこちらの言い分は、聞き入れてもらえなかった。

「信号無視には変わりありませんよ！」と言った後に、少し誇らしげな声でこうつづけた。「あなたはおそらく私の警察官人生で調書を取った中で、いちばん年上の方です」横にはおなじく自転車に乗った警官が少しきまり悪そうに立っていた。彼はこのエピソードを誰かの誕生パーティーで話したりはしないだろう。「ご同僚の方は他にご用事があるのではないでしょうか？」と聞いてみずにはいられなかった。ない、とのこと。

エヴァートに話したら、車椅子から転げ落ちそうになって笑っていた。すでに施設中の話題になっている。私をヒーローと思う人とフーリガンと思う人に分かれている。

火曜日はフリーチェが幹事のエクスカーションだ。手配にまちがいがないように、グレイムにチェックしてもらっていた。最近、時間や場所をまちがえることがあり、判断能力も衰えてきたのだ。先週は訪ねてくる妹と姪《めい》用のクッキーを、二百グラムとまちがえて二キロも買ってきた。三人なら二百グラムでも多いだろう。袋が大きすぎだし高すぎると思ったが、パン屋の店員は二キロのクッキーをあたりまえのように売ったそう。

フリーチェも自分で笑っていたが、心から笑ったわけではなかった。

友人みんなでクッキーのご相伴に与《あずか》った。

8月24日（土）

〈アラブの春〉はもう勢いを失ってしまったようだ。現在の悲劇を表わすのに適した季節はないだろう。ここの住人はアラブ人にはあまり興味がない。代表的な意見は、イスラム教徒たちがなにがなんでも聖戦をおこなわずにはいられないのなら、互いにおこなえばいい、というものだ。そうすれば誰も心配で眠れなくなることもない。

ピラミッドの観光ツアーがキャンセルされたほうが、何千人もの死者が出ていることより気がかりなようだ。

「息子が払ってたお金が戻ってこないのよ。二千ユーロ、ナイル川に投げ捨てたようなもんだわ！」デュールローさんは憤っていた。

だが、この狭い世界の住人たちも、毒ガスに窒息した幼い子どもたちの写真を見て、これはただ事ではないとようやくわかったようだ。

我々はしょっちゅう老人福祉について文句を言っているが、イギリスの国民保健サービスも多くの問題を抱えている。過去数年に二十軒の病院が、高齢の患者に十分な飲食物を与えないという違法行為をおこなっていた。食事を食べさせるのに時間がかかりすぎるのだろう。もう一つの苦情は、非常ベルが患者の手の届かないところに設置されている、ということ。届くところにあったら、もっと苦情が出ていたはずだ。

だが憂慮すべきことばかりではない。昨日はすばらしい夏日で、エーフィエと二時間もカフェのテラスでくつろいだ。話をするのも楽しいが、黙っていても気まずくない――エーフィエはそんな相手だ。ただただしあわせな午後だった。よちよち一歩ずつ歩いて帰ってきた。エーフィエが電動カートの後ろに乗るのは頑なに断わるので、手押し車で行った。

8月25日（日）

フリーチェがナーシングホーム、フレウフデホフの〈浜辺の部屋〉の写真を見せてくれた。〈喜びの園《フレウフデホフ》〉という名前がそもそもいかがわしい。〈浜辺の部屋〉は認知症のお年寄り専用に造られたものだ。壁一面に浜辺と海が描かれ、造り物の太陽とカモメの剝製が置いてある。波の音が聞こえて、時折、送風機からそよ風が吹いてくる。

年老いた認知症患者は、そこにいると穏やかになるのだそうだ。

フリーチェはいまから新しいビキニを買っておこうか、と言ってほほ笑んだ。

「そうなのよ、ヘンク。なるようにしかならないんだから、私はなったとおり、そのまんまを受け容れるわ」

自分の未来に立ち向かうフリーチェの姿には、ますます感嘆させられる。

あなたは認知症を絶望だと思っている、と彼女に指摘された。そのとおりだ。今日、（本当はいけないのだが、こっそりと）認知症患者の棟を見てきた。よだれを流した三人の老婆がテレビで幼児番組〈小人のプロップ〉を見ていた。

自分を完全に失ってしまうのは嫌だと思う人がいるのは当然だ、とフリーチェは言っていた。

自分の家でどこになにがあるのか思い出せなくなったり、読んだ言葉の意味が理解できなかったり、まわりの人たちが誰なのかわからなくなったりするのは、恐ろしいことだ。

8月26日（月）

アンヤが早期退職に追い込まれた。いま電話で連絡を受けた。悲しみと怒りでいまにも泣き出しそうな声をしていた。詳しくは話せないそうで、短い電話だった。スパイとしての活動が施設側にバレてしまったのだろう。危険をおかしたのは私のためなのだから、申し訳ない。

木曜にランチの約束をしたので、そのときに詳細がわかるだろう。

すっかり気分が落ち込んでしまった。このあと、フリーチェが幹事のエクスカーションがあって、（私にしては）はしゃいだ気分だったのに。二時に下で待ち合わせている。

アンヤのことをエーフィエに知らせるのは明日にしたほうがよさそうだ。

イエティ・パール（戦時中に人気だった歌手。ロンドンに亡命していた）が亡くなった。彼女の死を悲しんでいるのは老人ホームの年寄りばかりだろう。お茶の時間にラジオ・オラニエとイェティについて話し、郷愁に浸っていた。

「そうね……いい時代だったわねえ」ユダヤ人は明らかに意見を異にすることを一瞬失念したように、デ・リダーさんが言った。

「その時代にはオランダはドイツに占領されていたんじゃなかったかね？」エドワードが意地悪く聞いていた。

ドイツ人のことを除けば本当にいい時代だった、とデ・リダーさんは譲らなかった。昔はすべてがよかったという感傷が老人ホームにはびこっている。それが社会から見捨てられた人たちにとってのわずかな慰めなのだ。

いまからきちんとした服に着替えて、靴と歯を磨こう。

8月27日（火）

年を取ると、かつてあたりまえだったことをしなくなるのは不思議だ。映画もその一つ。オマニドクラブの八人で計算してみたところ、全員合わせてもう一世紀も映画館に行っていなかった。簡単で安上がりな娯楽なのに。

フリーチェが選んだのは３Ｄの映画だった。我々の誰一人、まだ体験したことがなかった。〈カーズ〉という子ども映画しか３Ｄで上映していなかったので、それを観ることにした。八人の老人が特別なメガネをかけて、四十人ほどの子どもたちにまじって座ることになった。

初めて体験する３Ｄはすごかった。特に最初の十五分は、車が自分に向かって突進してくるたびに焦ってよけようとした。音も３Ｄだった、というのは、あちこちからポップコーンをかじる音が聞こえてきたから。それもまったく映画を楽しむ邪魔にはならなかった。

映画は四時からだったので、その前にゆっくり豪華なハイティーを楽しんだ。だから、施設に戻った時はちょうど夕食のデザートの時間だったが、我々には問題なかった。コックは無礼だと憤っていたが、どうぞご勝手に。

フリーチェは皆から褒められ、お礼を言われた。フリーチェが喜びに輝く姿は心温まるものだった。

アンヤのことが心配で電話をしたかったが、できなかった。

これから電動カートで遠出をする。とてもいい天気。ホーフダーレン氏の息子の修理工場に行って、スピードが出るようにしてもらう。先週行く予定だったが、向こうが忙しく延期になった。今日は預けなくてもその場で作業してもらえる。

8月28日（水）

事態は私が想像していた以上に悪かった。アンヤは自分がかなり前から監視されていたと思っている。机を調べられ、引き出しに入れてあった理事会の議事録、報告書、メモのコピーの束が早期退職を勧める動機となったにちがいない、と。これらの書類を持っていることは規則違反ではないにせよ、集めていた事実が判明し、彼女にかけられていた疑いが一層強まったのだろう。施設長はまるで早期退職が、長年の真面目な勤務への報酬かなにかのように振る舞ったそうだ。十月末日をもって退職となるが、休暇が二十日残っているので、十月一日にはもう出勤の必要がなくなる。それまでに机を明け渡すように、とのこと。

すっかり打ちひしがれたアンヤに私ができることはほとんどない。彼女にスパイをさせてしまったことをとても申し訳なく感じる。施設長はいつもどおり、廊下ですれちがうたびに感じよく頷いてみせる。

電動カートの最高時速は二十五キロほどになった。自転車やスクーターですれちがう人が、軽快に走るこちらに驚いているようだ。私もほんの少し、道路の危険要素になったというわけだ。自動速度違反取締装置が光っても身元がバレないように、覆面で乗ったほうがいいかもしれない……というのは冗談。四本残った髪に風を受けて走ろうではないか。

8月29日（木）

〈低所得高齢者、刑務所へ〉――新聞の見出しにピッタリだろう。

ブレダの刑務所が閉鎖されて空いていることに、敏腕実業家アート・アウボルフが目を付け、低予算の老人ホームをつくろうと思い立ったそうだ。新聞に書いてあるのが本当だとしたら、十一平米の独房をリフォームすれば老人二人の相部屋にできると考えているらしい。一人当たり約二×三メートルだ。

どうせほとんど動かないんだし、とアウボルフは考えたにちがいない。持ち物もそんなにないだろう、と。

片引き窓はなく、換気用の小窓で十分だろう。

最も安い部屋は八百七十ユーロ。年額かと思ったら月額の賃貸料だそう。食事は含まれず、内容が不明な〈基本ケア〉付き。

これが冗談ではなく真面目なプランなのだ。

この豊かな国には、ペンキを塗りなおした刑務所の独房に老人を押し込もうとする人々がいるのだ。安心させるかのように、いますでにケアホームに住んでいる高齢者のためではない、と書かれている。これからの〈新たな〉高齢者が孤立したり、橋の下で寝たりしなくてすむように、ということだそう。

昨日アンヤとランチをした。「私はまったく役立たずのスパイだったわ」とため息をついて言っていた。私には大きな花束をプレゼントして慰めることしかできなかった。

職場の冷えびえとした雰囲気からもうじき解放されることに、どこかホッとしてもいるようだった。彼女のこれからの自由に、二人で乾杯した。

8月30日（金）

我々の老弁護士はまだ活動をつづけてくれている。今朝彼と話をした。ヴィクトーはいつもどおり闘争心に溢れ、ポジティブではあったが、控訴審議会から手紙が来たことが小さな敗北であるのは、さすがの彼も認めざるをえなかった。理事会の書類公開についてのこちらの要求は、控訴審議会が取り扱うことになった。回答は二〇一四年一月半ばごろになる見込み。クライアントの高齢を考慮した上で、この日程だそうだ。

もっと早くになんとかできないものか、ヴィクトーが方策を練っている。

「とにかく生きていてください、というのが私の心からのアドバイスです」と彼は会話の終わりに言った。

日曜の朝、電動カートでエイ湾を渡るつもりだ。何度かアムステルダム北地区の隅々まで行ってみて、今度は渡し船に乗ってもう少し行動範囲を広げてみようという気になったのだ。日曜の朝九時ごろなら、静かなアムステルダムを楽しめる。運河は電動カートで巡るのにうってつけだ。

エヴァートも電動カートの購入を考えている。車椅子ではあまりうまく動けないから、よい選択だと思う。昨日はモウを膝にのせて難儀そうに車椅子で訪ねてきた。モウも足の裏が化膿して歩けないそうだ。傷を舐めてしまわないよう、ランプのかさを首に付けていた。お似合いのカップル。

8月31日（土）

清潔なおむつの着用を義務づける法案が撤回された。ちょうど私がおむつをつけはじめるという時に！　老人たちを一日中、大小の汚物にまみれたまま放置してはならないと法律で定めなければならないなんて、我々はなんと愚かな国に暮らしているのだろう！　法案が撤回された理由ははっきりしない。法的な助言をおこなう国務会議が、すでにすべて法に定められていると言っているそうだ。認知症の老人が法を楯に、おむつを替えてほしいと要求できるとは思わないが。自分は、一日中おむつを取り替えてもらえなくなるよりずっと前に、静かに死ねることを願わずにはいられない。

それとも……この記事もブレダの刑務所の話同様、作り話なのだろうか？（そう、あれにはすつかり騙《だま》された。)

改築に関して、近々説明会が開かれる。強制的な引っ越しがないという保証はできないとのこと。背後にどんな動機が隠されているのかはわからない。突然、急ぐ理由ができたようだ。

これがアンヤが敵方から持ち出すことのできた最後の情報だ。自分の行動が監視されているのを知りつつ、残された事務所での数週間を有意義に使おうとしてくれている。見つかったらどうなるかを心配する必要はなくなった。アンヤを罰しても施設長の得にはならない。報道されることになればアンヤに有利なだけなのは、施設長にもわかっているのだ。

9月1日(日)

この施設の住人は皆、ピート、ケース、ネル、アンスといった平凡な名前で、嵐《ストルム》、蝶《フリンダー》、至福《フェリシティ》、あるいは〈イスラムの剣〉という意味のエキゾチックな名前であったりはしない。

我々は皆、子どもの名づけによって、親が自分のオリジナリティやモダンさを示したがる時代のずっと前に生まれたのだ。オリジナルな名前には危険が伴う。娘にフリンダーという名前をつけても、のろまな太っちょになってしまうかもしれない。それならばアンスという名のほうが無難だ。

今朝九時に電動カートで渡し船に乗った。まだ眠るアムステルダムの街で、すばらしいドライブを楽しんだ。世界で最も美しい街の一つに住んでいるのは恵まれたことだが、それを楽しまなければなんの意味もない。私は数年ぶりに街を楽しんだ。これからも、時間が残されているかぎりもっと楽しむつもりだ。走行中はほとんど〈カメ〉モードで、まわりの風景を見て回った。

　ふたたび重要なお知らせ。居住者委員会は居住者会の会費を一度だけ、二ユーロ値上げすることを提案した。クリスマスビンゴの魅力的な賞品を買うためだ。良き統治とは先見の明をもつことなり。

9月2日（月）

　日曜日の午後に一時間ビリヤードをするのはむずかしい。台を予約するシステムが不明瞭なのだ。一時間半待たされ、ようやく十六時四十分から四十分間のみ台を使えることに。待ちながら何杯か酒を飲んでいたので、グレイムとエドワードと私はいい具合にリラックスしてプレーすることができた。残念ながら、ビリヤードをするにはリラックスしすぎで、キャノンショットが三人合わせても二十もきまらなかった。

　会話は酔っ払って楽しくなった。グレイムがいい昔話を聞かせてくれた。彼は十四人きょうだいの末っ子だそうだ。皆すでに亡くなっている。息子がオーストラリアに、娘がアウデ・ペケラ（オランダ北部の村）に住んでいて、ある年は息子と共に娘を訪ね、その翌年は娘と共に息子を訪ねているそうだ。一月に三週間、オーストラリアに行くらしい。

「その旅があるから元気でいられるんだよ」という言葉にエドワードと頷いた。その後すぐに

「もちろん、ここに君たちがいてくれることもそうだ」と言っていた。

エドワードにはたくさん話したいことがあるのだが、残念ながらほとんどなにを言っているのか聞きとれない。酒が入ればなおさらだ。

「エド、今度、紙に書いてきてくれないか？」いっしょに飲みにやって来たエヴァートが言って、そうすることになった。毎週、我々に手紙を送ってくれるそうだ。返事は、手紙でも口頭でもいいから、と。

これからはもっと頻繁に皆でビリヤードをすることにした。

ビリヤードクラブの書記といちばん親しいグレイムが、事前に予約しておくことになった。

9月3日（火）

あさっては私の誕生日。ここ数年来はじめて、お祝いに十分な数の友人がいる。オマニドクラブのメンバーに、夜ドリンクとおつまみを楽しみに来るよう、声をかけた。リアとアントゥワンにお金を払っておつまみを用意してもらうことにした。私自身だけでなく、彼ら二人も喜んでくれている。ビターバレンのないパーティーは存在しないから、揚げものだけどこかに注文してもらわなければならないが、それ以外は彼らの好きなように作ってもらえる。

花もプレゼントもいらない、と断わっておいたが、皆守ってくれるだろうか。

フリーチェも来ると言ってくれたが、一つ、将来について約束させられた。「認知症が進んだら、私が乗り気でないことに無理やり参加させようとしないでくれる？」

「なんで？」

フリーチェの説明によると、認知症患者をなんとしてでも楽しませ、意欲の低下《アパシー》から救い出さねばならない、というのは大いなる誤解なのだそうだ。どこかに連れて行ってもらっても、自分がどこにいるのかわからないし、ずっと朗らかに話しかけてくる人たちが誰なのかもわからない。なぜ変な電車に乗らねばならないのかも。変わった食事まで食べさせられて、最後には見ず知らずの人たちにあいさつのキスをされる。

「認知症のお年寄りにとっては、回復に三日かかるほど疲れることなの」とフリーチェはため息をついて言った。「だから、その時には私を窓辺の椅子に座らせて放っておいてちょうだいね」

そうする、と約束した。

9月4日（水）

ここの守衛の一人は住人よりほんの少し若いだけの年寄りなのだが、いつでも「お年寄りは」と言って、まるで自分がこの施設でいちばんえらいような振る舞いをする。肩書きも〈守衛〉ではなく〈接客・警備〉となっている。彼のいちばんの楽しみは、規則を守らない人に注意をすることだ。

エヴァートと散歩に行った時のこと。自動ドアが目の前で閉まりかけると、エヴァートはいつもそのまま車椅子で突進する。車椅子がはさまると、またすぐ自動的に開く。それが守衛のポスト氏（というのが彼の名前）の気に触った。

「もっと速く通るか長く待つか、どっちかにしてくださいよ」と厳しい口調でエヴァートに言った。

エヴァートはゆっくりと見上げ、目を一瞬、ものをよく見ようとするかのように細めてこう言った。「鼻くそがついてるよ」

私は隣で笑いをこらえて窒息しそうになった。

守衛は混乱していた。エヴァートの発言を無視すべきか？　だがもし本当だとしたら？　ドアのところで振り返ってみると、ちょうど守衛が鼻くそを探った指を見ているところだった。

「もうちょっと右だ」とエヴァートが言った。

「去ること《パルテイール》」ではじまる詩にひっかけて、C・A・ヘルダーが冗談を言っていた。「守衛《ポルテイール》、それは少し死ぬこと」

私は三回、誕生日が祝えるほどのアルコールを調達した。足りないよりは余るほうがいい。エヴァートのような友人がいれば、遅かれ早かれなくなるのはまちがいない。

9月5日（木）

一九二九年九月五日生まれ。今日、私は八十四歳の誕生日を祝っている。エヴァートは朝九時に部屋の前に来てくれた。車椅子に乗り、膝に豪華な朝食をのせて。心温まる光景だった。クロワッサン、ラスク、パン、紅茶、オレンジジュースにスパークリングワイン。ひどく調子っぱずれな誕生日の歌を歌った後に、彼がほとんど自分で食べた。私は朝食はあまり食べないのだ。今夜のパーティー用にハウスキーピングから椅子を数脚借りた。立食パーティーは老人向きではないから。

ほとんどの住人は階下の談話室で自分の誕生日を祝う。招待された者が大きなテーブルのまわりに座り、パウンドケーキが振る舞われる。その他の住人は、あわよくばおこぼれに与ろうと、なるべくその近くに陣取って座っている。悲しげな光景だ。私はそんなことはしたくない。それならば多少狭くても自分の部屋で祝うほうが、野次馬がいないだけマシだ。

十三日の金曜日にゴルフ学校を八名で予約した。今日と同じくらい良い天気になるといいのだが。天気が良ければエクスカーションの成功の可能性が高まる。ゴルフというチョイスはどうなのか、ちょっと自信がない。老人向きのスポーツにはちがいないが、すべての老人がゴルフに向いているとはかぎらないから。だがもう料金を払ってしまったので、今さら変更はできない。

9月6日（金）

昨夜は十二時半に酔っ払ったエヴァートの車椅子を千鳥足で押して、彼の住まいに送っていった。エヴァートは泊まっていきたがった。「最後にグイッと一杯、強いのを飲もうじゃないか」それはいいアイディアとは思えなかった。廊下で彼は〈希望と栄光の国〉を歌い出した。今日は夜中に騒いだかどでお叱りを受けるものと覚悟している。

それ以外はとても楽しいパーティーだった。まだ二日分の食べ物と二ヵ月分の酒が残っている。当分は食べるのも飲むのも控えめにしよう。

オマニドクラブの旅行計画はうやむやになってしまった。来春までにはなんとかしよう。参加するためになにより大事なのは、六月まで生きつづけていることだ。たとえ誰かが死のうが実現させよう。もし自分が死んでしまったら、遺灰壺《いはいつぼ》をダッシュボードに置いていっしょに連れていってもらおう。

「いつも窓際に座りたがっていたよね」というのは真実ではないが、面白いではないか。

9月7日（土）

老人はテレビゲームをするべきらしい。コンピュータでレースをするほうが、眠気を誘うようなゲームをするより老いた脳を活性化できるそうだ。新聞記事によると、定期的にテレビゲームをしていると、老いた脳でも同時に複数のことをできるようになるとのこと。

テレビゲームはどうやってするものなのか、調べてみよう。この施設に教えてくれる人がいる可能性は少ないだろうが。こういうときに孫がいないのが仇《あだ》となる。

孫がいたらよかった。自分で言うのもなんだが、きっと私はいいおじいちゃんになっていたと思う。

もし……そう、もしいたら、という話だ。

ところで、孫というのはかならずしも喜びや楽しみばかりを与えてくれるものとはかぎらない。エドワードには薬物依存症の孫がいるし、グレイムの孫娘は拒食症だそう。何年もかかってようやく子どもたちが一人前になったと思ったら、今度は孫たちが悩みの種となり、また眠れなくなる。

テレビゲームは次の調査結果が新聞に出るまで待つことにしようかと思う。最初の結果がくつがえされる場合もあるし、科学的な疑問点が出てくるかもしれないから。

9月8日（日）

「俺の古い薬、誰かいらんかね？」とエヴァートが皆に聞いた。「まだちゃんと効くんだ。なにに使うかにもよるがな」

コーヒータイムに新聞記事の話題を聞いて、エヴァートは挑発的になっていたのだ。七十歳の男が、「もう自分は十分に生きた」と死を望んでいた九十九歳の継母のために、大量の薬を混ぜたヨーグルトを用意したかどで裁判にかけられている件。継母は体が痛く、ほとんどなにもできなくなっていたが、ケアホームの家庭医は彼女の苦しみが十分に〈堪えがたい〉ものとは判断せず、安楽死をおこなってくれなかった。継母は百五十粒の錠剤を潰して混ぜたヨーグルトを飲みこんだ。そんな量を口から摂《と》るのは大変なことだ。素人らしい、不器用な方法ではあった。

自殺は罪にはならないし、うまくいった自殺を罰するのもむずかしいだろう。失敗した場合には被告の希望で死刑をおこなってもいい。だが、自殺幇助は罪になるのだ。

エヴァートが誰かにあげようとした薬を、皆疑わしげに見ていた。

ほとんどの住人はエヴァートの薬をもらわなくても、自分の薬で過剰摂取できる。ほぼ全員、定められた量の薬が曜日ごとに入れてあるピルケースをもっている。毎朝テーブルに薬を並べて、一握り選び出し、病気や死、悲劇についてぼやきながら冷めたコーヒーで飲んでいる人もいる。楽しい一日にしたければ、けっしてそばに近づかないことだ。

9月9日（月）

新たな住人のデ・クレルク氏が住人たちをオランダ改革派に改宗させようとしている。どの改革派か、正確にはわからないが、甚だしく正統なキリスト教だ。ここではもはや、はしかの予防注射を受ける必要がないからいいものの、下手したらデ・クレルク氏に止められていたところだ。「物事の過程に介入するのは神の立場に立つことであり、それは我々がすべきではない」と。

改革派に改宗させようという彼の試みは、カトリック教徒の住人たちを動揺させている。昔のような宗教戦争になり、最初の異端者が火あぶりの刑になるのが待ちどおしい。

〈教会《ケルク》〉と韻を踏む名のデ・クレルク氏は、昨日私が神の立派なおこないについて疑いをもっているかと言ったとき、美しい言葉を語っていた。「神は、我々が神について議論をするためにお姿を現わしたわけではなく、我々が神に従うためにそうしたのです」と。

幸い、美しい言葉がいつも真実であるわけではない。それにこれはデ・クレルク氏本人の言葉ではなく、改革派の雑誌〈真実の友〉からの引用だ。それを聞いた共産党員の住人は、古い共産党の雑誌からの引用ではないかと思っていた。真実は異なるさまざまな立場から主張されるものだ。

私はついでにデ・クレルク氏に二つ質問してみた。一つは、日曜日に伝道活動をしてもいいのか。二つ目は、神は自分でも持ち上げられないほど大きな石を創ることができるのか（どこかで読んだ質問だ）。

デ・クレルク氏が混乱しているのが感じられた。

「じゃあまた今度、教えてくださいよ」私は立ち去りながら言った。

9月10日（火）

今朝、老年病医に、老人が元気になれる薬について聞いてみた。そしてその逆の薬、〈ドリオンの薬〉（自分で安楽死できる薬のこと。実在はしない）についても。

「どちらの薬も難しい問題です」とドクターは言った。「あなたがおっしゃっている、元気になれる薬というのは違法なんです。高齢者へ顕著な効果があるかについてはあまり研究されていません。わずかなコカインで、とても気持ちよくなれる高齢者もいるかもしれませんが」

ドクター自身、コカインを使ってみたことがあるか聞いてみると、あるとのこと。

「どうでしたか？」

「気持ちよすぎでした。危険なほどに気持ちがよかった。これは使わずにはいられなくなるとすぐにわかりました」

ドクターが今現在、私に対してできることといえば、軽い抗うつ剤を処方することしかない。「あなたは鬱ではないでしょうけれど」難点は、頭が少しぼうっとすること。

そうではなくエネルギッシュになる薬がほしいのだと私は言った。

なにがいいか、考えてみてくれることになった。

〈ドリオンの薬〉はさらにフクザツだ。いつか必要な時のために薬箱に入っているだけで安心、と思う人がいるのはドクターにも理解できるが、現実はそんなふうにはいかない。

死を望む老人は〈死の介添人〉に連絡し、自分の人生は完結したので、死を心から望んでいることを説明し、納得してもらう。そのためには最低二回の細かく深い話し合いが必要。〈死の介添人〉が手助けすると決めたら、同じ意見の〈死の介添人〉をもう一人探さなければならない。その後、医師が必要な薬を処方し、死を望む老人は〈死の介添人〉の監督のもと、それを飲む。

そんなめんどうな手順が必要かと思うと、ますます死にたくなる。

「あなたはまだそんな状況だとは思えませんがね」と言われて、「そのとおりです。でもバランスが不安定になってきているのは確かで、いったんバランスが崩れてしまうと、もはや人生に喜びを見出せないことが多いものなので」と言う私に、ドクターは頷いていた。

「これが最初の〈話し合い〉だったということにできますか？」と聞くと、それでよい、と言われた。

9月11日（水）

今日は飛行機がツインタワーに突っ込む様子がテレビで何度も繰り返されるだろう。二千九百九十五人の死者が出た。それを直接の原因とする抗テロ戦争における死者は六千人のアメリカ兵を含む二十万人。負傷者三十五万人。かかった軍事費は推定一兆ドル。

昨日のお茶の時間に（あらかじめ暗記して）この数字のいくつかを述べてみたのだが、この戦争にかかった軍事費を不当に思う人は、私の友人たち以外には誰もいなかった。

一兆ドルもあったらどんなに楽しいことができただろう!? アメリカ人は世界のあちこちで、嫌われるかわりに人気者になっていたはずだ。

それにイスラム原理主義は、イラク戦争が終わり、アラブ諸国の革命が失敗した後にはますます強力になるはずだ。

アメリカが今回はシリアで自国のためにならない戦争をはじめようとしないのは理解できる。アフガニスタンやイラクの傷跡もまだ癒えていないのだ。

ちょっと賢い老人を気取りすぎだぞ、ヘンドリック。長くすばらしい夏の後、急に秋めいてきたせいかもしれない。午後に大きなポンチョを買いにいこう。雨の日でも電動カートに乗って頭を冷やしにいけるように。

9月12日（木）

病気の子どもたちのための臨床道化師《クリニクラウン》につづいて、今度は孤独な老人のためのピエロが登場するそうだ。どういう名前になるのか、どこが彼らを提供するのか知らないが、今から警告しておこう。私を陽気にするためにピエロが来たら、最後の力をふりしぼってフライパンをふりかざし、その能天気な頭を叩き割ってやる、と。

一週間前には外はまだ三十度近くあったのに、いまはどの部屋からもセントラルヒーティングの音が聞こえている。寒くて雨がちだ。明日はゴルフに行く日だが、天気は回復しそうにない。別案も用意していない。毎時、天気予報を見ているが、そんなことをしても役には立たない。明日の午後一時にバスが迎えにくる。

私はナーバスになっている。

9月13日（金）

十三日の金曜日には、念のためにかならずベッドで過ごすという住人がいた。そうしていればなにも起こらないから、と。だがその彼女がサンドイッチを食べ、紅茶を飲もうとしたら、ティーポットの持ち手が壊れて、熱々の紅茶をかぶり、その日の残りを病院で過ごすことになってしまった。

エヴァートが昨日、遅れた誕生日プレゼントを持ってきてくれた。電動カートの椅子用にヒツジ革の敷物。リサイクルショップで買ったもの。洗う時間がなかったそうなので、使う前にまず洗濯に出さねばならなかった。

「暖炉の前にこれを敷いて、その上でなにをやらかしていたか、わかったもんじゃない。いくつか変なシミがついてるんだ」とニヤニヤしながら言っていた。

そんな下ネタでは驚かない。もうすっかりきれいになって、洗濯から戻ってきた。ただ、どこかに駐車して激しい雨が降ってきた時には、ぐっしょり濡れた敷物の上に座らねばならなくなる。少しでも歩けるうちは店の中には乗って入らないことにしているのだ。だからと言って、アルバート・ハインにヒツジの革をもって入るのは御免だ。

「ほら見て、またヒツジの革をもったヘンなおじいさんがいるわよ」とオレンジの棚の前で言う客の姿が、目に浮かぶようだ。

9月14日（土）

ゴルフは、これまでのエクスカーションの中ではじめての失敗だった。

最初はまだよかった。クラブハウスでコーヒーとケーキを食べながら、親切で、ちょっと気取ったインストラクターにゲームの理論を聞いた。だが実際にやってみようと外に出る前に雨が降りはじめた。寒くもあった。それに実際のところ、我々には少しむずかしすぎた。ボールに当てることさえほとんどできなかった。エーフィエは自分の足首を叩いてしまったし、グレイムはクラブを手放し、もう少しでインストラクターを直撃するところだった。車椅子に乗ったエヴァートだけが上手で、時には百メートル先まで飛ばしているように見えた。

三十分で全員もううんざりと思っていたが、私のために寒くてずぶ濡れになっているのも我慢して、さらに四十五分ほど楽しんでいるふりをしてくれた。

最後は私がインストラクターに、はじめてだからもうこれで十分、と言って終わりにした。まだプログラムの半分しか終わっていなかった。

それから誰もいないバーでワインを飲み、早めにミニバスに迎えに来てもらった。

皆私にやさしく、いいアイディアだったのに天気と自分たちの年齢のせいでうまくいかなかった、と言ってくれた。それでも、一日経った今もまだ無念さが残っている。まるで子どものように、私は失敗に堪えられない。

9月15日（日）

エヴァートが訪ねて来た時にもまだエクスカーションの失敗を引きずっていた。五分も経たないうちに、今すぐふてくされるのをやめなければ帰る、と言われた。

「年寄りが、なにかが気に入らないからってごちゃごちゃ言ってることほど嫌なことはないんだ」

その一言で目が覚めた。

エヴァートは良い知らせももってきた。孤独な老人のための〈お祝いチーム〉はボランティアが足りずになくなった、というもの。

見ず知らずの人が自分の誕生日にやって来て、バースデーソングを歌い、自分のケーキを食べ尽くしてしまう――それははげしく孤独に戻りたくなるような、偽りの楽しさだ。昨年は来るのを拒む勇気がなかったことは認めよう。エヴァートにはちゃんとその勇気があった。彼らはそれでもエヴァートのドアの前で〈彼は長く生きるだろう〉（オランダの誕生日の歌）を歌って帰った。

オーペルスさんは最近後ろ向きに歩いている。そうすればトイレに行く回数を減らせると信じているのだ。彼女をイグノーベル賞候補に推薦したい。今年もまたすばらしい研究者たちがこの特別な賞で功績を称えられた。ブライアン・クランドールは、半ナマのトガリネズミを食べた後に自分の排泄物を観察した功績に対して。日本人と中国人の研究者（どちらもむずかしい名前）は心臓移植後、オペラを聴かせたマウスの生存期間が延びたという研究に対して。もう一人はジュスティーノ・ピッツォ。飛行機のハイジャック犯を罠にかけて箱詰めにし、パラシュートをつけて飛行機から落とせるシステムを開発した。パラシュートは不必要な贅沢、という意見もあった。

9月16日（月）

使用済みのマッチ棒を集めてほしいとスヒッパー氏に頼まれた。この施設の模型を造るのだそうだ。施設長が推薦委員をしている新聞、ヘト・パロール紙への掲載をめざすらしい。

かつて七百万本のマッチ棒でサンピエトロ大聖堂を造った人がいた。そういう作品の話を聞くたび、いつも（燃やしてしまえ！）と思う。三分で二十五年の成果が灰と化す。私の奥深くに破壊欲が眠っているようだ。

十日前には気温が二十八度あり、夏だった。今は十四度で秋。嫌な季節だ。もちろん、木々の色はきれいだが、それは衰えの色なのだ。自分の人生の晩秋に嫌というほど死や腐敗に直面しているのだから、その上さらに死んでぐちゃぐちゃになった葉っぱを見せつけられる必要はない。秋は老人ホームと同じにおいがする。うまくバランスが取れるよう、早く新たな始まりの春になってほしい。

寒さと日が短いことも大嫌いだ。シンタクラースもサンタクロースも私には意味がない。

まるで機嫌の悪い老いぼれのように聞こえるが、この日記はそのためにも存在するのだ——たまには私も誰にも迷惑をかけずにぼやきたい。

9月17日（火）

嫉妬心は年を取るとこっけいなほどひどくなることがある。ここには女性があり余っているので、夫婦で入居している場合、奥方はご主人から目を離さないよう注意している。ダールダーさんはご主人から一メートル以上離れようとしない。女性が少しでもご主人に関心を示すと、狡猾な番犬のように追い払おうとする。横に座っている人がなんの下心もなく、砂糖を取ってと頼むだけでも。

「自分で取れるでしょう？　あげちゃダメよ、ウィム」

もはやまともな会話もさせてもらえないウィムは、とても不幸そうだ。醜い男だからどうせ誰も見向きもしないのに、それでも嫉妬深い妻に常に見張られている。時々、ウィムの目に死への激しい願望が見てとれるような気がする。

こんな話をするのは、三週間ほど前に引っ越してきたティメルマン氏がエーフィエのことを気に入っているようだから。その気持ちは私にもよくわかる。しかし気の毒だがエーフィエは彼にまったく興味がない。自慢がひどい上に、体臭がきついからだ。

これでは私が嫉妬深いみたいに聞こえるが、この場合には嫉妬する必要はない。エーフィエはもう何度もやさしく、どこか別の席に座るよう促した。

それがティメルマン氏の私への嫉妬心をかきたてた。私は毎日エーフィエの隣に座り、お互いにそれを心地よく思っているのだから。

9月18日（水）

昨日は国会開会日だった。

「ほら、このいちばん長い赤の線が、我々年金生活の老人だ」エルロイ氏がブロッカーさんに財政削減について説明しようとしていた。「すべての国民の中で最も財政削減のあおりを受けるのが我々なんだ！」

ブロッカーさんが頷いた。彼女は新聞記事の購買力を示した図を切り抜いて、アルバムに貼って集めると言っていた。

住人たちの不安が高まっている。今後もコーヒーにはまだクッキーが付くだろうか？

50プラス党の党首ヘンク・クロルが今度の日曜、アムステルダムでのデモに参加するよう、すべての老人に呼びかけている。私も天気が悪くなければ物見遊山に行こうかと思っている。まだ人生で一度もデモに参加したことがないのだが、八十四歳で初参加しない理由もないではないか。

自分の購買力が二パーセント落ちるのはどうでもいいのだが、ミュージアム広場中を手押し車、電動カート、マイクロカーが埋め尽くすのは壮観な眺めにちがいない。誰かが「ルッテは殺人者だ！」と叫んで暴動になり、ペタンクのごとく石を投げるタフな八十歳以上の老人活動家たちに、機動隊が応戦することになればいい。

二〇一四年の市議会議員選では、アムステルダムの老人党ＯＰＡが、社会党、自由党と共に得票数を伸ばすだろう。労働党は一掃され、党首のディーデリックは辞任、内閣も総辞職。政治は難局を迎えるが、それでも最終的には新たな連立で今までと変わらない政治がつづくだろう。

——以上、政治解説者ヘンドリック・フルーンが、老人ホームよりお届けしました。

9月19日（木）

国会開会の二日後にはもう誰も予算案について話していないが、女性議員たちの帽子についてはまだ話し足りないようだ。ある帽子はまるで引き裂かれた花嫁衣装の切れ端のようだった、と誰かが言っていた。ここのご婦人たちの女性議員批評は辛辣だ。野暮ったい女が突然ヘンな帽子を被って、などと言っている。「あれはまだマシね」というのが最大の褒め言葉だった。

ここにいる彼女たち自身は、帽子を被るのが普通だった最後の世代に属する。冬の寒さを防ぐ頑丈な、かつ「ちょっとおしゃれな」帽子。カーニバルかと思うような、失笑を誘う女性議員の帽子など、とんでもないというわけだ。

エーフィエもよくチャーミングな帽子を被っている。

私はちょっと誇らしい気持ちで（できれば腕を組んで）その隣を歩くのが好きだ。

9月20日（金）

掲示板に転倒予防の講習会の案内が貼ってあった。住人は誰でも参加できるそう。

転ぶのを恐れる老人ほどよく転ぶものだ、と生物医学の研究者が発表している。転ぶのを恐れる人は、動かなければ転ばないと思うのだろう。それでは身体能力も運動能力も急速に落ち、トイレなど、どうしても避けられず動くときに転びやすくなる——転倒のパラドックスについて要約してみた。

講習では「体のバランスを改善」すること、そしてどうやって起き上がるか（これも重要）も習う。

統計によると、老人は年間合計百万回転び、七億二千五百万ユーロの治療費分、腰と手首を骨折するそうだ。

私も転倒は不安だが……そんな講習を受けるのも気が進まない。

エーフィエに聞いてみたが、参加しないとのこと。グレイムは来年にするそう。フリーチェは道はしょっちゅうまちがえるようになったが、転ぶことはないらしい。エヴァートだけが車椅子で参加したいと言っていた。ただ皆を苛立たせたいのだ。

どうしよう……試しに個人レッスンを受けられないか、聞いてみようか？

アントゥワンとリアは、二人の英雄だった料理評論家ヨハネス・ファン・ダムの死を悲しんでいる。彼の批評に多くのレストランが慄《おのの》いたが、人生の終わりが近づくにつれ、高い評価を与えるようになっていた。それは、自分がアムステルダムのレストラン業界のレベルアップに貢献しているという、自らの主張を裏づけるためだったのだろうか？

お忍びで試食に行くのが不可能だったことも、評価に関係していたのかもしれない。一目瞭然、彼だとわかってしまうので、店側もあらゆる手を尽くして最善の料理を出したことだろう。

9月21日（土）

今日は世界アルツハイマーデーだ。なにをすればいいのだろう？　アルツハイマーについて考える？

毎日がなにかしらの日で、とりわけ病気の日が多い。世界ハンセン病デー、世界エイズデー、世界糖尿病デー、世界下痢デー。後でフリーチェのところに行ってこよう。今日は君の日だよ、と言える。二重に君の日だよ、と。今日は隣人デーでもあるから。アルツハイマーと隣人が同じ日だなんて、一年三百六十五日では足りないようだ。

いずれにしてもアルツハイマーデーは、今日が何曜日かもわからなくなってしまったアルツハイマー患者自身に対してなにかをする日ではない。

ヨハネス・ファン・ダムは数年前にヘト・パロール紙で言っていた。独立した暮らしをつづけられなくなるということは、堪えがたい苦痛を味わうことに等しい、と。この意見をどう思うか、コーヒータイムに八人ほどの住人に聞いてみた。これはいい話題になった。独居棟に住んでいるエヴァートだけが、亡くなったヨハネスと同意見だった。そんな恩知らずなことを思うのはとんでもない、という意見の人たちがほとんどの中、彼の意見は鋭く容赦なく、面白いディスカッションになった。

ステルワーヘンは離れたところから見ていたが、私が見ていることに気づくと、頷いて立ち去った。

9月22日（日）

八十にもなって、いつも大口を叩いていて、〈エヴァート〉という名前であっても、まだ自信がもてない時もあるのだ。来週の水曜のエクスカーションについて、私に相談してきた。どこかの絵画教室でワークショップの予約をしたのだが、誰も楽しんでくれないんじゃないかと心配している。「それだけじゃ物足りなくないかな？　ほかにもなにか企画しようか？」

私はこのままで十分、かならずうまくいく、少なくとも私のゴルフよりはずっと楽しいにちがいない、と保証した。

「それはそうだな」ニヤっと笑われ、あまりいい気分ではなかった。

デモでは、手押し車、マイクロカー、電動カートに乗った怒れる老人たちの、自分たちがいちばん財政削減の煽《あお》りを受けることに抗議する姿は見られなかった。

昨日、デ・フォルクスクラント紙に載っていた〈気の毒な老人!? とんでもない!〉という記事を信じていいのなら、実際にはそれほどひどくはないようだ。結論は、今の若者が定年退職して年金を得るためには、今現在の憤る年金生活者よりもずっと長く働き、ずっと多くの税金を納めねばならない、ということだった。

自由党、社会党、50プラス党の連立内閣が今後、財政削減の煽りを受けた年寄りを助けてくれるというのは、楽しみな展望だ。世論調査の最新の選挙予想では、三党で六十六議席獲得と出ている。

9月23日（月）

一週間、秋の悪天候がつづいた後、昨日はようやく陽が射した。施設の前のベンチは満席だった。

バーケルさんが日焼けクリームの徳用チューブを持ってきて、塗りたい人全員に気前よく貸していた。しばらくすると八人のお年寄りが、クリームでぬるぬる光った顔で目を閉じ、陽光を楽しんでいた。面白い光景。

もう一度チューブを見たバーケルさんがギョッとして叫んだ。「あらやだ、使用期限が切れてた！」

「しかもずっと前に切れてるわよ」老眼鏡をかけたファン・デル・プルーフさんが言った。

「二〇〇九年の八月。危険かしら？」
疑問がとんでもない推論を招いた。
「ガンになるかもしれないぞ。皮膚ガンに」とスネル氏が騒ぎ立てた。
八人の老人は大あわてでクリームを拭き取ろうとしたが、シワだらけなのでてまどっていた。

9月24日（火）

ファン・デル・スハーフ氏が路上で若い男に声をかけられた。スーパーのカートに必要なので、一ユーロを五十セント硬貨二枚に換えてもらえないか、と。とても気のきく青年で、しばらくサイフをもっていてくれた。施設に戻ると、一ユーロを二十ユーロ札二枚と十ユーロ札一枚に交換していたことがわかった。

北アフリカ系の外見をした青年だったそう。時々、彼らは我々の先入観が正しいことを証明しようとでもしているように思える。

もし捕まったとしても、暴力を伴わない盗難では社会保障はそのまま受給でき、せいぜい清掃作業の罰で済むだろう。

人が年齢と共に左派的思考になることはあまりないが、右派的になることはある。それはなにを示しているのだろう？

ここ二ヵ月ほどのあいだに、うちの住人がこのあからさまな詐欺に遭うのは三度目だったと思う。皆十分に警戒しているが、実際に道で話しかけられた瞬間には、骨の髄まで相手を疑う人と、ナイーブに信じてしまう人に分かれるのだ。

9月25日（水）

名前は覚えていないが、ある科学者が言っていた。アルツハイマーは十五年後くらいには予防できるようになるだろう、と。これは今現在、認知症がはじまっている老人たちにとっては残酷な知らせだ。自分たちはその恩恵を被ることができない——少なくとも、自分でそれを知ることはできないのだから。なんたる不運。

なんたる幸運、というのはアメリカの老人たちのこと。強制公開された機密情報から、一九五〇年から一九六八年の間に少なくとも七百回は核兵器で重大な事故があった、ということが明らかになったのだ。アメリカの爆撃機がアメリカ大陸の上空で、誤って二発の水素爆弾を落としてしまった。広島に落とされたものの二百六十倍強力だったそう。うち一つは、四つの防御スイッチの三つがはたらかず、あやうく爆発するところだった。

今現在、同様の事故が起きることはないと安心できる理由はなにもない。ただしその機密が公開される時には二〇五四年になっているので、私が驚くことはない、と誓おう。

いずれにしても、我々がまだ存在しているのは、賢さではなく幸運のおかげだ。

人類は賢明な人間に舵取りを任せてきたとは言い難い。ヒトラー、スターリン、毛沢東を例に挙げてみると、彼らだけでも二億人もの死者を出している。核兵器の被害者を含まずに、だ。地上で最も愚かな生き物に与えられる賞があれば、人間はまちがいなく候補に挙がるだろう。

明日はまた日常のささやかでチャーミングな出来事について書こう。もうすぐミニバスが迎えにきて、八人の元気な老人が一日、すべてを忘れて楽しんでくる。食べることと飲むことだけは忘れずに。

9月26日（木）

食器棚の上に、私の素敵な肖像画が飾ってある。グレイムが新表現主義のスタイルで見事に描いてくれたものだ。

ランチ後に迎えにきたミニバスは我々を北ホラント州の芸術家村、ベルヘン・アーン・ゼイに連れていった。浜辺の美しいパビリオンに行ったのだが、幹事のエヴァートは、我々がどうやって車椅子の彼をそこまで連れていくか、考えていなかった。砂丘の煉瓦《れんが》敷きの道路を、車椅子を押して上がっていくのは一苦労。上に着いたときには力尽きて危うく車椅子を手離し、エヴァートが車椅子ごと転がり落ちて砂に頭を突っ込みそうになるところだった。結局、二人の強靭《きょうじん》なジョガーに頼み、車椅子を担いで砂丘を下り、百メートル先のパビリオンまで連れていってもらった。

芸術家風の女性が、絵の具とカンバスをのせたイーゼル八脚を用意して待っていた。我々は二人一組になって肖像画を描いた。過去五百年のあらゆる絵画様式が交錯した絵を見て、皆で大笑いした。

その後、エーフィエと腕を組み、北海に足を浸けにいった。

ワークショップの打ち上げは、おいしい食事とワインで。帰りはパビリオンの主人が小型トラクターでエヴァートを砂丘の上まで運んでくれた。エヴァートは車中から女王のように手を振ってみせた。帰りのミニバスの中では大声で歌を歌った。

今朝、カーマーリングさんがグレイムに自分の肖像画も描いてくれないか、聞いていた。税抜き七百八十ユーロで引き受けるよう、エヴァートがグレイムに耳打ちしていた。

9月27日（金）

「認知症週間だから、アイ・ミュージアムのテラスでワインとおつまみをごちそうするわ」昨日の午後、フリーチェがエーフィエ、エドワードと私に言った。自分たちも払うと口々に言うと、「ごちゃごちゃ言わないの」と一喝されてしまった。

行き帰りにはタクシーを使った。

心地よく陽を浴びてエイ湾を見ている時、フリーチェがなにげなく言った。「これからいっぱいお金を使うことにしたの。〈預金〉がなんだったかわからなくなる前に、ぜんぶ使ってしまわなきゃ」

これは認知症への正しいアプローチだと思う。

その他は、もう認知症は十分、という気分。アルツハイマーデーくらいならいいが、一週間ずっとは長すぎだ。ここのところ、認知症に関するテレビ番組が八本もあった。もう十分わかった。

それほどフクザツなことでもない。認知症にかかってしばらくするとなにもわからなくなり、鏡を見ても自分だとわからない。そうなれば閉鎖棟に移る時がきた、ということだ。

これから生まれる女児の二人に一人は百歳まで生きるという予想が、話題になっている。肝心なことが問われるのを私はまだ聞いていない――それは良い知らせなのか、それとも悪い知らせなのか、ということ。この施設で百歳近い人の二人に一人は、できることならなるべく早く死にたいと思っているようだ。

9月28日（土）

エレベーターのドアが開いた時、中にはすでに手押し車二台と電動カート一台が乗っていたが、フルーンテマンさんはまだ自分の電動カートも入ると思ったようだ。勢いよく突っ込みすぎて、乗っていた人たちが身動きできなくなってしまった。乗り物と年寄りをすべて解きほぐすのに、三十分もかかった。ケガをした人はいなかったが、すさまじいうめき声だった。

施設長は私に、アンヤが内部事情を明かしていた相手は私だと思っていることを、遠回しに告げてきた。昨日、十月七日月曜日にあるアンヤの送別会に施設長から招待されたのだ。私はおそらく驚いた顔をしていたのだろう。「アッペルボームさんとお友だちなのでしょう？　あなたが時々、事務所で彼女とコーヒーを飲んでいたと聞いたの。私がいない時ばかりだったのが残念だわ」

たぶん私は赤面したはずだ。立ち尽くしてなにも言えなかった。ちょっとしたチェックメイトだった。

いや、〈ちょっとした〉は余分だ！

ステルワーヘンはほほ笑んであいさつし、立ち去った。

月曜日に送別会が開かれるということは、アンヤが同僚に評価されていたことを十分に示している。

彼女自身はもう突然の解雇に対する憤りをすっかり忘れ、むしろ安堵しているようだ。

9月29日（日）

昨日のエレベーターでの玉突き衝突の直後、廊下に見物人の山ができていた。

「あらまあ」と口に手を当て、頭を振り、原因と結果についてのくだらない分析をしながら。

「中に乗ってた人たちが場所を取りすぎていたせいだね」

年を取ると弱まる性質もあるが、〈詮索好き〉というのはその中に含まれない。

すばらしい晩夏の陽気だが、油断はならない。今朝早く電動カートで散策に出た時には、指が凍ってもげそうに寒かった。電動カート用の暖かい冬服が必要だ。このままではいつか信号待ちで凍死しているところを発見されるかもしれない。

凍死というのは、溺死と共によい死に方ではあるようだ。瀕死の状態から生還した人たちがそう言っている。

すぐに試してみる気はないが、死にたくなった時には、〈ドリオンの薬〉に代わるよい方法かもしれない。凍るように寒い冬の夜に誰もいない場所に電動カートで行き、コートを脱いで死を待つのだ。すぐに発見されなくても、これなら臭わずに済む。

9月30日（月）

足が痛くてほとんど歩けない。エーフィエに電話をしてアスピリンを買いに行ってもらった。痛風ではないかと思う。エヴァートもこんな症状だったことがある。午前中ずっと脚を高くして椅子に座っていた。一度だけ四《よ》つん這《ば》いでトイレに行った。

エーフィエは一時間そばにいてくれた。午後にはエヴァートが車椅子で訪ねてくれる。〈脚の不自由な人が目の悪い人を背負って歩く〉ということわざ（役に立たないという意味）があるが、これでは二人とも脚の不自由な人だ。

職員に、今夜は夕食を部屋に運んでもらえないか、聞いてみた。

「それはここの慣例にないことです」ハウスキーピング長が言った。

「慣例？」

「そうです。やらないことになっています。それが必要なら正式に看護棟に移ってもらいます」

また規則か、勝手にしろ。グレイムに食事を届けてもらえないか、聞いてみよう。彼はまだ足腰が丈夫だから。どうせまた〈慣例〉がどうとか言われるだろうが、グレイムはそんなこと気にしないはずだ。

ここの人間は、規則のためなら誰かを野垂れ死なせることも厭《いと》わない。

最近は友だちがいるのが幸いだ。

10月1日（火）

ほんとうに痛風だった。家庭医から薬をもらい、酒は飲まないよう言われた。おさまってても赤ワインはダメ、イチゴもなるべく食べないように、とのこと。イチゴを食べずに生きるのは（もう十月でもあることだし）たいした問題ではないが、ちょうど赤ワインがおいしい季節が到来したのに、夏みたいに白ワインを飲まなくてはならない。でもそれで痛風に苦しまなくて済むのなら、ガマンするだけのことはある。

痛みをこらえてなんとかトイレには行けるが、施設内をうろつくのは（だいじな日課なのに）当分はお預けだ。他にできることといえば、読むこと、書くこと、テレビを見ること、そして誰かの訪問を待つこと。

あとは集めていた資料から面白いものを探し出したりしている。古い新聞の切り抜きからこんなものが見つかった。「アメリカの調査委員会は、イラク政府の給料支払い用に二〇〇三年、飛行機でバグダッドに輸送した六十六億ドル分の新札について、『盗難に遭った可能性がある』という結論を出した。アメリカは新札をイラク人に渡したが、紛失。」

紛失？　六十億もの金を紛失しただと？　トラック数台に押し詰められた金が紛失。どこかに放置していたのか。

この記事を取っておいたのは、おとぎ話のようだったから。バグダッドのどこかの倉庫で、ドル札のプールに飛び込んでいる男がいるなんて！

10月2日（水）

フリーチェを慰めるつもりで、ヨーロッパ全体で六百万人の人が認知症を患っていると言うと、「まあ、ヘンドリック、フリーチェの苦悩も大勢で分け合えば和らぐだろう、と思ってくれたのね」と言われた。

その後には「いいのよ、気にしなくて！」と笑ってくれた。

私は赤面していたと思う。

ヨーロッパにはすでに百二十のサッカースタジアムが埋まるほど多くの認知症患者がいると思うと、気が滅入る。

症状が進むと、鏡の前を通り過ぎても自分が映っていると気づけなくなるらしい、とフリーチェが言っていた。そうなったら、「まあ、なんてステキな人！」と思えればいい、とも。

それから二人でここの認知症の住人を思い浮かべてみて、そのうちの約半数はかなり（あるいはひどく）不幸だという結論に達した。フリーチェは「でも、残りの半分はそれほど不幸ではないということよね？　認知症じゃないほかの住人と比べてもひどく不幸なわけではない。これは励みになる結論だわ」と言い、さらに、認知症が進む前に人生を終えることはまったく考えていない、とつけたした。

まるで、私が聞く勇気のない質問に答えるかのように。

痛風は幸いよくなってきた。薬が効いて、少し動けるようになった。

10月3日（木）

不平不満ばかりのこの老人の園では、毎日何度か「昔はよかった」という言葉を耳にする。デ・フリースさんは昨日なつかしそうに、昔はいつでもコーヒーを飲みながら話をする時間があった、と言っていた。エヴァートがすかさず突っ込んだ。「じゃあ、あんたには今も昔も変わらないっていうことだね」

「どういうこと？」

「俺はもう何年も毎日、あんたの話を聞かされてるんだ。コーヒーを飲む瞬間だけ、一瞬静寂が訪れる」

それに対して彼女は「そんな……」と言ったまま、ここで出会ってからはじめて五分間黙っていた。五分後に口を開くと、エヴァートに今後は〈あなた〉と言うよう高飛車に命じた。ここの住人のほとんどは互いを〈あなた〉と呼び合う。すべてが今よりよかった時代、人々が互いを尊重していた時代の名残りだろう。エヴァートだけが公平に皆を〈あんた〉呼ばわりしている。

かなり歩けるようになったので、今夜は心おきなくワインが飲める。自分で思っていた以上にアルコールに依存していたようだ。ふつうに飲める時には気づかなかったが、数日禁止になると、飲めずにイライラしてしまう。

自分の飲酒癖を弁護させてもらうと、もうこの年齢ではなにをやってもかまわないと思っている。だから夕食前にまず一杯目を楽しむ。最近までは葉巻もたしなんでいたが、残念ながら咳が止まらなくなるのでやめた。

10月4日（金）

今日は世界動物の日なので、動物に敬意を表して夕食は肉も魚も抜き、エンダイブの入ったスタンポットにミートボールならぬトーフボールが載っていた。明日はちょっと多めに肉を盛ろう。

動物の日であろうがネズミ捕りは置いてあるし、蚊は叩き殺す。〈動物〉には二種類あるようだ。人間も然り。撃ち殺されたり餓死したりする人もいれば、プール付きの邸宅に住める人もいる。

ステルワーヘンさんが私を事務所に招き、アンヤの退職記念のプレゼントはなにがいいか、聞いてきた。私にはわからない。

「高価なものでもいいのよ」と食い下がられた。良心の呵責《かしやく》に苛《さいな》まれているのかもしれない。

「じゃあ電動自転車はどうでしょう？」

すばらしいアイディアだと思ってもらえた。どうせ腕時計にでもなるのだろうと思っていたが、私の案がアンヤの役に立つようでよかった。

午後に電動カートの修理屋に行って、風避《かぜよ》けを付けてもらおう。ここ数日、秋の陽が射しているにもかかわらず、走行中は強い東風がつらかった。風避けがあればマシだろう。

10月5日（土）

高齢者の年金を守ろうと声を上げていたヘンク・クロルが脱落した。公平な年金を求める闘いは、自分に都合のいいものでしかなかった。自分の経営する会社の従業員厚生年金保険料を、年金基金に納めていなかったのだ。

突然、半数の住人が、クロルを以前から信頼できないと思っていたと言いだした。新聞に載った写真に、離婚した妻、離婚した夫と三人で写っていたことも、不信感に拍車をかけた。「自分がゲイかどうかもわからないとしたら、どうやって三百万人もの老人を救えるというんだ!? さっさとやめろ！」いつも歯に衣着せぬ意見のバッカー氏が言っていた。

だがヘンク・クロルの辞職後（「デ・フーデさん、だからルート・クロルのきょうだいじゃないんですってば！」）、多くの住人が政治問題に突き当たった。選挙で誰に投票すればいいのか、わからなくなったのだ。

「新党首のヤン・ナーヘルはこれが六つ目の政党なんだ。そんな奴には投票せんぞ」ハイネマン氏がぶつぶつ言っていた。かなりの数の住人（とりわけ女性）はできればベアトリクス王女に投票したいそうだ。

ここで政治の話をするのは概ね楽しいことではない。

コーヒーや紅茶の時間に、住人たちがある程度の知識をもって語り合えるテーマはあまりない。エヴァートはこの間やぶから棒に、まだちゃんと陰毛の手入れをしている人はいるかと尋ねた。皆のあっけにとられた顔が見ものだった。

我々のテーブルに人が集まりすぎないよう、時々皆を仰天させているのだ、と後でエヴァートが言っていた。

10月6日（日）

エドワードが下のコーヒーテーブルの一つに紙を貼りつけた。〈ここでは病気の話をしないこと〉、その下にエヴァートが付け足した。〈亡くなった夫や妻の話も〉。

それを見た住人たちが怪訝《けげん》な顔をしていた。

「なんで病気の話をしちゃいけないの？」とディルクズワーハーさんが聞いた。朝まず最初にピルケースをテーブルの上のカフェインレスコーヒーの横に置き、ため息をつきながらその日の薬を、なんの薬かいちいち説明してから飲む人だ。毎朝かならず！

エドワードが難儀そうに説明した。このテーブル以外ならどこでも存分に病気や悲劇、亡くなった愛する人について話していいから、ここだけはなしにしてくれ、と。

「他人の不平にわずらわされたくないと思う人たちもいるっていうことだよ！」エヴァートがわ

かりやすく言った。

そこで皆がためらいがちにテーブルを選んだ。病気の話をしない少人数のグループがこちらに集まり、残りはほかのテーブルについた。そちらでは、こういう展開になってもいつもどおり健康について不平を言うべきか、言わぬべきか、決めあぐねていた。

午後にはこの貼り紙は消えていた。

高齢者ソングフェスティバルが今年も開催される。もうすぐ予選がはじまる。私もたった今書いたとおりの過ち（＝不平を言うこと）をおかさないようにするつもりだが、一つだけ言わせてもらおう。一番の勝者は、耳の聞こえない者と難聴者だ。

10月7日（月）

ここには数名、潔癖症のご婦人がいる。それから、遠回しに言って、身の回りのことに無頓着な生活習慣のご婦人たちも何人かいて、両者が互いを苛立たせる。

毎月ハイソックスを替える習慣のないご婦人の一人、アウペルスさんが、食事の時、同席した二人の婦人（どちらも潔癖症）にむかって言った。体を洗ったり下着を替えたりすることには意味がないのだ、と。

「踵《かかと》だけでも八十種類ものカビがいるって読んだのよ。股はもっとすごいでしょうよ」

「食事中にやめてくださいよ！」お上品なご婦人の一人が言った。

「ただきれいに洗っても意味がないって言ってるだけよ。手もカビとバクテリアだらけなの」

でかした。潔癖症の二人のご婦人はスタッフを呼び、食事中、アウペルスさんを黙らせるよう頼んだ。アウペルスさんが言論の自由を持ち出し、騒動になった。最終的に、最近の夕食のシミがついた汚いワンピースを着たアウペルスさんだけ、別のテーブルに移動させられた。

だが時すでに遅し。食事を残さずに食べた者はほとんどいなかった。太っちょのゾンダーラントさんだけはその状況を利用して、カスタードのデザートを四つも平らげた。ふだんは大人気で、グラスの底まで食べ尽くされるデザートなのだが。

10月8日（火）

ヘンク・クロルは何年も「未納の厚生年金を誰にも指摘されねばいいのだが」という不安を抱いていたのだろうか？　その心の奥底に潜む不安が、あの極端な自己満足感を蝕《むしば》んでいたのだろう。スキャンダルになるのは氷山の一角で、暴露を恐れて生きていかなければならない人はほかにも大勢いるにちがいない。

昨日の午後、アンヤの送別会があった。思ったより気持ちのいい会だった。聞いていて恥ずかしくならない歌を数人の同僚が歌い、ある男性が敬意溢れる良いスピーチをした。所々にこの施設への批評が、ほのかに効いていた。ステルワーヘンは顔色一つ変えなかった。彼女の顔にはパーティーの間ずっと微笑がしっかりと刻まれていた。あの男性はいったい誰だったのだろう？

アンヤは電動自転車を心から喜んでいた。

これからも定期的に会おうと約束した。ぜひその宣言を実行に移そう。

ここの老人たちは、残り少ない施設外の友人と疎遠になりがちだ。互いを訪ね合ったり、いっしょになにかをしたりしないからだ。皆、なにをするのも億劫がる。エネルギー不足で、とか不安だから、などときれいな言い方をすることもできるが、私は怠慢だからだと思う。孤独に陥らないためには多くの努力を要するし、たとえ努力をしても常に報われるとはかぎらない。

10月9日（水）

隣の部屋からどすんという音がして、小さなうめき声が聞こえてきた。この建物の壁は薄いのだ。すぐに廊下に出てドアをノックしてみたが、返事がない。鍵がかかっていたが、ちょうど掃除の人が来たので頼んで開けてもらった。

マイヤーさんがキッチンの床に横たわっていた。医者でなくても腕が折れているのは一目瞭然だった。ぞっとする光景。すぐに受付に電話し、しばらくして担架で病院に運ばれた。

それが昨夜のことで、その後、腕だけでなく脚も折れていたことがわかった。

椅子から調理台によじのぼり、棚の上の埃を取っていたのだ。「いつもそうやってるのよ」とうめきながら言ったらしい。ごもっとも。

私も、今週もう三度もメガネの上に座ってしまった。さんざん痛めつけられたつるが御臨終。実はこれは予備のメガネだった。先月、良いほうのメガネにすでに座ってしまったからだ。つるは施設の用務員に借りたテープを巻きつけ、ようやく良いほうのメガネもメガネ屋に持っていった。
「まだ修理可能かやってみます」とのこと。

10月10日（木）

数年前、ノーベル賞選考委員会がラルフ・スタインマンに電話をし、ノーベル生理学・医学賞受賞を知らせた時、本人は電話に出ることができなかった。その三日前に亡くなっていたからだ。なんとも気の毒なこと。滅多にもらえる賞ではないのだから、さぞや自分で電話に出たかったことだろう。だが幸運なことでもあった（自分でそう話すことはできないにせよ）。何故《なぜ》なら、死者は受賞できない、というのがノーベル賞の決まりだからだ。選考委員会は慌てて別の決まりを考えなければならなくなった。すなわち、選考委員会が受賞者の死を知らなければ、死者でも受賞できる、というもの。

今ではまず選考委員が受賞者に電話をかけ、本人が電話に出た後に受賞が発表されるようになったという噂。科学者の皆さん、自分の死を隠しても無駄ですよ。

そもそもノーベル賞選考委員会が、名高い発見の何十年も後に賞を与えるからいけないのだ。そのせいで、どれほど多くの今は亡き教授が、研究者人生で最もすばらしい賞を受けそこなったことだろう。

ラルフ・スタインマンの話をすると、皆気の毒がっていた。

「フィンセント・ファン・ゴッホが、自分の作品が後に何百万もの価値をもつって知らなかったのも、とっても気の毒よね」とアウペルスさんがため息をついて言った。

「死んでて幸運だったんだよ！」とエヴァートが明るく言った。


ヒッグス粒子に興味があるような人は、ここにはいない。

10月11日（金）

ロシア大使館の外交官がハーグの警察に逮捕されたニュースが話題となった。

「酔っ払って子どもを虐待するようなロシア人には、治外法権を守るよりも安楽死を施すほうが理にかなっていると思うがな」とはグレイムの名言。最新の社会問題二つをうまく一つに組み合わせてあるのだが、面白さのわかる住人があまりいないのが残念。

我々はロシア人をあまり好まない、ましてや謝罪するなどとんでもない、ということがコーヒータイムの会話で明らかになった。

「あいつのウォッカ顔を見ただろう？　悪人だってすぐわかる」我らがバッカー氏は言っていた。

「旅行会社のパンフレットに〈当ホテルではロシア人客をお断わりします〉と書いてあることもあるのよ」スナイダーさんが知ったかぶりをして言っていた。自分は人生で一度も、オランダ国内のフェルウェ国立公園より先に行ったことがないくせに。

私自身の意見は、ウラジミール・プーチンではなくマルク・ルッテがこの国の首相で神に感謝、というものだ。

人がとりわけ名前を忘れるのはどうしてなのだろう？

「えっと、なんていう人だったっけ？　あのバンドのあのボーカル。金髪の女性ボーカルもいたわよね。Ａで始まる名前。ここまで出かかってるのに……」

何十年も知っていた人たちの名前が突然、脳の引き出しから取り出せなくなるのだ。何時間も後にふいに出てくることもあるけれど。

名前や言葉を必死で思い出そうとしてうまくいかないことが次第に増えてきた。そういうものだとあきらめるべきなのに、苛立たしくて仕方がない。

そんなことでイライラするな、フルーン！

10月12日（土）

避難訓練は大成功、と施設長は言っていたが……避難訓練の目的が、なるべくひどい混沌状態を生み出すことにあるならば、彼女の言うとおりだ。

突然、蛍光色のベストを着た危機管理士が何人か廊下に姿を現わし、警報が鳴る前にあらかじめ全員に訓練であることを告げてまわった。「心臓発作を防ぐために」とステルワーヘンが後で言っていた。

訓練であることがわかった住人たちは、まずコーヒーを飲み終え、それから自室に羽織るものを取りに戻ったのだ。その後エレベーターの前にできた渋滞は、道路交通情報で取り上げてほしいくらいのものだった。火災時にエレベーターを使用してはならないのは皆心得ている。にもかかわらず、ほとんどの住人は階段で下りるのを拒んだ。手押し車使用者なら当然のことだが。結果、来ないエレベーターを皆で待つ羽目に。最終的に危機管理士の責任者が、これは火事ではなく爆破予告だからエレベーターを使用してもいい、ということにした。その間に一人のご婦人が階段から落ち、自動的に閉じる防火ドアに指をはさんだ者もいた。

実際に火事が起きた場合には、火のまわりがとてもゆっくりであることを祈る。最後の住人が外に出るまでに三十五分もかかった。その頃にはもうあまりにも寒かったので、スタッフを先頭に建物内に戻っていた者もいた。

10月13日（日）

今思い出しても腹が立つ。

昨日は予想外にいい天気だったので、電動カートで散策に行ったのだが……出発してまもなく、車が急に自転車道の私の斜め前に止まった。仕方なくブレーキを踏み、自転車道の真ん中で止まらざるをえなかったところ、前方から猛スピードでバイクが走ってきた。私と正面衝突しないように急停車した。二十歳前後の青年がこちらを睨みつけて言った。

「どけよ、ジジイ！」

「おじいさんって言えませんか？　リスペクトですよ。君たち若者はいつも言ってるでしょう？」私はこぶしで胸を叩いて言った。「リスペクトって」

「さがれって言ってんだよ、ジジイ！」

私は後退し、道を開けた。

五十センチ離れたところから、そいつは私の顔にツバを吐きかけ、猛スピードで走り去った。私は嫌悪感でいっぱいで、頬を流れるツバを袖で拭いとった。無力な憤りに煮えくりかえって。

今、〈我が〉市長、ファン・デル・ラーン氏が前立腺ガンを患っているというニュースを読んだ。ますます気分が沈んでしまった。私が尊敬している数少ない人の一人だ。すばらしい人であると同時に、すばらしい市長でもある。その両方であるのは、めずらしい。

外を見ると、雨が三時間降りつづいている。突如、今エーフィエのところに行かねば、と思った。このままでは自殺を考えてしまいそうだ。彼女がいなければ、エヴァートのところに行こう。あいつもいなければ、夜までベッドで寝て過ごすしかない。

10月14日（月）

幸い昨日エーフィエは部屋にいて、慰めてくれた。彼女の存在は私を穏やかに、元気にしてくれる。なにもしなくても、ただいてくれるだけで十分。彼女は話を聞いてくれた。ツバのところに来ると、嫌悪に満ちた表情で頭を後ろに引き、まるで自分もツバをかけられたかのように顔をしかめた。

「ライフル銃をもってたら、バイクから撃ち落としてたところね」

「たしかに……でもそうしたら、手が震えて撃ちそこなって、罪のない通りすがりの人に当たっていたかもしれないから、これくらいで済んでよかったよ」

それを聞いてエーフィエは、気を静めるために、まだ昼食前だが例外的に脚つきのコーヒーを飲もうと提案した（知らない人のために、これはアイリッシュコーヒーのこと）。

これは効いた。


バスティアーンさんがお茶の時間に〈消費者ガイド〉誌の〈フライヤー使用比較テスト〉の話をしていた。

ムリネックス社のプロ・クリーンＡＭＣ７タイプには、〈フライドポテトに揚げカスが付着する〉という項目に星が二つ付いていたそう。それは、フライドポテトに揚げカスがよく付くということなのか、付かないということなのか、どちらだろう？　と考えていた。自分はフライドポテトの通だと思っているが、フライドポテトに揚げカスが付くというのはあまりよくわからないと言っていた。その雑誌が五年も前のもので、しかもここでは揚げもの禁止であることを思うと、一層滑稽。そんな話を一方的に聞かされるのもはた迷惑だ。

10月15日（火）

毎年恒例の、居住者委員会主催の半日旅行は意見不一致により実行されない、と掲示板に貼り紙してあった。春に新たな委員選挙をおこなうそう。現委員が全員再立候補している。現委員は当施設で最も頑固な四人（偶然ではない）。この四人が再選されるだろうから、来年も半日旅行はなしということだ。

私も数年前に一度、アーヘン（ドイツの都市。オランダとの国境にある）への旅に参加したことがある。アイントホーフェンでマットレスのデモンストレーションがあり、アーヘンでタッパーウェア社のデモパーティー（ドイツ版）があった。アイントホーフェンに戻ると、白衣を着た男がビタミン剤を売りつけた。飲みつづけると百歳まで生きられるそうで、百歳より前に死んだ場合は返金してもらえるとか。

一時間アーヘンをうろうろし、三時間コーヒーと紅茶を飲み、六時間バスの中で過ごして、一人二十二・五ユーロ。あるご婦人（すでに亡くなった）はすばらしい尿漏れ対応のマットレスを含めて、当日千ユーロも散財した。どこでもキャッシュカードで払えるようになっていた。

帰路、歌がうまいと思っているスハープさんがマイクを握りしめ、一時間も自分の好きな懐メロを皆に聴かせた。まあ、いっしょに大声で楽しく歌う人も多かったが。

10月16日（水）

エヴァがやって来る！　介護職員はコストが高すぎるし、人手不足なので（たしか大勢の失業者がいたはずだが）、将来はエヴァが紅茶を出してくれるのだそうだ。エヴァとはデルフト工科大学が開発している介護ロボットの名前。写真で見ると、フィットネス器具と昔ながらの体重計を合わせたもののように見える。郵便受けのような口と、眉毛のような目が付いている。簡単な介護の仕事のほか、感情も表わせると製作者が言っている。耳障りな高笑い？　本物の涙？　それについてはなにも書かれていなかった。

ロボットのほうが安上がり、との理由で看護師がロボットに替わるまでに自分が死んでいることを願う。まだ生きていたら、あちこちのネジをはずしてやろう。エヴァートは、偶然を装ってなるべく多くのロボットに車椅子で追突してやると誓った。面白い映画ができそうだ。


年を取ると、アドレナリンやドーパミンが出にくいそうだ。どちらも恋をしたときに脳内に出る化学物質だ。だが恋をしたと感じるのは、体内でつくられるホルモンの総量の問題ではなく、相対的な増加によるのだ。それは、老人でも若者と同じくらいだということもありうる、と新聞に書いてあった。エーフィエがそばにいるといつもぎこちなくなり、しどろもどろになってしまうのは、そういうわけだったのだ。

10月17日（木）

「医者が老人にやってることは、結局のところすべて緩和治療なんだ。それについてごちゃごちゃ言うのはやめようじゃないか」タウチェンホルン村の家庭医が、モルヒネを過剰に注射した疑惑で事情聴取ののちに自殺したニュースについての議論で、エヴァートはこう言った。

「とにかくこれでタウチェンホルンが有名になった」とはグレイムの言葉。

家庭医が取った処置が正しかったかどうか、意見が分かれている。ここの住人の多くは安楽死について、キリスト教的な観点から反対している。それでも、慈悲深い医者（でなかったという証拠が見つかるまでは、そうであったと信じている）を夜中に連行し、何時間も事情聴取するのは許せない、という点では皆の意見が一致した。そんなに急ぐ必要はもはやなかったはずだ。

このような事件があると、我々がひどい痛みで苦しんでいても、医者が自分の注射によって死んでしまうのを恐れて、モルヒネ投与を避けるようになってしまうかもしれない。後期高齢者がモルヒネで死ぬ可能性は、統計的にも高い。アスピリンで痛みが和らがないときにモルヒネを投与してもらえないと、ほんとうに困る。

ここのいちばんの不平屋、バッカー氏がマイクロカーの洗車に行ったのだが、窓を閉めるのを忘れていた。窓を閉めるスイッチを押したときには、すでに車内は水槽のようになっていた。びしょ濡れで戻ってきたバッカー氏を見た管理人の話を聞いて、皆笑いが止まらなかった。

10月18日（金）

「アルツハイマーの新たな対処法とか、もううんざりよ！」とフリーチェが言っていた。「いまの私にはもう遅いのよ」

それ以外は、彼女は陽気さを失わず、いろんなエピソードを楽しげに話してくれる。スリッパをクッションの下に、パジャマをベッドの下に置いていた、などと。なにをしにそこに行ったのか思い出せないことが、次第に増えているそうだ。「トイレはまだわかるわ。トイレですることもわからなくなったら、あっちの棟に移る潮時ね」

今度の月曜にようやく久しぶりのオマニドクラブのエクスカーションがある。幹事はエドワード。皆を混乱させようとして、ドレスコードや出発時間を何度か変えている。彼の順番ではなかったのだが、この日を指定したのだ。我々の期待はふくらむばかり。

他にも朗報がある。我らがオランダ一薄味のコックがクビになったのだ。理由は公表されていないが、料理中にワインを消費しすぎたせいとの噂。

居住者委員会は四人全員で新たなコックの選出に立ち会いたいと申し出た。聞き入れられるはずもないが、意見が合わずに代表者を決められなかったようだ。

10月19日（土）

アメリカが財政難で、共和党が国庫を閉じようとすると、ここの連中はいっぱしに見解を述べてみせる。

「アメリカが破産したら、優秀な差し押さえ執行人が必要になるわね」とブロッカーさん。

「もしほんとうにそうなったら、優秀な差し押さえ執行人一人では足りないかもしれない」グレイムがぶつぶつつぶやき、「我々はガタガタの舟で滝に向かっているというのに、誰もなにもしようとしないんだ！」と悲壮な調子で言った。グレイムはコー・ファン・ダイクが俳優だった頃の、ちょっと大げさな演技が好みなのだ。こんなセリフを言った後には決まってエーフィエかフリーチェに下手なウィンクをしてみせる（彼女たちがいないときには私に）。

「たしかに、今は不確かな時代だ。人生は五千ピースのジグソーパズルを見本なしに作るようなものだ！」これも悪くないセリフだ（私が考えたものだが）。

とにかく、専門家と呼ばれる人たちはなんの頼りにもならない。彼らは後出しで予測するしか能がないのだ。ベルリンの壁崩壊をずっと前から予測していた東欧専門家は、誰もいなかった。金融危機を予測していた経済学者もほとんどいなかった。人間は、まともな予測をするにはあまりにも愚かで、予測のつかない存在であるのかもしれない。もしそうならば、なるべく早く〈専門家〉を廃止したほうがよい。トーク番組の時間を埋めるための専門家はいらない。

いずれにしても我々のお茶の時間の議論は、いつも決まってこの真実の言葉で終わる。「ま、我々がいなくなってからの問題だね！」

10月22日（火）

土曜から日曜にかけての夜中、おそらくは睡眠中に、エーフィエが重い脳卒中に襲われた。ほとんど全身が麻痺《まひ》し、話すこともできない。

看護師が日曜の朝発見し、救急車を呼んだ。緊急入院して集中治療室にいる。

娘さんがすぐに駆けつけた。

月曜の午後、家族以外の見舞いがちょっとだけ許可されたので、足取り重く彼女を訪ねた。つらい訪問となった。ほとんどわからないくらい小さく頷くことと首を振ることしかできない。質問に対する反応を見ると、頭ははっきりしているようだ。痛みがひどいよう。

浅い眠りに落ちるまで手を握っていた。

そこで看護師に退室を命じられた。明日も来るとエーフィエに伝えてくれるよう、頼んでおいた。もうすぐその時間だ。

10月24日（木）

脳卒中から四日間、エーフィエの状態はほとんどまったく良くならない。少し声は出せるが、それがイエスかノーかわからない状態。集中治療室を出て、いまは相部屋にいる。

飲み込むことができるようになったので、ストローで少量の飲み物を摂れる。それだけでも難儀そうだ。

入院する前から五十キロないほどだったのに、ますます痩せてしまったようだ。

見舞いにいくとだいたい眠っている。目を覚ますと、私を見て喜んでいるように見える。一瞬、目が輝くものの、数秒するともう疲れて悲しそうなので、毎回涙が出そうになる。彼女にこれ以上悲しい思いをさせないため、横を向いて顔を隠すようにする。

いつも十五分から二十分ほど彼女の手を握っていると、また眠りに落ちる。話をする必要はない。

昨日は施設で一時間ほどビリヤードをしたが、まったく楽しめなかった。

「これじゃあ、やる意味がない」とエヴァートが言った。「おまえたちがお墓みたいな顔してるんだったら、俺は部屋にいるほうがいい。自分の陰気な顔だけ見てるほうがマシだね」

まさしく彼の言うとおりだったので、謝った。その後は少しは楽しめた。

10月25日（金）

オマニドクラブを立ち上げたことにより、人生の喜びがぱっと燃え盛った。今思うとそれは〈幸福〉が息絶える前の最後のひきつけのようなものだったのかもしれない。

エヴァートは身体障害者、フリーチェは認知症、そしてエーフィエは昏睡《こんすい》に近い状態。それは会員が八人きりのクラブには、たとえよいワインを共に飲むことはできても、受け止めきれない打撃だ。

誰もが誰かの力になろうと全力を尽くしているのは、心温まること。そこからわずかな力をもらっている。

会員のうち二人が毎日通院している。一人は午前、もう一人は午後に。フリーチェとエヴァートは必要なマントルゾルフを私たちから受け取っている。そんなことをしても無駄だとわかりつつ、誰もが互いを元気づけようとしている。

私はとにかく毎日書くことを心がけ、それが小さな心の拠りどころとなっている。その他には新聞を読み、テレビを見、窓辺に座り、紅茶を飲むだけ。あまりにも年寄りじみているのは承知しているが、その他のことをするエネルギーがどこにも残っていないのだ。

10月26日（土）

私はいつも、ため息と文句しか出てこない住人たちのことを忌み嫌う発言をしてきたが、今は自分がそんな状態になっている。ヘンドリック・フルーン、自分のため、他人のために頑張れ。自分の尻を叩こう。

まずはエドワードに、月曜にお流れになったエクスカーションに近々行けないか、聞いてみた。なんとかやってみてくれるそう。

これが、ふたたび前向きになるための第一歩だ。

弁護士ヴィクトーから手紙。理事会から連絡があり、我々が公開を求める書類は遅くとも二〇一四年六月一日までにすべて渡す、とのこと。

ステルワーヘンは、我々がもはやたいした危険分子にはならないことに気づいたのだろう。なにをやろうと、時間は彼女の味方だ。

廊下で会った時、心配そうにエーフィエのことを聞いてきた。快復の兆しがほとんどないと誰かから聞いたようだ。自立して暮らせるよう願っているけどむずかしそうね、と言っていた。

「彼女の部屋を早く明け渡さないといけないんでしょう？」とつい言ってしまった。

いや、まだその必要はない、早くとも十一月半ばとのこと。ステルワーヘンはたしかにエーフィエと私のことを心配しているのだと思う。でもそれはあくまで施設長としての立場上にすぎない。

10月27日（日）

昨日、エーフィエと彼女の娘ハネケと〈話し合い〉をした。私が同席したのはハネケに是非、と頼まれたから。母がそれを望んでいると言っていた。エーフィエの娘にはこれまで一度も会ったことがなかった。よい娘だが、三人の子どもと夫とルールモンドに住んでおり、仕事もしているので、なかなか訪ねて来られない。

病院から、ここでできる治療は終わったからどこかに移ってリハビリをするよう告げられたそうだ。リハビリというと希望があるように聞こえるが、今までどおり自立した暮らしをつづけるまで快復する可能性は、ほぼゼロだと医者に言われている。

我々はベッドの脇に座り、ハネケが質問をし、エーフィエが首を縦か横に振った。

話し合いの内容は短く要約できる。ナーシングホームには行きたくない、静かに死んでいきたい、というものだ。このような状態になったら死を望むことを、エーフィエは宣誓書に記入していた。健康だった時にハネケにそう話していたそうだ。ただその宣誓書をどこにしまってあるかが思い出せない。

これほど不幸と絶望を示す目を、私は見たことがなかった。

明日、ハネケと担当医の話し合いに同行する。

毎日少しでもポジティブなことや面白いことも書くことにしよう。

今朝は十七人の老人が教会で一時間、まだ牧師が来ないとぼやいていた。サマータイムは昨日で終わったのに！

10月28日（月）

担当医に話をした。エーフィエの人生は彼女には堪えがたいものになってしまったということと、完全看護になった場合、人生を終えたいという宣誓書にサインをしてあった、ということだ。

宣誓書を見せるよう言われ、まだ見つけていないと正直に答えざるをえなかった。

「誤った期待を抱かないようにお話しすると、たとえサインをした宣誓書が見つかったとしても、当院ではブラントさんの人生を終える処置はおこないません。家庭医と連絡を取ることをお勧めします」

タウチェンホルン村の家庭医が最初に患者を安楽死させ、その後自ら命を絶ったことについて、最近ずっと住人たちと議論をしてきたが、身近な問題になってしまった。

お茶の時間の話題が安楽死から、シンタクラースの従者ズワルテ・ピートに変わるのは、ここの老人たちには容易なこと。黒塗りの化粧を施したズワルテ・ピートは近年、黒人差別だと社会問題になっているが、施設にはまだ熱烈なファンが大勢いる。毎年、ご婦人方の一人がピートの膝に座らせてもらうのを、皆大騒ぎで楽しんでいる。膝の奪い合いになることもある。施設には毎年おなじズワルテ・ピートとシンタクラースが来る。我らのシンタクラースは手押し車が必要なくらいの年寄りなのだが、杖と頑丈な介護士の支えで、昨年はきれいに飾り付けをしたシンタクラースの椅子までなんとかたどり着いた。ズワルテ・ピートはふだんは清掃課長をしている。

ピンク色のゴム手袋をはめ、バケツにペイパーノーテン（子どもたちにあげたり、ばらまいたりするクッキー）を入れたズワルテ・ピートはここにしかいないだろう。掃除が大変なので、ばらまくことはない。どうせここには転ばずに屈んでクッキーを拾える人はほとんどいないのだから。

10月29日（火）

昨日は風力十で、暴風警報。誰も外出しなかった。嵐のたびにかならず、頑固者のフラーフェンベイクさんが一九八七年の嵐で水路に吹き飛ばされて、気の毒にも溺死した話が出てくる。

「ダメだと言われたのに出かけたからよ！」

私も一日、電動カートを我慢することにした。出かけたはいいが、帰ってこれないと困るので。

昨日の午後、エーフィエの安楽死宣誓書をさらに探したが、見つからなかった。ハネケといっしょに、エーフィエの人生のあらゆる記録が綴《と》じられた十冊ほどのバインダーを細かく見ていった。個人的な書類や手紙を見るのは気が咎めた。ハネケに渡すようにしたが、彼女のほうが私よりもっと気が咎めるようだった。仕方がないので、私がなるべくさっと、安楽死についてなにか書かれていないかチェックした。

二時間後、私は作業をつづけられなくなり、エヴァートのところに泣きに行った。本当に泣くつもりではなかったが、ちょっとだけ本物の涙が出てしまった。

エヴァートが二十年物のウィスキーを「特別の機会に飲むものだ」と出してくれ、スリナム料理を取り寄せて食べ、その後二人でヘルマン・フィンカースの昔のスタンダップコメディのDVDを観た。

おかげでだいぶ回復した。

10月30日（水）

「人間は生まれ、やがて死ぬ。そのあいだは余暇だ」（ジェイムズ・ジョイス）

私は不運に見舞われたいちばん大切な女友だちをできるかぎり助けられるよう、力をかき集めなければならない。それによって人生は、意味のある余暇となる。

具体的には毎日三十分、彼女の手を握り、言うべきことを考えるくらいしかできない。症状はほとんど良くならない。金曜日に看護棟に移ることになった。なにもできなくなった時には生きつづけたくないという意思を表明する宣誓書は、とうとう出てこなかった。

最も気の毒な嵐の被害写真は、ラウワースオーフで横倒しになった揚げもの屋台のものだった。ふだん老人は窓辺に座ってばかりで気の毒がられるが、嵐の際には特等席だ。バッカー氏は六階の部屋の肘掛け椅子から六本の倒れた木、二件の事故、三件の未遂事故を目撃したそうだ。上出来の一日！

コーヒーの時間にこんな推論を聞いた。ユーロの導入によってすべてが二倍の値段になったのだから、ギルダーを再導入すればまた自然に半分の値段に戻るだろう、と。

私も単純な解決策を考え出した。すべての銀行があらゆる口座の残高の小数点を一つ右に移すのだ。そうすれば事実上はなにも変わらず、誰もが十倍金持ちになれる。消費が増え、著しく経済が成長する。問題解決だ。

10月31日（木）

ファン・ディーメンさんはアネケ・グレンローの真似をしてフェイスリフトをしようかと考えている。

「外科医は手術で取り除いた二重あごをどう始末しているんだろう？」エヴァートが表情を変えずに言った。

「誰かにあげたら喜ばれるかもしれないわ」とファン・ディーメンさん。閉鎖棟への移動もだいぶ近づいているようだ。

別の住人、デ・ワイス氏は短期間に三度、銀行を替えた。ポストバンクからＡＢＮアムロ銀行を経てラボバンクにしたが、ここも信用できなくなったそう。「誰か私のお金を安全に預けておける銀行を知らんかね？」とコーヒータイムに聞いていた。皆きょとんとした顔をしていた。誰かが、自分がずっと預かってもいいと言っていた。ソファの下に入れておくから、と。

ヘイマがはじめた遺言書作成サービスは、ここの住人たちに「安いね！」と評判がいい。多くの住人は公証人を恐れている。わずか数枚の書類に彼らが要求する金額を思えば、さもありなん。だがヘイマのことは誰もが信頼している。住人二人が名物のソーセージを買いに行くついでに遺言書も買おうとしたのだが、申し込みはネットでのみと知って残念がっていた。

エーフィエが恋しい。彼女のおかげでいつも困難を乗り越えることができた。さりげない一言で、他の住人たちの不平不満に苛立つ気持ちが消えた。そのおかげで、ぞっとするほど世間知らずなここの人たちに堪えることもできたのに。

11月1日（金）

私が生きている間に世界の人口は二十億から七十億に増加した。人間の一生のうちに三倍以上だ。それこそ産業革命やデジタル革命よりはるかに重要な世界の変化なのかもしれない。

コーヒータイムに世界の人口の話題になると、ブロムさんが「本当に、かなり混み合ってきたわね」と言った。

「訪問客の数からはそうは思えんね」とエヴァートが冷笑的に言うと、彼女は「それはあなたがやさしくないからよ」と答えていた。

エヴァートはそれを褒め言葉と受け取ることにした。

養鶏場のケージで飼育される鶏のように、人間にも最低限のスペースだけ与えることにしたら——百五十センチ四方くらい——、七十億の人間はオランダの半分の面積に楽に収まる。

そういう見方をすれば、あと何十億人かは増やすことができる。

午後、エーフィエが退院する。ここの看護棟に入ることになっている。娘さんと家庭医が話し合ったが、家庭医には安楽死をおこなうつもりはまったくない、というのが結論だった。たとえ宣誓書が見つかり、麻痺したまま生きつづけたくないという意思が明らかになっても、医師としてエーフィエにできることはないと。理由は説明してもらえなかったそうだ。

11月2日（土）

昨日の夕方、オマニドクラブの五人でエーフィエのベッドを囲んで座った。まるで同窓会のようだった。あるいは解散式といったほうがいいかもしれない。このとき看護師が、一度に二人ずつしか見舞いに来てはいけないと言いにきたからだ。「他の患者さんたちの迷惑になりますので」

エーフィエは、縛られた状態でずっとベッドのフレームを爪でコツコツ叩いている九十歳の女性と、何時間もずっとぶつぶつ言っている女性と相部屋。エーフィエの体でまともに機能しているのは聴覚だけのようだ。どうか彼女の精神がもはや鋭くありませんように。

三人の老人が一部屋に入れられ、なんのプライバシーもなく、自分の持ち物はなにもない――これが世界で最も豊かな国々の一つであるオランダの、西暦二〇一三年の福祉の姿だ。

私はいつも以上にぼんやりしていて、三度つづけて食パンをトースターで焦がしてしまった。心ここにあらず。煙が少なくて火災警報器が鳴らなかったのは不幸中の幸い。鳴っていたら大騒ぎになり、こっそり使っていたトースターが没収されるところだった。自室でパンをトーストするのは加熱調理とみなされ、禁止されている。

11月3日（日）

エヴァートとよい会話ができた。チェスをしている時のことだ（少なくとも駒は動かしていた）。

「おまえのその一手は自殺のようなものだな、ヘンク」

「え？」

「現実の世界でやる勇気のないことをチェスでやっているのか？」エヴァートは回り道をせず、問題の核心に触れてきた。

もちろん私は誤魔化して言い逃れようとしたが、エヴァートには通用しない。しばらく弁解したが、その後沈黙が訪れた。そこでエヴァートの助言がはじまった。

「ヘンク、生きてるのが嫌になったら、終わりにするしかないんだ。自殺コンサルタントや家庭医とうだうだ話し合うより、自分で頑丈な縄を買うんだな。椅子に立って、そこから飛び降りられるうちは、誰の助けもいらない。その勇気が出ないというのはよくあることだ。だったらぼやくのはやめて、できるかぎりよい余生を過ごすしかないんだよ」

反論の余地がない。

それでもまだ、残された者に悲しみや罪悪感を与えたくないから安楽死を選ばない人もいるのだ、などとも言ってみた。

自分に対してはそんなふうに思う必要はない、とのこと。なんなら縄を結ぶのを手伝ってやってもいい、けっして厄介払いをしたいわけではなく、真の友だちとは必要な時に自分のことを考えずに手伝うものだから——。

「クラブの連中にも弁解しといてやるよ。みんなわかってくれると思うがな。結局のところ、みんなおなじ沈みかけの舟に乗ってるんだから。さ、ちゃんとチェスをやろう！」

11月4日（月）

電話がかかってくると毎回かならずカチッという音がする、とグレイムがコーヒータイムに言っていた。「盗聴されてるんじゃないかと思う」と深刻な表情で。数時間後のお茶の時間にはほかにも五人の住人が、自分も電話を取るとカチッという音がすると言いだした。

「メルケル首相がどんな気持ちだか、やっとわかったわ」スヘンクさんが大真面目に言っていた。あとでグレイムがこっそり、電話はもう何週間も引き出しにしまったままだと教えてくれた。

「電話がかかってくることはまったくないんだ。かかってくるとしたら、育児ホットラインへのかけまちがいだ。番号が似てるんだよ」

ルッテ首相はアメリカ国家安全保障局に激しく抗議した。メルケルとローマ教皇が盗聴されているのに、なぜ自分は盗聴されないのだ、と。

我らがぼやき屋、バッカー氏がマリ共和国に派遣される兵士たちについて立腹していた。「各部隊に五人、兵站《へいたん》が付くそうだ。なんて情けない奴らなんだ！　安定化のためのミッションなんて笑わせるな！　俺は細い目の奴らを撃って、誰が主人かわからせるためにインドネシアで戦ったんだよ！」

「で、私たちはまだ主人かしら？」インドネシア系のトゥフテルさんがそう言って、細い目で私にウィンクしてみせた。

最近、近々はじまるはずの改築についてなにも聞かない。便りがないのはよい知らせというが、ここではたいてい悪い知らせだ。内部事情をスパイしてくれるアンヤがいなくなったのが残念。我らの引退したスパイは元気に人生を謳歌している。定期的に彼女と会って、コーヒーを飲む。

エーフィエについてはなにもニュースがない。

11月5日（火）

エーフィエに朗読をしてあげたら楽しんでもらえるかもしれない、と思いついた。いつも熱心に本を読んでいたからだ。彼女の部屋で三冊、まだ読んでなさそうな本を見つけた。棟長が、エーフィエの部屋に私が入るのを嫌がるので大変だった。私はステルワーヘンに直談判し、数冊、本を取らせてもらえるよう頼んだ。これは正しい戦略だった。今後は自由にエーフィエの部屋に入れることになった。鍵まで預けてくれたが、これは本来、規則違反になるはずだ。

そのついでにステルワーヘンが言った。エーフィエの状態に著しい快復がうかがえない場合、一月一日付で部屋を明け渡さねばならなくなる、と。

「それは随分猶予がありますね」と言うと、「必要であれば、私に与えられた権限を使います」と言っていた。

朗読をしようか、とエーフィエに聞くと、頷いた。シモーネ・ファン・デル・フルフトの『ヤコバ』、パオロ・ジョルダーノの『素数たちの孤独』、タチアナ・ド・ロネの『サラの鍵』の中で彼女が頷いたのは『サラの鍵』だった。あまり陰鬱すぎない話だといいのだが。『ヤコバ』にならなくてよかった、と後から思った。ヤコバ・ファン・バイエルン伯爵夫人の物語で、第一章が「死が部屋に漂い入ってきた。」という文ではじまる。読むのが気まずかったにちがいない。

三十分で十七ページ読んだ。三百三十一ページあるので、約二十回朗読できる。

読み終えて、楽しかったか尋ねると頷いてくれた。

11月6日（水）

「娘さんたちよ、君たちのコーヒーに薬を入れておいたから、後で僕の部屋で会おう」エヴァートは今から想像を膨らませ、女性用の性欲促進剤が市販されるまで生きていたいと言っている。

「ほら吹き老人めが」とグレイムがぶつぶつ言っていた。

「遅れを取り戻さなきゃならんのだよ」とエヴァート。「愛すべき女房とは三十年も連れ添ったが、冷凍庫みたいに冷えきって、ビスケットみたいに乾いた女だったんだ」

「その薬を飲むと女性にヒゲが生えるんだぞ」エドワードが忠告した。

「ここの女性たちはどっちにしてもヒゲを生やしてるじゃないか」とエヴァートはその問題を相対化した。

「調子に乗りすぎよ、エヴァート」とフリーチェが睨みつけた。

数週間ぶりにオマニドクラブで集まり、楽しかった。ワインを飲み、ビターバレンを食べ、深刻な話も朗らかな話もした。リアとアントゥワンが、今度の日曜、彼らの古い友人のレストランで食事をしようと招いてくれた。全員参加の予定……一人を除いて。今日の午後、ふたたび朗読に行くのだが、日曜日の食事会について話す勇気があるかどうかわからない。

11月7日（木）

ノルウェーで十二時間連続で編み物の番組を放送したそうだ。ヒツジからセーターまで、〈スローテレビ〉のプロモーション番組だ。オランダ版として、我々のエレベーターの乗り降りを十二時間放送してはどうだろう。これぞまさしくスローテレビだ。五ミリの段差がとりわけ遅延の原因となっている。

一台のエレベーターが故障で一日中使えなかったときには、何メートルもの列ができた。列に並ばなければならなくなると、住人たちの悪い面が出てくる。割り込み、前の人を押す、くるぶしに手押し車をぶつける、罵る等。

バッカー氏は「このクソエレベーターめが！」と叫んでいた。ミッフィーの絵本のタイトルにはできそうにない。皆ギョッとしてバッカー氏を見て、まあ、とか、シーッなどと言っていた。

エーフィエに三度目の朗読をしてきた。隣のベッドの女性がぶつぶつ言う声が邪魔だが、よい気持ちでできる。隣人が静かなこともあるのか、看護師に聞いてみた。「眠っている時だけですね。少しいびきをかきますが」という答えで、心配になった。

エーフィエに耳栓がほしいか聞いてみたら、頷いたので、買ってくることにした。簡単に手に入るだろう。耳は昨今いい商売。ショッピングセンターにたてつづけに二軒、補聴器の店ができた。きっと耳栓も置いてあるはずだ。

11月8日（金）

出版業界の財政危機が我々の関心を集めている。オランダ社会の基礎ともいえるだいじな女性週刊誌〈マルフリート〉と〈リベレ〉の存続が危ぶまれる。心配しているのは主に女性だが、何人かの男性も読者のようだ。

クオリティの高いこれらの雑誌が廃刊になってしまったら、過去の雑誌を読めばいいだろう、という私の提案は、屈辱と受け取られた。

「ここのほとんどの住人の記憶はザルのようなものだから、気づきもしないだろう」とグレイムが私の意見を庇《かば》ってくれたが、よけいに反感を買っただけ、怒りに満ちた目で睨まれた。冗談だと弁解して、「私も〈マルフリート〉を読むのが好きなんだよ」とまで言ったが、本当に冗談だったと誰一人わからなかったのはひどい。

〈リベレ〉や〈マルフリート〉といった雑誌のもつ意味は、私も評価している。多くの住人にとってはそれが社会の窓なのだ。新聞はほとんど読まないし、社会問題を取り上げたテレビ番組もあまり見ない。老人の世界は年と共にどんどん狭まる。施設の外に出ることもしだいに減っていく。友人知人は次々と死んでゆく。もう何十年も働いていない。世話をしてやる人もいない。残っているのは〈マルフリート〉のみ。そして身の回りのあらゆること、あらゆる人のことを監視する時間のみだ。

11月9日（土）

今から急いでバイリンガルになるのはどうかしら、とフリーチェが言い出した。

私は意味がわからないという顔をしたのだろう。すぐに「冗談よ、でもバイリンガルの人は平均四年以上、認知症になるのが遅いっていう記事を読んだのよ。そうだとしたら、いいなと思って」

「いや、今からじゃ無理だな。唯一ちがうのは、あんたが何を言ってるか、俺たちは二ヵ国語でわからなくなるっていうだけだ」

エヴァートよ、ポジティブな意見をありがとう。

エーフィエに朗読している『サラの鍵』はとても重たい内容だった。ハッピーエンドになるとは思えない。もっと陽気な内容の本を読んだほうがよくないか、エーフィエに二度聞いてみたが、二度ともきっぱり首を横に振った。

　朗読は私の生活にリズムを与えてくれる。たいていは午後、たまに午前のうちに看護棟に行き、三十分朗読する。それからしばらく彼女の手を握っていると、眠りに落ちる。

　ベッドの足元の上に小さな黒板がかかっている。フリーチェがおもちゃ屋で買ってきたものだ。私はそこになにかやさしい言葉と、次にいつ来るかを書き残す。それからエヴァートのところに寄って一杯ひっかける。先週、私の尻を叩いてくれたお礼を言わなくては。文句を言わずに行動すること。明日グラジオラスの大きな花束を二つ買ってこよう。彼の部屋に花瓶がないのは知っている。

11月10日（日）

四キロの花束を片手に、松葉杖二本をもう片手に立つエヴァート。

「じゃあ帰るよ」

「お、おい、置いてくなよ」

私はドアを閉めるふりをした。

「ヘンキー……頼むよ……」途方に暮れるエヴァート。

私は大笑いし、それから救いの手を差し伸べた。

部屋に花瓶がないにもかかわらず、グラジオラスの巨大な花束は今、きちんと二つの花瓶に活《い》けてある。エーフィエを見舞うという口実のもと、エヴァートが脚を一本失ってから愛用しているデイパックに入れて持ってきたのだ。看護棟には棚いっぱいに花瓶が入れてあるのに、部屋に花を飾るのは禁じられている。花のなにかが体に悪いとかで、かつて病院でも夜間は廊下に花を出していた。

それからエヴァートとコーヒーを飲んだ。花束をとても喜んでくれ、ぼやく代わりに行動している私を褒めてくれた。「朗読してるだけでもね」と、自分でも自分を褒めたい気分。

今夜の食事会に備えて今日は一日食べるのを控えている。ぐたぐたに煮たエンダイブのスタンポットなどとはちがう特別な料理を楽しむためだ。五品以上のコースでなければ、デザートに自分の帽子を食べてみせよう。ヘンドリック氏はきちんとしたスーツを着用の予定。

エーフィエには、あまりにも残酷に思えて、食事会の話をする勇気がなかった。

11月11日（月）

一晩で体重がまちがいなく一キロは増えた。七品のコースに六種類のドリンク。過去最高に飲み食いした。人生最初の五十年、多くても二品と水一杯しか出してもらえなかった者にとっては画期的。

見た目重視の料理が多かったのはたしかだが、味もとてもよかった。ウェイターの説明は一品ごとに二分はつづいた。聞いたことのない食材もたくさんあったので、なにを食べたかという質問には答えられない。

　大げさに上品でもったいぶったレストランでなかったのも好印象。ゲップも安心して出せた。エヴァートのような大きなゲップはダメだが、満足を示すかわいらしいゲップなら誰にも睨まれなかった。

　これは我々の長い人生で最もおいしい食事だ、と皆、心から思った。主催者のリアとアントゥワンはいままで見たことがないくらい顔を輝かせていた。

　我らが年老いたプリンセス、エーフィエを想い、酒を飲んだ。彼女の不在を寂しく思ったが、重苦しい気分になることはなかった。

　昨夜はウズラのポーチドエッグのせサラダ（てきとうに言ってるだけだ）を食べ、今日は聖マルティン祭（十一月十一日に子どもたちがハロウィンのようにお菓子をもらい歩く）の大きな袋入りお菓子が目の前にある。三個目のミニ・マース（チョコレート）を食べよう。

　これまでは子どもが我々の部屋まで押しかけてくることはなかったのだが、昨年、数人の子どもたちが寒い外を歩くよりここの暖かな廊下のほうが快適だと発見した（おそらく守衛が居眠りしていたのだろう）。誰も子どもたちの訪問を予想していなかった。どの部屋でも皆必死でクッキーや飴を探した。高級チョコレートが大盤振る舞いされ、小銭の入った貯金箱をあげる者までいた。

　今年は準備万端。子どもたちが誰も来なかったら、ぜんぶ自分たちで食べなければならない。

11月12日（木）

補聴器の店ベター・ホーレン（〈よりよく聴こえる〉の意）に行って、よく聴こえなくすることもできるか尋ねた。年老いた女性が他の患者のたてる騒音に辟易《へきえき》している、と販売員に説明した。オーダーメイドの耳栓をつくるのがいちばん良いだろう、とのこと。九十ユーロほどかかるそうだ。値段はかまわないが、エーフィエにオーダーメイドはむずかしそうだ。市販の良さそうな耳栓を数種類買い、装着してみることにした。耳にうまくはまるか指で確かめる——これは思いがけず親密な行為だった。手が震えるので、耳栓が正しい場所におさまるまでにしばらくかかった。

一瞬、彼女の笑う声を聞いた気がしたが、それは希望的観測、でも彼女の目はほんとうに笑っていた。

あとから看護師がいちゃもんをつけてきた。患者に耳栓をする習慣がないので、上司と相談しなければならない、と。しかも「いえ、その話し合いの席に立ち会っていただくことはできません」、耳栓は取れと言われた。

私は、相部屋の人がコツコツ音を立てたりぶつぶつ文句を言ったりしているあいだ、エーフィエに訪問者がいない時には耳栓を入れたままにしてもらえるよう、必死で説得した。

エーフィエは何度か看護師の質問に頷いて、自分もそうしてほしいことを伝えた。

スロットハウワーさんは、二週間前に数本の木が倒されたオランダの嵐による被害が、フィリピンの台風の被害とは比較にならないとわかると、一九五三年の水害を引き合いに出してきた。自国の災害を優先、というのが彼女のモットーなのだ。

11月13日（水）

「ズワルテ・ピートがディノ・バウテルセ（スリナム人犯罪者）に似てさえいなければ、緑や青になる必要はないわ」という意見が真っ当な人から出た（ズワルテ・ピートの風習は黒人差別だから、黒ではなく他の色にしようという社会運動がある）。ウェルテフレイデンさんは我が施設唯一の黒人の住人で、伝統的な真っ黒のズワルテ・ピートの熱烈な支持者だ。彼女自身もズワルテ・ピートのような大きな金色のピアスをし、唇にはよく真っ赤な口紅を塗っている。

コーヒータイムは相変わらずの愚痴話。理学療法の大部分が、付加保険でカバーされなくなる、ということについて。ファン・フリートさんは毎年、百回ほど理学療法にかかっている（いったいどんな病気を思いついていることやら）。彼女が計算してみたところ、来年からは年間五千ユーロ、自己負担しなければならなくなるそう。「そんなんだったら、かかるのをやめるわよ。そんなお金払えないから」

「じゃあ、痛いのはどうするの？」と誰かが聞いたが、ファン・フリートさんは無視していた。時々、どんな痛みで理学療法士のところに行ったのか、自分でもわからなくなるという噂だ。「どこでもいいから揉んでちょうだい」と言ったことがあるそうだ。

我々の施設の理学療法士はけっしてむずかしいことは言わず、適当に請求書を保険会社に送ってきた。ファン・フリートさんの治療費だけでもＢＭＷに乗れていたのに、今後は患者が減って困るだろう。

老人は痛みが自然になくなるまで理学療法にかかりつづけるのだ、とグレイムが説明した。もちろん、さまざまな治療が実際に効く老人もいないわけではないが。

11月14日（木）

今朝、頭が冴《さ》えている時にふと思った。寝たきりの患者には音楽が必要なのではないか。体は寝たきりでも、耳はまだ旅をできる。時々音楽（またはラジオ）を一時間ほど聴くのはよい気分転換になり苦しみが軽減するかもしれない。後でエーフィエに聞いてみよう。たくさんクラシックのCDをもっていて、よく聴いていたから。

昨日の夕方、霧に覆われたワーターランドの牧草地に電動カートで行ってみた。道が混んでいることはめったにない。たまに細い道を時速八十キロの車が通るが、その後はまた牛や羊、鳥の声が聴こえてくる。軟弱に聞こえるかもしれないが、そこにいるとまさしく心が穏やかになるのだ。ちょっと穏やかになりすぎて、水路にはまりかけたくらいだ。

トラクターに乗った農夫が、道に迷った老人を驚いた顔で見て、黙って手を挙げた。

ゆっくりと日が暮れていった。しとしとと雨が降ってきたが、気にならなかった。

ライトを点けて乗ったのははじめてだ。

11月15日（金）

フィリピンの災害についてのバッカー氏の分析。「貧しい国でよかったな。そうでなきゃもっと被害が大きかったから」住人たちは概して海外のニュースには興味をもたないが、自然災害は別だ。かならず誰か一人は、自然の猛威に比べたら人間は取るに足らない存在だ、とコメントする。

被害者のために祈りはするが、それが直接的に助けになったことはまだない。寄付をする代わりに祈る人が多い。財布を出すより、天の偉大な支配者の手にゆだねるほうがいいのだ。

残念ながら、看護棟は患者に耳栓をすることと音楽を聴かせることは引き受けてくれないとのこと。時間がない、仕事量が多すぎる、との理由で。意味がない、とは言われなかったが、おそらくそれも理由の一つだろう。

だがヘッドホンと耳栓が禁じられたわけでもない。家族や友人が自分たちでおこない、他の患者の迷惑にならないかぎりは、実験的に許可するそうだ。あれこれ条件を付けてきたのは小柄で不親切な看護師長、デュシャンさん。自分がなんでもいちばんよく知っていると思っている。フランスに留まっていたほうがよかったフランス女。傲慢で感じが悪いが、フランス語訛《なま》りのオランダ語はチャーミングだ。

11月16日（土）

エヴァートが、残っている足の親指に怪しげな黒いシミを見つけた。「あと一つしかないんだから、もう切断は勘弁してほしいね」と冗談ぽく言っていたが、声がかすれていたし、冷や汗をかいているのがわかった。見せてくれたので、私がそこをステンレスたわしで擦《こす》ってみると、きれいなクリーム色になった。あれほどホッとしたエヴァートを見たのははじめてだ。すぐにウィスキーをあおっていた。心配で二日間飲んでいなかったそう。そんなことは二十年来ではじめてだったらしい。私が大笑いしていると、エヴァートも吹き出した。

ｉＰｏｄを買ってきた。そんな物を手にするのははじめてだったが、私の棟の実習生が、どれを買うべきか的確に教えてくれた。今夜、エーフィエの部屋からもってきたＣＤ何枚分かを彼女が入れてくれることになっている。バットフーフェドルプから来ている、メタという名の感じのいい子だ。喜んで私を助けてくれる。

世界の人権が改善される日は来るのだろうか？　ロシア、キューバ、中国、サウジアラビアが国連人権理事会の理事国改選選挙で当選した、という記事を新聞で読んで、少し希望がもてるようになった。これらの国が、人権侵害の豊かな経験について教えてくれれば、きっとうまくいくはずだ。

11月17日（日）

今朝メタがｉＰｏｄを届けてくれた。ＣＤ九枚分が入れてある。

「いい音楽だと思った？」と私は聞いた。

「あんまり」しばらくためらってから正直に言った。〈あんまり〉というのは〈ぜんぜん〉という意味だ。

「悪かったね」

「録音するときぜんぶ聴く必要はないから」と私を慰めようとして言った。

ベートーヴェンはちょっといいと思ったそう。まだ生きているのか、と聞かれた。

メタ自身にはおじいちゃんがいないそうだ。一人は亡くなり、もう一人は親戚間の争いごとであちら側についてしまったため、会うことがなくなった。私のことをおじいちゃん代わりと思ってくれている。時々彼女のおじいちゃんでいられるのはこちらも大歓迎だ。残念ながら研修期間はほぼ終わりで、もうすぐバットフーフェドルプに戻ってしまう。

すぐにエーフィエに会いにいった。ｉＰｏｄをきれいな紙に包み、自分で彼女の前で開けてみせた。そっとヘッドホンを彼女の頭につけて、モーツァルトの交響曲の出だしを聴かせた。

エーフィエはとても喜んでいた。

午前中、三十分ＤＪになり、午後には三十分朗読すると約束した。私が来られない場合は誰か代わりに来てもらうから、と。

三十分間で十分。たいていその間に眠ってしまう。今朝もそうだった。私はボリュームをゆっくりとゼロまで回し、ヘッドホンをそっとはずした。足元の黒板に「寝顔がとてもきれいなので起こしません。午後にまた来ます」と書いてきた。

11月18日（月）

「突然、ビデオからテレビに切り換えられなくなっちゃったの。リモコンのボタンを見てもさっぱりわからなくて、仕方なくラジオを聴いたのよ」とフリーチェが言っていた。

今度そんなことがあったら私に電話するよう、言った。

認知症が進んでいる。彼女自身もそう思っている。これから毎日彼女の部屋に寄って話をし、なにか困っていないか見てこよう。

短いあいだに私は身近な人のマントルゾルフに大忙しになった。おかげで気が滅入るような不平を聞きながらコーヒーや紅茶を飲んでいる暇がなくなったのは良いこと。ただオマニドクラブの健康なメンバー——グレイム、エドワード、リアとアントゥワンをないがしろにしないようにも、気をつけなければならない。

我らのシンパシー溢れる弁護士が、施設に情報公開を求める件の進行状況を電話してきた。私は彼に、闘う気力を失っていると告げた。だいじな同志がどんな状況にいるか話すと、理解してくれた。

闘いをやめてしまうのをとても残念がり、いままでどおり彼が代理でつづけてもいいかと聞かれたので、「もちろん、かまいません。時間とエネルギーができたら、私もできることはやりますよ」と答えた。

「エーフィエも喜んでくれるはずです。そう彼女に伝えてください」

11月19日（火）

グレイムがこんな話をしてくれた。七十年前の今日、十二歳の少年だった時、飼い犬を奪われたそうだ。公園を散歩させている時に四人のドイツ人警官に理由もなく犬を没収されてしまった。日付はいまも記憶に刻まれている。あの時ほど自分の無力さを感じたことはない。のちに、連れていかれた犬たちが地雷探知機として使われていたと聞いたという。

マントルゾルフとしての大きな役割が、私の日常生活の要となった。心穏やかになり、役立っているという実感がある。朗読に関しては、『サラの鍵』がよい選択だったかわからない。三人の患者――エヴァート、フリーチェ、エーフィエが感謝してくれる。エーフィエはいい本だと思っているようだ。読んでいて楽しい気持ちにならないし、あまりよく書けているとも思わない。自分専用の病院放送にも満足してくれている。

私は勇気をふりしぼり、まだ死にたいと思っているのか聞いてみた。まだ思っているが、前ほど強くは思っていない――私の質問に対する答えとして頭を動かす加減で、そう判断した。

大部分の住人にとって良い知らせがある。改築が一年延期になったのだ。何人もの女性たちが、集めたダンボール箱を狭い部屋に一年間置いておくか、一つずつまたアルバート・ハインに返しにいくか、考えていた。大変な難問だ。それから話題が〈子宮筋腫〉に変わったので、散歩に行くことにした。

11月20日（水）

フリーチェと認知症棟に行ってみた。看護師といっしょに歩いていって、フリーチェの義姉を訪ねると言うと、難なく入れてもらえた。あらかじめ患者の名前を調べておいたのだが、その必要はなく、誰にもなにも聞かれなかった。いろんな部屋に入ってみて、何人か昔の知り合いも見かけた。見破られる心配はない。

ちょうど食事の時間で、介護士がよだれかけをつけた小さな老婆に食べさせていた。「ブップー、トラックが来ますよー。はい、あーん！」いまは〈認知症〉と呼ばれているが昔は俗に〈子ども返り〉と言われていたのだ。

もう一人、椅子に座っていた女性は「私のヒミツ、見せてあげようか？」と言って、答える前に脚を開いた。どんなふうだったかは省略。無関心にぼんやり前を見ている老人もいたが、私たちに親しげに頷いたりほほ笑みかける人もいた。フリーチェは物事を冷静にそのまま受け止めるという、羨むべき才能の持ち主だ。

「あと一年くらいでここに入るというわけね。それまで楽しく過ごせるといいわ。ところで、ここに私を訪ねるのはやめてね、ヘンク。私が是が非でも、とお願いしないかぎりは。約束よ」

了解だ。

11月21日（木）

デン・ボスにある介護施設〈デ・ホーヘ・クロック〉では、トイレットペーパー代を払わされる住人もいるそうだ。少なくとも二年前はそれが社会問題になった。いま我々の施設にも同じような経費削減策が適用されるという噂がある。ここでそれを適用するのはまずいと思う。あまりにも節約好きな住人たちは、トイレットペーパーが自己負担になれば、拭くのをやめるかシャワーで擦り落とすようになるだろうから（シャワーも自己負担にならなければの話だが）。すでにいまでもあまり清潔な匂いはしない。時折、トイレットペーパーが配給制なのかと思うくらいだ。

二年前に新聞記事を読んで気になったのが、〈払わされる住人もいる〉という表現。他の人たちはなぜ払わずに済むのか？　ある程度の量はタダでもらえ、それを使いきると以後は有料、ということだろうか？

ちょっと汚い話になってしまった。私はきちんとした紳士であるのに。目立たないところできちんとしている――自分をそう表現したい。背は高すぎず低すぎず、体型は太すぎず細すぎず。グレーかブルーのパンタロンにスペンサー・ジャケット。たくさんのシワと数本の白髪。理容師が十六ユーロも取って、十分以内に切り終わる髪だ。十分のうち半分は時間稼ぎにすぎない。もう少しで一本につき一ユーロ払わなければならなくなる。

11月22日（金）

エーフィエの部屋はやはり十二月一日までに明け渡さなければならなくなった。一月一日と言ったのは軽率だった、我々に猶予を与えたかったが、後で考えたら規約で禁じられていた、とのこと。

「我々が見てはならない規約のことですか？」

図星だった。施設長の顔に羞恥のようなものが浮かぶのが見てとれた。

私はエーフィエの娘のハネケと共に〈今後のことを話し合う〉ため、ステルワーヘンに呼び出されたのだ。話し合うことなど実際はほとんどなかった。いっしょに母親のところに話しに行ってもらえるか、ハネケに聞かれた。

気は進まないが、すぐ行くことにした。部屋を明け渡さなければならないことに、エーフィエは驚かなかった。彼女の状態は少しだけよくなり、「ヤー《はい》」に聞こえる――少なくとも「ネイ《いいえ》」とは聞き分けられる言葉を発することができるようになった。右手と右足を少し動かすことができ、飲み込むのも今までよりうまくいくようになった。

我々はエーフィエと相談の上、所持品のごく一部を保管し、個人的な物はベッドのそばに置くことにした。そこには自分用の棚と椅子、テーブルがある。個人の所有物は看護棟では最小限に減らされる。「人生はゼロから生まれゼロに戻るのだから、失敗してもなにも損はない」というモンティ・パイソンの名言そのものだ。

その後、三十分音楽を聴かせた。穏やかに、リラックスできたようだ。私はすっかりｉＰｏｄの操作に慣れ、自分用にもう一つ買ってきた（誰かが私のことを〈オシャレ〉と言った）。ただし自分で音楽を入れることはできない。

11月23日（土）

守衛が青と緑のズワルテ・ピートを施設に入れなかった。伝統的な黒いズワルテ・ピートのみ入れてもらえたが、彼もハウスキーピング長にペイパーノーテンをまくのを禁じられた。カーペットの上で踏みつぶされて、とれなくなると困るからだ。

青と緑のズワルテ・ピートは、差別だとして警察に届け出たという噂だ。施設側は騒動を恐れ、守衛が独自の判断でおこなったことだと言っている。ズワルテ・ピートたちがどこから来たのかは、誰にもわからない。

昨日はエヴァートの希望で、またクラーフェルヤス大会に出た。誰も彼と組みたがらないし、対戦したくもないのだ。老人たちのなかには、エヴァートを病的に嫌がる連中がいるが、それは行きすぎというもの。どうしようもなく苛立たしいところがあるのは認めるが。

いつもはてきとうにカードを投げ捨てているのだが、昨日本気を出したところ、三位になった。賞品にショコラーデレター（大きなアルファベット形のチョコレート。聖ニコラス祭の風習）を二つもらった。

ここのクラーフェルヤスのレベルは低い。常にヘマばかりなので、強力なカードでなくてもよい結果が出せることが多い。

「どっちにしても俺はチョコレートは好きじゃない。特にそれはな」と骨の髄まで不機嫌なポット氏が言った。

「そうか、俺は好きだが、賞品はこの大会でいちばんシンパシー溢れる参加者にプレゼントするよ。ヘールチェさんだ。もっと太ったほうがいいしな」そう言って、エヴァートは自分のショコラーデレターをガリガリに痩せたヘールチェさんにあげた。彼女は最下位だったのだが、一気に顔が輝いた。エヴァートはチョコレートを食べるのを禁じられているのだ。

11月24日（日）

ズワルテ・ピート三人を、誰が我々の施設に送りつけたのかは、依然として謎だ。青と緑のピートは昨日書いたように守衛に入れてもらえず、黒のピートも三分後には聞きとれない言葉を発して帰っていった。さまざまな陰謀説が囁《ささや》かれている。

1．変装した強盗だった。（「金属製の道具が袋の中で音をたてているのを聞いたよ」）

2．商売敵の老人ホームが我々を陥れようとした。（「ピートのうちの一人は○○ホームのスリナム人の看護師にそっくりだった」）

3．当施設の居住者委員会からのサプライズだったのだが、失敗に終わったのでしらを切っている。（「あいつが〈サプライズ〉と言っているのを聞いたんだ」）

ここの住人はふだんはまったく想像力をもちあわせていないくせに、言いがかりをつける時にはいくらでも想像力がはたらく。

リアとアントゥワンは、エーフィエの観葉植物を譲り受けるのを名誉に思ってくれている。二人でエーフィエのところに行って、自分たちがちゃんと世話をするから、と言ってくれた。私の部屋には緑の葉っぱはどこにも見当たらない。サンセベリアでさえちゃんと育てられなかった。球根なら、花が咲いたらさっさとゴミ箱行きだから枯らさずに済む。エヴァートの部屋では、ここよりもさらに植物と球根が生き延びにくい。葉も花もモウがすべて食べてしまうのだ。食べ終わると吐き出している。

11月25日（月）

以前、私が自殺をしようとしていないか確かめに来たソーシャルワーカーのやさしい女の子に廊下で会った。私の人生にまだ陽が射しているか、彼女に聞かれた。

「いや、かなり曇り空になってきたね」

「でも雲の向こうはどうでしょう？」

私はもうあまり太陽が輝くのを期待していないし、悪天候に堪えられなくなったら自殺をする前に連絡するよ、と率直に言った。

昨日、ハネケと数時間かけてエーフィエの荷物を選別した。部屋の右半分にはリサイクルショップに引き取ってもらう物、左半分にはハネケがネットオークションで売る物を置いた。中央に個人的な物——写真、小さな絵や彫像、アクセサリー、本、ＣＤなど——を詰めたダンボールが二箱。人生のすべてがたったの二箱とは。引っ越しのトラックでなくコーヒー用のワゴンで運べる。

金曜にリサイクルショップの小型トラックが来て、まだ残っているものをすべて持ち去る。

施設長は思いやりを示すために、ねじと留め金を取り外す費用は施設がもつ、と言ってきた。

「それはなんともおやさしいことで」と嫌みの一つも言わずにはいられなかった。

安楽死の宣誓書は結局見つからずじまいで、もうあきらめることにした。

11月26日（火）

「うまくいけば、来年はまたシンタクラースがいるって信じてるかもしれないわ！」とフリーチェが朗らかに言った。

「ああ、いい感じにさらに進めば、ちょうど間に合うかもな」エヴァートが冗談でフリーチェを励ました。

子どものようにシンタクラースを信じて、プレゼントを入れる靴を置けるようになるのは楽しみだと言っていた。「シンタクラースがインソールを入れてってくれるかもしれない！」

「マジパン製のね！」

アンヤが昨日寄ってくれた。早期退職に追い込まれてから、彼女は人生を謳歌している。理事会が〈マル秘〉としてひた隠しにしていた、すべての書類を持ち出すだけの時間と機会がなかったことを、心残りに思っていた。「スパイとしては失格ね」

「でも人間としては上出来だよ」

「やさしいのね、ヘンドリック」

それから二人でアムステルダム・ノールト博物館に向かった。電動自転車と電動カートに乗って。なんとか彼女のスピードについていけた。ノールト博物館は北地区にある唯一の博物館なのだが、月曜日は休館だった。

11月27日（水）

ここに住んでいることの利点は、死んでから十年も発見されないという心配がないことだ、と住人たちの意見が一致した。「それはむしろ死んだ本人よりも残された人たちにとっての利点だな。悪臭をかがずに済むから。死んだ者にはどちらでもまったく同じだよ」とクラウウェル氏が異論を唱えた。新米のクラウウェル氏は骨の髄までネガティブで、あらゆることに不平を言う。彼とバッカー氏は当施設の〈石と骨〉コンビだ（大騒ぎして嘆くことを〈石と骨で嘆く〉という）。

女性たちは、ウェーブした白髪ゆえにクラウウェル氏をハンサムだと思っている。

女性過剰なので、男性は誰でも大歓迎される。新たな男性住人の関心を惹こうと女性たちが必死な様子は見苦しい。薄い唇に口紅をつけ、垂れた胸をもちあげ、きつい香水の匂いをまきちらし、大声で話し、何度も笑ってみせる。

あんなハイエナみたいな奴をつかまえた女性は後悔するにちがいない。

どうもインフルエンザにかかったようだが、病気になっている場合ではない。マントルゾルフは休むわけにはいかないのだ。

ちょうど明後日、老年病医に診てもらう日だから、しつこい咳をなんとかしてもらおう。

11月28日（木）

エーフィエの顔にクッションをのせて、その上にのしかかる夢を見た。汗をかき、すっかり混乱して目を覚ました。紅茶を二杯飲み、三十分後にようやく平静を取り戻した。

彼女のそばに座り、悲しみや痛みを目の当たりにすると、彼女の穏やかな死を望むことがあるのは事実だ。だが、自ら手を下すのは、私にはけっしてできないだろう。考えただけで気分が悪くなる。

最初の朗読本は読了した。終わってよかった。つづいて、少し軽い内容（であることを祈る）の『素数たちの孤独』に取りかかる。タイトルから内容はわからないが、エーフィエが残りの二冊からこれを選んだのだ。

なにを読むかはあまり重要でないという印象を受ける。私が朗読することに意味があるのだ。自分は、穏やかに流れる小川のような存在なのかと想像する。

音楽の三十分間になにを聴かせるかも同様。さすがに冗談でヘビーメタルや英語のスラングで韻を踏むラップを聴かせるようなことはしないが。バッハ、モーツァルト、ベートーヴェンの黄金トリオを聴かせていればまちがいないので、ＤＪは容易に務まる。エーフィエはたいてい穏やかに眠りに落ちる。

11月29日（金）

いま、はじめておむつをつけてアルバート・ハインに行ってきた。つけ心地は快適。

この障害は乗り越えられた。新しい女性住人がしょっちゅうワンピースに大きく濡れたシミをつけていることも踏ん切りになった。控えめに注意されるのだが、その声がいつも皆に丸聞こえなのだ。

週に何度も漏らしているというのに、そのつど「あら、私また漏らしちゃったの?」と当惑し驚いている。

誰かがかならず追い打ちをかけるように、椅子もびしょ濡れだと指摘する。適切な表現だ（〈びしょ濡れ〉のことをオランダ語で〈小便が滴るように濡れている〉という）。

私はなにを犠牲にしても、誰かにズボンの濡れた箇所を指さされることだけは避けたい。老年病医に今朝もらったミニサイズおむつをすぐにつけてみたのは、そのためだ。

それ以外に老年病医を訪れて得たものはなにもなかった。新たな病気は見つからなかったし（「現状維持は前進だ」と医師は満足げに言った）、エーフィエのことで新たな希望もなかった。

「彼女はナーシングホームには入りたくない、とあらかじめ明らかにしていなかった。少なくとも宣誓書は見つかっておらず、いまの彼女には意思表示ができない。これでは安楽死を考慮することはできませんね。これでおこなおうという医師はいませんよ」とのこと。

11月30日（土）

六十年間連れ添ったベルナールとジョルジェット・カゼが手に手をとって人生を終えた、という記事を読んだ。すばらしい!

二人はパリの高級ホテルを最期の場所に選んだ。ビニール袋を頭から被るという手段を取らざるをえなかったのは無念。すぐに発見されるよう、翌朝の朝食を注文してあった。客室係の女性が気の毒だ。

楽しい話をしよう。昨晩、リアとアントゥワンと小さなインドネシア料理店で食事をした。とてもおいしかった。辛くて、クルプックが皿から落ちるほど咳き込んでしまったが、誰も嫌な顔はしなかった。

会話はほとんど料理以外のことだった。彼らは来春、ワイン旅行を計画していて、私を誘ってくれた。最初私は乗り気でない顔をして彼らを悲しませてしまったが、それは〈ワイン〉と〈ラインン〉を聞きまちがえたから。ライン川の旅だと思ったのだ。何百人もの老人と船に乗り、好きなときに下船できないというのは、地獄のようだ。

誤解が解けて、自分も同じことを考えていた、と話した。「じゃあぜひ力を合わせて実現させよう」ということになった。エヴァートの車椅子をシャトーからシャトーに押して歩くのはあまり気が進まないが。ワインを飲みすぎて、車椅子から転がり落ちるのも困る。

犬の世話はステルワーヘンにでも頼んでみようか。

12月1日（日）
あと一ヵ月で一年の終わり、そしてこの日記も終わりとなる。昨日、何ヵ所かまとめて読み返してみたら、悲惨な記述がずいぶん多くて申し訳ない気持ちになった。施設で、皆の陰気さに対抗することが、日記を書きはじめる理由の一つだったのに。
だが毎日、足を切断したエヴァート、認知症の進行するフリーチェ、ほぼ何もできないエーフィエを訪ねているのだから、仕方ない。

短い繁栄を遂げた我々のオマニドクラブは、困難な局面を迎えている。ポット氏はクラブの衰退について、こんなことを言った。「だから言わんこっちゃない。俺たちを見くびっていたからだよ。せいぜい苦しむことだな」

「あの人たちがあなたになにか悪いことをしたの？　あなたに迷惑をかけたかしら？」アウペルスさんが驚いてそう言った。

幸い、我々のクラブの悲劇を気の毒に思ってくれる住人やスタッフも大勢いる。

「ちょっと電動カートで出かけようか？」　いまだ立ち上げていない電動カートクラブ〈レイヨウ〉のホーフダーレン氏は、私が陰鬱な気持ちに押しつぶされそうになっていた時、そう誘ってくれた。もちろん行きますとも！　彼のカッコいいデラックス車と、私の実用的なエレガンス車でいざ出発。

ホーフダーレン氏（「ベルトと呼んでくれよ」とのこと）はよい散策コースを知っていた。私は彼の後ろを走ればいいだけだった。一時間後、カフェでスープを飲むことにした。ベルトは無口な男だ。長々と話すことがない。

散策については「いい散策だな」

スープについては「うまいな」

出発の際には「行くか？」

別れ際には「がんばれよ。それと……まあ、あいつらは気にするな」

頭が風に吹かれてすっきりした。

12月2日（月）

郵便物が来ることはほとんどないが、来るとすればたいてい〈八千九百ユーロの小切手をいますぐ現金化してください〉式のダイレクトメールだ。切手のついた返信用封筒が同封されている。ただし、そのためには高額の保温インソールを六足購入しなければならない、などという条件付きで。

まるで私がその金額に当選したような印象を受けるが、詳しく読むと、ただ当たる可能性がある、というだけなのだ。すべては〈中立的な第三者の監視の下に〉おこなわれるので、信頼できるとのこと。

ここの住人でほかに誰が、賞金で釣ろうとするダイレクトメールを受け取っているか、さりげなく聞いてみたら、大勢いた。誘惑に負けた結果、賞金はもらえず、高価な〈トチノキの血管若返り剤〉〈バンブー素材の健康ソックス〉〈ラプンツェル軟膏〉などを買わされた人がいた。これらは私が考え出した名前ではない！　多くの部屋の棚の奥深くに、ほんとうにこんな製品がしまいこまれているのだ。

ほとんどの購入者はなにも語ろうとしない。声を大にして「騙された」と言う者はわずかだ。

老人は簡単に騙されるありがたい存在なのだ。

私は、この種のダイレクトメールは、敵に無駄金を使わせるためにわざと拒まないことにしている。

12月3日（火）

昨日の午後、シンタクラースの催しに参加する羽目になった。エヴァートが、数時間暴れてやるとはりきっていたので、あまり度が過ぎないよう、ついていくことにしたのだ。エヴァートのお守《も》りはとても大変だった。

まずは大声でひどく音痴にシンタクラースの歌を歌うので、皆が迷惑そうにエヴァートのほうを見た。それからシンタクラースに、ファン・ティルさんを膝にのせてやってくれ、と何度もしつこく言った。シンタクラースは断固拒否。ファン・ティルさんは百を超えているのだから。体重の話だ！

三十分後には我が友はすでに四杯もホットチョコレートを飲んでいた。どれも持参したラム酒を入れたもので、そこにバンケットレター（シンタクラースの頭文字Sの形をしたアーモンドペースト入りパイ）の大きな一切れを浸して食べた。ゾネファンクさんがズワルテ・ピートのもってきた麻袋に躓いて転び、腕を折っていなければ、もっと大騒ぎになっていたにちがいない。

ゾネファンクさんが救急車で運ばれ、落ち着きが戻るまでに三十分はかかった。その間に、六杯ホットチョコレートを飲んだエヴァートは車椅子で居眠りをはじめたので、彼の部屋まで車椅子を押していった。車椅子を棚とベッドのあいだに固定し、滑り落ちないようにして帰ってきた。マントルゾルフとしてできることにも限度がある。

談話室でのシンタクラースの会は、その後ふたたび盛り上がることはなかった。麻袋を置きっぱなしにしていたズワルテ・ピートの責任を問うべきか、という疑問が、会の楽しさに水をさしてしまった。

12月4日（水）

この施設には残念ながら中国人が一人も住んでいない。住んでいたら、エヴァートが挑発して例のスター誕生番組の審査員を上回るような人種差別のどぎつい冗談を言っていたはずだ。今ここに住んでいる外国人は皆いい人すぎて、彼らに対して誰も差別発言をしようとは思わない。

中国人についての冗談と黒いズワルテ・ピートをめぐる論争が国の最大の問題になっているが、現実には世間で言われるほど差別はひどくない。

茶色や黄色、黒い肌をした人が〈白んぼ〉とか〈チーズ顔〉、「オランダ人はケチだ」と言ったら、侮辱されたと思うだろうか？　否。シンタクラースが黒人で、ピートが皆、愚かな白人のしもべで、薄い唇で誇張したアムステルダム訛りをしゃべったら、侮辱されたと思うだろうか？　否。それは私の曽祖父が奴隷ではなく、薄給で週に六十時間働かされた工場労働者だったからか？　否。

私は自分がシンタクラースになって、友人たちにプレゼントを買ってきた。エーフィエには香水、エヴァートには手袋、リアとアントゥワンにはシャンパンの本、フリーチェには日めくりカレンダー、エドワードにはビリヤードの講習ビデオ、グレイムにはキリスト生誕の飛び出す絵本。

自分にはセーターを買った。今風で十分にお似合いだと店員が言っていた。

今夜、すべてのプレゼントを天使の模様の包装紙で包み、明日皆の部屋に届けて喜んでもらおう。

12月5日（木）

アルバート・ハインの親切なレジの店員が、チップにどう対応していいかわからず困っていた。

「二十四ユーロ十セントです」

「じゃあ二十五ユーロにしてください」グレイムがそう言って、五十ユーロ札を渡した。

「あとでレジの金額が合わなくなるので、それはできないんです」

グレイムは辛抱づよく、レジの横にチップ箱を置けばいいのだ、と説明した。自分のとっさの冗談をグレイムはいたく楽しんでいたが、後ろに並んでいた不機嫌な男性は「急いでくださいよ」と文句を言っていた。

エヴァートがそれを聞いてすぐに逆のパターンを考えた。〈値切る〉のだ。

「二十四ユーロ十セントです」

「じゃあ十八ユーロ払いましょう」

「えっ？」

「仕方ない、じゃあ二十ユーロ。それ以上は払わないよ」

「お客さん、二十四ユーロ十セントお支払いください」

「それは高すぎだ。もういいよ」そして商品をすべて置き去りにするのだ。エヴァートが明日試してみるそう。流行るかもしれないと言っていた。

初雪が降る、と天気予報で言っていた。私は秋の終わりと冬が嫌いだ。できれば冬眠し、三月初旬に目を覚ましたい。よく眠れないのが残念だ。六時間つづけて眠ることさえむずかしい。私がクマだったら、冬眠できないできそこないのクマだろう。

電動カートで散策するには寒すぎる。座っているだけなので厚着せざるをえず、そのせいでほとんど身動きできない。だが三ヵ月も窓際の椅子に座り、最初のクロッカスを待つのも気が滅入りそうだ。

12月6日（金）

ネルソン・マンデラ死去。私にとって、まだ生存している数少ない英雄の一人だった。実像が暴かれず一度も権力を失うことがなかった男。世界中のリーダーが深い敬意を示すだろうが、その中で彼にならった者はほとんどいない。

友人たちは聖ニコラス祭の昨日、私からのプレゼントに驚き、喜んでくれた。お返しはいらないとわかってもらうのが大変だった。我々はあまりにもお返しをするのが当然の世界に生きている。

エーフィエにはプレゼントをもってきた、と言って目の前で開けて匂いを嗅いでもらったのだが、その瞬間、彼女にまだ嗅覚が残っているのかわからないことに気づいた。それでもいい匂いか尋ねると、頷いてくれた。香水を少しだけ彼女の首と手首につけて肌になじませた。親密な瞬間……わたしはそれがニガテだ。手が若干、震えたため、香水はほとんど布団にかかってしまった。

幸いすぐに『素数たちの孤独』の読み聞かせに取りかかることができた。エーフィエに三度、あまりに暗すぎる内容でないか聞いてみたが、毎回そんなことはないという返事。

半時間後、エーフィエはぐっすりと眠っていた。

それから下でエルテンスープ（オランダのエンドウ豆のスープ）を飲んだ。私はおいしく感じたが、頼んでもないのに母親や祖母が昔もっとおいしいエルテンスープを作ったという話を十人もの住人から聞かされた。いつでもきまって〈昔〉……たまには今日を生きたらどうなんだ、ミイラたちよ！

12月7日（土）

増えすぎた野生のガチョウを撃ち殺すかどうかという論争に、感情的になっている住人がいる。

「ガチョウは自分になにが許されてるかなんてわからないんだし、どこが狩猟許可区域かもわからないのよ」と我らがガチョウ婦人が言っていた。彼女は週に三度白い食パンを買い（ガチョウは穀物入りの茶色いパンが嫌いらしい）、二切れ自分で食べ、もう二切れを翌日用に冷凍し、残りの七切れをかれこれ十年、近くの野原を糞だらけにしているガチョウたちにやりに行っている。

「州ごとに勝手にガチョウ対策を決めていいんだったら、ガチョウの権利が不公平になってしまうわ」というのが、我らがガチョウ番の意見だ。中国人への侮辱、存続が危ぶまれるズワルテ・ピートにつづいて、今度は保護を失うガチョウ……オランダはいくつ大問題に対処できるだろうか？

理事会からの短い手紙で、来年九月に建物の大がかりな改築がはじまることが告知された。住人たちに与えられるはずだった発言権については、一言も触れられていなかった。正確な工事の内容もわからない。住人たちはひどくナーバスになっている。

「どうかそれまでに死ねますように」とフェルヘーア夫人は本気で言っていた。

「古い植木は植えかえてはならんのだよ」アポテーカー氏は五回もそう言っていた。なんという不平屋なんだ。あいつを植えかえるなら、頭から土に突っ込んでもらいたい。

12月8日（日）

今日はエーフィエのところに本をもたずに行って、冗談半分に新聞を読もうかと聞いてみたら、いつもとおなじように頷いた。

もしかしたら彼女の頭の中は、私が想像するよりずっと、薬のせいで穏やかで恍惚《こうこつ》としているのかもしれない。あるいは声を上げずに叫んでいるのかもしれない。どちらなのか、私にはわからない。

私は朗読し、音楽を聴かせ、彼女が喜んでいると解釈している。悪影響でないことはたしかで、それを嬉しく思っている。

新聞といえばこんなことがあった。

「新聞を取ってくれないか？」とバッカー氏が先週、談話室で言った。エヴァートがラックを探して、一週間前の新聞を彼に渡した。バッカー氏、まったく気づかず！　三十分後にエヴァートが、もう知っているニュースばかりじゃないかと尋ねると、バッカー氏が怒りだした。自分に腹を立ててもよさそうなものだが、エヴァートに矛先を向けたので、エヴァートは大満足だった。我々は怒《いか》れるバッカー氏を見るのが楽しみなのだ。

12月9日（月）

フリーチェといっしょに〈アルツハイマー体験〉というサイトを見た。こちらが参加できるサイトで、いくつかの短い動画にアルツハイマーの男女の老人がどうなっていくかが説明されている。メニューで、患者側の体験か、マントルゾルハー側の体験かを選べる。途中でいつでも白衣のドクターをクリックして、専門的なコメントが聞けるようにもなっている。

フリーチェといっしょに見ることに緊張してしまったが、彼女自身は落ち着いていた。半年後あるいは一年後に自分がどんな状態になるのか、興味深く見ていた。

最後の動画は葬儀に関するものだった。

私は言葉を失ってしまった。

「ヘンク、そんなに暗くならないでよ。フリーチェが気にしてないんだから、自分が心配する必要はないんだ、って思って」そしてこうつづけた。「アルツハイマーは流行ってるのよ。アルツハイマーのことが載ってない雑誌がないくらい。アーデルハイト・ローセンは認知症の母親の芝居を上演したし、ヤン・プロンク（元住宅・国土計画・環境大臣）はＹｏｕＴｕｂｅで認知症の母親の話をしていたわ。マリア・ファン・デル・フーフェン（元経済大臣）はデ・フォルクスクラント紙で衰えていく夫のことを語っていた。認知症の人が身近にいなければ、仲間はずれになるくらい。あなたには私がいることを喜びなさいよ！」

私は彼女に拍手喝采を送った。

今夜、彼女が食事に連れていってくれる。

12月10日（火）

『古傷』というタイトルの本はすでに存在するのがわかった。ウィレム・オルトマンスがオランダ政府との裁判で勝訴した件について、彼の弁護士だったエレン・パスマンが書いた本だ。この日記がいつの日か本になるとしたら、『古傷』は使えないので、代案を考えてみた。

1.『排水溝』
2.『再入荷なし』
3.『これでおしまい』
4.『最高でなくても』
5.『老人ホーム〈さいごの務め〉』

6．『ハリケーン中の発煙信号』（面白いと思うのだが、特に意味はない）
7．『キャビアに乗って飛ぶ』（右に同じ）

昨夜はフリーチェとエイ湾岸の小洒落《こじゃれ》た魚料理レストラン〈ストルク〉で食事をした。かつて工場だった建物で食事をするのは変な感じだが、料理はおいしく、店員たちも感じよかった。ミニバスで行き、タクシーで帰ってきた。フリーチェがすべて払うと言って聞かなかった。「〈お金〉がなんだかわからなくなる前に、まだ七千ユーロ使わなきゃならないのよ」

フリーチェはここ数ヵ月で以前よりずっと心を開いてはっきり物が言えるようになった。まるでアルツハイマーに彼女を解放する効果があるようだ。春の終わりに（私たちの迷惑にならずに）いっしょにワイン旅行に行きたいと言っている。一見したところ、まだすべてを把握しているように思えるが、注意して見ていると、病気の進行がわかる。たとえば、レストランのトイレからテーブルまで戻ってくるのにまごつくようになった。タクシーに乗ったときも、運転席に座ってしまった。車の外でタバコを吸っていた運転手は、自分がからかわれているのかと思っていた。

12月11日（水）

エーフィエが徐々に衰えている。痩せ細り、ほぼ一日中眠っている。時々十五分ほど目を覚ます。私はまだ朗読とＤＪをつづけているが、頷く仕草がどんどん小さくなっている。少しずつ死の中に沈んでいっている感じだ。

横に座って手を握ったり、彼女の老いた頬を撫でると、なにかを思い出したようにこちらを見ることもある。

医者は、この状態があと一週間つづくかもしれないと言っている。あるいは一ヵ月、二ヵ月かもしれないと。

反抗心が湧いてきて、自室に本物のクリスマスツリーを飾ってやった。頂の星を入れて高さが五十センチしかないツリーでも、防災上禁じられているのだ。ツリーをゴミ袋に入れて、電動カートで部屋まで持ってきた。

密告されるか、そのときは誰が密告するのか、興味津々だ。

12月12日(木)

今朝、タンさんが談話室で「これを飲めばいいのかしら?」と薬の箱を見せてきた。薬のことはわからない、と私は答えた。

「私にもわからないのよ。でももう一つの薬はなくなっちゃったし、これはそれと同じ色だから」とのこと。

看護師を呼んできたら、タンさんに睨まれた。

争いを防ぐために毎週、施設側が共用テレビの時間割を作っている。優先権があるのはサッカーで、ナショナルチームとアヤックスの試合には多くの住人がテレビの前に集まる。サッカーファンばかりとはかぎらない。いつでも、なにをやっていても見る人たちがいるので、サッカーの知識がまったくない人たちも見ていることになる。

たとえばスラウスさんは、選手たちがツバを吐く回数だけを、声に出して数えている。

「なんでこんなに度々ツバを吐くのかしら？」とその都度、信じられないというように言う。

「たしかに、ビリヤードだとずっと少ないな」とエヴァートが言っていた。

12月13日（金）

十三日の金曜日——宝くじを買うのに打ってつけの日だ。人間いつでもなにがしかの希望はもつべきだ。もし宝くじにあたったら、小さなプライベートの老人ホームを自分と友人たちのために買おう。施設長と守衛、監査役会はなし。人事課長、会計士、ハウスキーピング長もいない。規則もない。これでコストが大きく削減されて、多くの不満がなくなる。その代わりに良識、感じのいいスタッフ、すばらしいキッチンで自分で料理する気にならない時にだけ呼び出せる腕のいいコックが存在する。広く明るい個室では犬や猫を飼え、クリスマスツリーを置きたければ置くこともできる。

単純明快ではないか。

夢をもちつづけるんだ、ヘンドリック。

今日、速達でダイレクトメールが届いた。親展の書類と返信用の封筒が入っていた。七千四百五十ユーロの小切手を現金化する書類と、パパイヤカプセルの注文票を安全に送り返すためのものだ。やれやれ、ご苦労なこった。

12月14日（土）

五階の水槽の金魚がぜんぶ死んでいるのが見つかった。今回はクッキーが入れられた形跡は見当たらないそう。念のため、エヴァートを訪ねて、まさかクッキーの代わりに排水管の洗浄剤など入れなかっただろうな、と問い詰めたが、断じてやっていないとのこと。

純粋に金魚の病気かもしれないが、過去二回の事件の後では誰もおいそれと信じない。

「施設側が徹底的な調査をはじめ、獣医の報告を待っている」と通知があった。金魚の遺体解剖は小さすぎて困難なことだろう。

今回は警察には通報していないそう。施設長には学習能力があるようだ。

クリスマスディナーの招待状がドアマットの上に置かれていた。会場はエヴァートの部屋で、リアとアントゥワンが料理を出してくれる。エーフィエを除いたオマニドクラブの全員ご招待。エヴァートの部屋は少し手狭だし、モウはおならで皆の食欲を損なわないようベランダに追いやられてしまうが、とても楽しみだ。エヴァートの部屋になったのは、調理が許可されているからだ。ディナーはクリスマス一日目で（オランダは二十六日もクリスマス）、偶然ではなく施設のクリスマスディナーと時を同じくする。これで我々には欠席するよい理由ができた。

12月15日（日）

正規のクリスマスディナーに欠席する、という我々の知らせはひんしゅくを買った。コックが昨夜デザートの時に我々のところにやって来て、他の住人たちの面前で、自分の料理では不十分なのか、と聞いた。不意を突かれた私は言った。

「どういうことでしょう？」

「ディナーに参加しないと言うからですよ」

「それは我々が別のディナーに出るからです。アン・プティ・コミテのね」とアントゥワンがフランス語を使って言った。

「なんですか？　その〈アン・プティット・コミッテー〉ってのは？」

「少人数制の、っていうことです」

「俺たち大人数のなにが不満なんだ!?」とバッカー氏がすぐに口をはさんできた。

「なにも不満じゃないですよ」

「じゃあなんで!?」

コックはすぐになんでも自分への個人攻撃のように受け取ってしまうのだ。誰かがジャガイモを残していたら、その喉に突っ込んでやろうというくらいに。自分の仕事に誇りをもっているわりに、料理の腕は怪しい。これはコックにとって致命的なことだ。率直であるように心がけている私なのだから、そう言ってやればよかったのかもしれないが、あのタイミングでは危険だった。肋骨に包丁を突き刺されては大変だ。作家のカレル・ファン・ヘト・レーヴェの言葉を借りるなら、「私は刺殺されるのだけは絶対に嫌だ」。まわりの住人たちも我々に対する敵対心に満ちていた。自分たちといっしょにいるのを我々が嫌がっていると、ぶつくさ文句を言っていた。そのタイミングで彼らに自己認識の欠如について話すのもはばかられた。

12月16日（月）

人々は同情した顔でこちらを見ていた。あのおじいさん、電動カートであんなにびしょ濡れになって気の毒だね、と。だが私はかなり楽しかった。ヘイマで買った新しいレインコートを試そうと、大雨を待っていたのだ。袋に書かれていたほど防水は完璧ではなく、縫い目から少し染みてきた。でもまあいい、そんなことで文句は言わず、散策してきた。

小一時間後、びしょ濡れで玄関ホールに戻ると、電動カートが泥水の跡をつけたので、守衛がカンカンに怒っていた。掃除の手間が増えるからだ。私はとびきり感じよく頷いてみせた。

こういう天気の時には充電を忘れないようにしなくては。途中で止まりすぐに助けが来ないと、凍え死んでしまう。十二月の日曜の午後、ここ北地区には人っ子一人いない場所が多い。たとえ誰かが車で通って、電動カートで手を振っている老人を見て手を振り返しても、止まってくれなければ意味がない。念のために携帯電話はかならず持って出るようにしている。電動カートの故障でもロードサービスが来てくれるのかは疑問だが。

びしょ濡れの散策のあと、エヴァートのところにコニャックを一杯ひっかけにいった。結局三杯ごちそうになる。それからピザの宅配を頼んだのだが、クアトロスタジオーニは箱の中で固くなって届き、モウさえ食べるのに苦労していた。

部屋に戻った私はエネルギー切れで、テレビを見ながら眠ってしまった。

12月17日（火）

「もう朗読はやめたほうがいいですよ。ブラントさんには聞こえてないでしょうから」

エーフィエはほとんど目を開けなくなり、反応を示さないのだから、看護師の言うとおりかもしれない。だが心情的には、ベッドの横から聞こえてくる聞き慣れた声にぼんやりとした慰みを見出しているかもしれない、と思いたいのだ。朗読が彼女に安らぎを与えているんじゃないか、どうせ一日二回、三十分ずつ座っているのだったら、朗読したり音楽を聴かせたりすればいいんじゃないか、と。彼女に安らぎと慰みを与えていないとしても、私自身には幾分与えている。朗読しながら考えあぐねることはできないから。

それに、ちょうど新しい本を読みはじめたばかりでもあるのだ。『犯罪は老人のたしなみ』。ケアホームで暮らす五人の老人が強盗をする話だ。身近な主人公たちで面白そうだ。

年老いていることが流行っている。少なくとも、老人に関する映画や本、ドキュメンタリー、新聞記事はあり余るほどある。だが日常生活の中でその関心の高さの効果を感じることはなく、むしろその逆なくらいだ。老人のための予算も現場での介護も、数年前より減っている。

私の次世代の人たちは、親が孤独に陥る姿を目の当たりにしたり、親の最期を看取ったりすることをとおして、自分たちの老後について心配をしはじめている。今現在六十代の人たちは金持ちで権力をもっている。彼らが将来、ここのような施設で衰えていくことはないにちがいない。

12月18日（水）

トルハウゼン氏はミニバスでヘウゼンフェルト（アムステルダム新西地区）に住む息子を訪ねた。九十三歳にしては大変な冒険だ。帰路、氏は気の利く運転手に助けられ、ミニバスの後部座席の隅に座った。前部にはすでに六人の老人が乗っていた。

バイルマー（アムステルダム南東地区）とアムステルダム南地区を経由する長いルートで、トルハウゼン氏はちょっとのぼせていた。運転手が老人たちをいたわってヒーターを二十三度に設定していたのだ。ある時点で氏は居眠りしてしまったようだ。

目を覚ました時には、座席から少しずり落ちるように座っていた。自分がどこにいるのか思い出すのにしばらく時間がかかった。車内は暗く静まり返り、エンジン音は聞こえず、一人ぼっち。ミニバスはアムステルダム北部の町コーフ・アーン・デ・ザーンの道路に停めてあり、ドアはすべて閉まっていた。

運転手は仕事上がりに肩越しに車内を見わたしたが、トルハウゼン氏の姿は死角で見えなかったのだ。

トルハウゼン氏が通行人の気を惹くのに三十分、警察が慌てずやって来るまでに十五分かかった。警官は三十秒以内に、ミニバスのドアを壊さずに開けた。

二十分後に連絡を受けた運転手がすっかり取り乱し、スリッパを履いて駆けつけた。施設に戻るまでずっと謝りつづけていたという。

「運転手が気の毒になったよ」いまだかつてこれほど注目を浴びたことのなかったトルハウゼン氏がそう言っていた。

12月19日（木）

トロックさん（本人いわく「私はオランダ語をよく知っていると思う」）はテレビの〈オランダ語書きとり大会〉を見ながら自分もやって、三十七もまちがっていた。しかも一番目の文だけで。それから突然トイレに行ってしまった。彼女は書きとり用紙をもっていこうとしたが、グレイムが「ぼくが預かるよ」とそれを遮った。他の四人の参加者は問題文が読みあげられて早々やめてしまった。

私は意気地がなくて、やってみる気になれない。

トルハウゼン氏はコネクション社からの電話で、お詫《わ》びの意味もこめて見落とした運転手を即時解雇した、と知らせを受けた。

氏はそれに対して、自分はわざと隠れて居眠りしてしまったのだと答えた。運転手に直接電話をしようとしたが、コネクション社は電話番号を教えてくれなかった。

「いい人だったんだ。ただ数えまちがえただけなのに、解雇するのはいきすぎだろう！」

電話番号を自分で見つけて運転手に電話をかけ、わざと隠れていたと証言する心積もりだと言ったそうだ。

「人はなにかというと自分の意見を押しつけようとするが、時にはほんとうにただ不運な偶然ということもあるんだよ！」

トルハウゼン氏に脱帽！

12月20日（金）

エーフィエは少しずつ穏やかに死に向かっている。もう目を開けることはなくなった。呼吸以外に生きているしるしはない。私は朗読をやめた。毎日ちょっとだけ寄って、あいさつをし、手を握ってくる。

私たち二人がいっしょにいられた時間はあまりにも短かった。

私は一度も彼女に、狂おしいほど好きだ、と告げなかった。

12月21日（土）

「下痢の深刻さをほんとうに知っている人がいるとすれば、それは俺だよ！」とバッカー氏が言っていた。「週に三度くらい下痢なんだ。だからといってチャリティー番組で俺を救ってもらおうとは思わんぞ」

〈シリアス・リクエスト（毎年クリスマス前にあるラジオのチャリティー番組）〉が開発途上国の下痢を減らすために募金を募るのはおかしい、と思っている人たちがいる。

「下痢止めをトラックに載せてアフリカにもっていけばいいじゃない？　そのために一千万ユーロも必要ないでしょう!?」自身も年間千ユーロ以上の薬を必要とするポット夫人が言っていた。

今日はフリーチェを訪ねた。キリスト生誕のきれいな模型が飾ってあったが、赤ん坊のキリストがショウジョウバエにたかられていた。

「私も変だと思ってたの！」とフリーチェ。

ショウジョウバエは、フリーチェが模型の奥に置いた腐ったバナナに群がっていたのだ。

「ずっとバナナが行方不明だったの！」

買い物リストの〈バナナ〉に買った印がついていたので探したが、もう食べられる状態では見つからないだろうとあきらめたそう。二人で笑い、フリーチェが腐ったバナナの始末をした。ショウジョウバエが自然といなくなるのを願う。これでイエスも貧しいアフリカの赤ん坊の気持ちが少しはわかっただろう。

フリーチェの認知症はとてもゆっくり、ほとんど気づかないくらい少しずつ進行しているが、「一日一日を大切にしていくしかないわ」と言っている。

12月22日（日）

オマニドクラブのクリスマスディナーの準備がはじまった。クリスマス二日目はここの食堂で他の住人たちと共にする。それをコックに理解させるのが一苦労だった。

「ということはつまり、クリスマス二日目もいらないということですね？」私の食事申込書を見てコックが言った。

「〈ということはつまり〉とはどういうことですか？」と私は尋ねた。

コックはしばらくそれについて考えてから言った。「どういうことでしょう？」

「いや、あなたが、〈ということはつまり、クリスマス二日目もいらない〉とおっしゃったから」

「ああ、そのことですか」

「そうです。で？」

コックはすっかり混乱してしまった。「つまり二日目はいらっしゃるということですか？」

クリスマス一日目のディナーは私がメニューを書いたので、なにを食べるのかあらかじめ知っている。

スタッフドターキーを食べるのは生まれてはじめてなので、楽しみだ。本や映画ではクリスマス料理といえばこれだが、私はまだ一度も巨大なチキンが運ばれてくるのを見たことがない。リアとアントゥワンがコックなら、七面鳥の死も無駄にはならないだろう。

グルメットト（食卓で個々のミニフライパンでする鉄板焼き）が復活したのにも驚いた。数年前にはグルメットでクリスマスだなんて失笑されていたのに、今年はスーパーにもう何週間も前からグルメットセットがたくさん並んでいる（クリスマスまでに腐らないのだろうか？）。

二年前にここのクリスマスディナーでもグルメットをした。被害は、数々のやけど、シミだらけでクリーニングに出されたドレスやスーツ、焦げたかつら、黒焦げの肉、怒りにバクハツしたスタッフ二名。大惨事だった！

12月23日（月）

悪魔の仕業？　我々の中で誰よりもたくさん食べる、いや、むさぼり食う女性の住人が、一年でいちばん御馳走の食べられる日の二日前に亡くなった。身長が一メートル四十五なのに、体重が百六十キロもあった。プラダー・ウィリー症候群を患っていたので仕方がない。それにしては七十八歳と、驚くほど長生きだった。

彼女はもう十年も特注の車椅子に座ったきりで、一日中食べることしか頭になかった。それ以外には人間らしい行動はほとんどなく、誰も彼女と会話をすることはなかった。

あの巨大な、シワやひだだらけの脂肪の塊を何年間もきれいにしておくのは、ここの看護師たちには大変な労働だっただろう。

この死者のためには、葬儀会社は立方体の棺を造らなければならない。

この件に関する記述がぞんざいであることをお許しねがいたい。私には現実を実際以上に美しくすることはできない。現実——それは悲しみ、残酷さ、こっけいさが混ざり合ったものなのだ。

ハウスキーピング長が突然訪ねてきた。私が規則に逆らい本物のクリスマスツリーを飾っているとどこかで聞きつけたのだ。今年は見逃してくれるそう。なんと珍しく柔軟なこと！

誰から聞いたかは、言おうとしなかった。

12月24日（火）

明日おいしく食べられるように、今日はあまり食べないようにしている。

いちばん上等のスーツは、アイロンをかけたばかりのシャツと、昔パーティー用品店で買った金色の蝶ネクタイの横に置いてある。靴も磨いた。

私は年齢のわりにはまだ十分見られるほうだと思う。年を取っても見栄《みえ》は張りたいもの。

フランス語の表記をいくつかまちがえていたので、全員分のメニューを書きなおさねばならなくなった。アントゥワンがこっそりまちがいを教えてくれた。テーブルスピーチも準備しなくては。なんと忙しいこと。電動カートで散策に行く暇もない。

昨日、紅茶の時間に住人たちに、最後に外に出たのはいつだったか聞いてみたところ、「十月」と言う人もいた。秋のほとんどと冬中ずっと、住人たちは皆、よほどのことがないかぎり施設内にいる。外に出るといっても、たいていはミニバスの乗り降りや、息子か娘の車までに限られている。

私は時々大喜びで雨にずぶ濡れになり、風で髪をぼさぼさにしている。最近はその機会が多かった。例年どおり今年も厳しい冬が予想されているが、まだどこにも訪れていない。

12月25日（水）

今朝、エーフィエに「メリークリスマス」と言ってきた。ベッドの脇に立ちながら、楽しいクリスマスを、だなんてよく言えたもんだと思った。よい旅を、のほうがいいかもしれない。

彼女はとても静かに横たわり、痩せて真っ白だったがそれでも気高く美しかった。

看護師が、もうあまり長くはないだろうと言っていた。

その後、気分を変えるためにエヴァートのところに寄らずにはいられなかった。私が口を開くより先にこう言ってくれた。「君の老いて美しいガールフレンド、彼女はもうすぐ永遠の眠りにつけるね。喜んでやれよ」

それからコーヒーをカップに注いで、リース型のクッキーを出して、時計を見た。十一時二十分だった。

「ちょうどいい。祝日には十一時を過ぎないと酒は飲まないことにしてるんだ」そしてクリスマスにぴったりの上質のコニャックを二人分、グラスに注いだ。

「親友よ、乾杯！」

その後、部屋に戻り、これを書いている。これからちょっと昼寝をし、起きたら着替えて髪をきちんととかし、四時にはエヴァートの部屋に戻ってクリスマスディナー。楽しみだ。

12月26日（木）

感動的なクリスマスディナーだった。暗闇で、お尻に小さな花火を三本刺した巨大な七面鳥をもって入場してきたリアとアントゥワン。ティラミスを取り分ける時に大きな塊を膝にこぼしてしまったエヴァート。私のテーブルスピーチも、手前味噌《てまえみそ》だがなかなかよかった。友情は人生を心地よいものにするための基礎である、という話をした。ちょっとセンチメンタルだったかもしれないが（アントゥワンはそっと涙を拭っていた）、心からの気持ちだ。我々はエーフィエに乾杯した。「オマニドクラブの静かなる力、エーフィエ……ほんとうにひどく静かになってしまったけれど」と言って。それから我々の友情にも乾杯した。死が我々を分かつまで——それは我々にとってはリアルな予言だ。

最後に全員起立で、コックのリアとアントゥワンに大喝采を送った。

次のクリスマスディナーは午後一時から。子どもに迎えに来てもらえなかった住人全員が参加する。開始時間が早すぎると多くの住人がぼやいていた。日々のスケジュールはたとえ救世主の誕生日であろうと、絶対に変えたくないのだ。

「昼間、温かい食事を取るのはあまり気が進まないね」というようなことを、ディナー中に何度か耳にするだろう。

一時間後に階下に行ったら、けっして誰にもイライラしない、と心に誓った。

12月27日（金）

〈クリスマスディナーその二〉はそれほど悪くなかった。昨年、誰がどこに座るかで争いが起きたので、今年はスタッフがあらかじめ席順を決めておいた。昨年は数人の住人が午前中にカバンを置いて席取りをしていたのだ。椅子にテープでバツ印をつけそうな勢いだった。

私はエヴァートの隣だった。おそらくスタッフは私以外の人を彼の横に座らせる勇気がなかったのだろう。他にはフリーチェとエドワード、それにエヴァーセン姉妹。いつでもなんでも〈すばらしい〉〈楽しい〉〈最高〉としか言わない人たちなので、問題が起きる心配もない。

コックは予想外に健闘し、ありきたりな〈豚ヒレ肉のクリームソース添え〉ではなく、ジビエのラグーとライスを出した。なかなか冒険的なチョイスだ。老人たちをビックリさせすぎないように、前菜とデザートはオーソドックスに小エビのカクテルとダム・ブランシュ（バニラアイスのチョコレートソースがけ）だった。

料理はおいしく、楽しいひとときだった。

ステルワーヘンのスピーチさえも良いものだった。すなわち短いということ。スピーチに長けていないのであれば、重要なのはただ一つ、短くすることだ。

とりわけ葬儀でそれが失念されがち。「はじめてピーチェに会ったのは、伝書鳩団体〈飛ぶネズミ〉の定例会のことでした。ピーチェが私に声をかけてきて……」そんなふうにはじまるスピーチはろくなものでなく、どうせ自分の話ばかりだろうとわかる。

12月28日（土）

エドワードの提案で、年越しパーティーは二時間繰り上げておこなうことになった。十二時だと居眠りしてしまうからだ。誰からも反対意見は出なかった。いつ新年にするかは、自分たちで決めればいいこと。我々は時計を二時間進めておく。会場はリアとアントゥワンの部屋に決まった。

大晦日の老人は犬と同じで、花火が恐くて外に出るのが億劫になる。あながち根拠のない恐れではない。実際、犬と老人をターゲットにする不良少年たちが近所にいるのだ。巨大な爆竹を走るマイクロカーの下に投げて破裂させ、道をはずれたマイクロカーが垣根に衝突してしまったことがある。運転していた老人はショックのあまり、残りの生涯、十二月には外に出られなくなってしまった。幸い被害は車体破損で済んだ。いたずら少年たちはすかさず逃亡。

警察は毅然とした態度を取り、地区の巡回を一周り増やした。それで犯行が繰り返されることはないだろう、と。

被害者はここの住人ではなかったが、住人たちの憤りは大きかった。

二〇一三年に亡くなったオランダの有名人リストが新聞に載っていた。中には亡くなったことを知らなかった人もいた。

老人たちは死者について語るのを好む。自分たちがまだ生きていることが実感できるからかもしれない。

12月29日（日）

エーフィエが亡くなった。

十一時に彼女のひたいのシワにキスをして、「明日また来るよ」と言った。

その一時間後、安らかに永眠した。

いまもう一度会いに行ってきたが、まだとても美しかった。

彼女のためには喜んであげるべきだと思うが、まだ悲しすぎてうまくいかない。

二〇一四年は葬儀ではじまることになる。アンハッピー・ニューイヤーだ。

12月30日（月）

お祭り気分は消え失せてしまったが、オマニドクラブの年越しパーティーは決行することにした。住人全員を対象にした施設の行事は、いつもかならず決行される。これだけ大勢の後期高齢者がいるのだから、誰かが亡くなるたびに陽気な行事を取りやめることは、施設側にはできない。そんなことをしだしたら、ほとんどの行事を取りやめなくてはならなくなってしまうから。

エーフィエの死の知らせを受けた時、リアとアントゥワンはオリボレンを揚げていた。彼らはオリボレンがふさわしくないと判断し、救世軍にもっていった。後からそのことを悔やみ、我々用にもう一度、揚げてくれた。

「これが彼女にはいちばんよかったんだ」

百回そう言っても、悲しみが減るわけではない。

我々はエーフィエのために赤いバラを注文した。葬儀は木曜の午後。晴れますように。

エーフィエは夜が好きだったから、夜にランプと松明《たいまつ》で埋葬されるほうがよかっただろう。残念ながらそれは不可能なようだ。

葬儀の後にエヴァートの部屋に集まって、白ワインとビターバレンを共にする。エーフィエはパウンドケーキを嫌っていた。少なくとも、葬儀後のお茶で出されるパウンドケーキは。水槽のパウンドケーキにも腹を立てたにちがいない。私は結局、彼女にパウンドケーキ事件について話す勇気がなかった。

12月31日（火）

今日でこの日記もおしまい。日記を書くことが〈夕食〉のように日常生活の一部になっていたので、不思議な感じだ。楽しみなこともあれば、書く気になれないこともあるが、それでも簡単に休むことはなかった。

エーフィエがいなくなり、日記も書かなくなると、これからは時間をもてあましそうだ。小説でも書いてみようか。

よい一年になるところだったし、実際、部分的にはよい年であった。だが往々にして、最終評価はいちばん最後のできごとによって決まるもの。半世紀前に出会っていたらよかった、と思える人に巡り会えたのに、私に与えられたのはすばらしい八ヵ月と悲しみの二ヵ月だけだった。ほんとうはフリーチェのようにすべてのしあわせな日々に感謝すべきで、私も全力で試みてはいるが、いまはその力が足りない。

新年はもうそこまで来ている。まずは春をめざそう！　そしてワイン旅行だ。ほんとうに行けるのか、ドキドキして震えそうだ（どのみち震えているのだが）。〈年《オ》寄りだが《マ》まだ死《ニ》んでいな《ド》い〉クラブは、その名に恥じぬよう頑張りつづける。でなければ、存続する価値がない。

ワイン旅行の後にはまた新たな計画を立てよう。計画があるかぎり、人生は終わらない。

午後に来年の予定表を買いにいこう。それから新しい日記帳も。

訳者あとがき

本書は、二〇一四年六月にアムステルダムのメウレンホフ社から刊行された *Pogingen iets van het leven te maken Het geheime dagboek van Hendrik Groen, 83 4/1*（直訳：人生を楽しむための試み――ヘンドリック・フルーン八十三歳と四分の一のヒミツ日記）のオランダ語からの全訳である。二〇一六年一月刊の続編 *Zolang er leven is Het nieuwe geheime dagboek van Hendrik Groen, 85 jaar*（命あるかぎり――ヘンドリック・フルーン八十五歳の新たなヒミツ日記）と合わせて、オランダおよびベルギーで約五十万部売れ、世界三十六ヵ国語に翻訳されている。

インターネット上にコラムとして連載されていたものをメウレンホフ社が書籍化。著者が匿名であったことも話題づくりに貢献した。隣人にもらったまずいパウンドケーキを施設の水槽に入れたら金魚が全滅、といった悪ノリの過ぎるエピソードもあって、「大学生のクラブ内のジョークのよう」という評もあった（NRCハンデルスブラット紙）。その一方、社会問題をしっかりフォローし、なかなか鋭い発言をする面もある。「地上で最も愚かな生き物に与えられる賞があれば、人間はまちがいなく候補に挙がるだろう」、「人生は五千ピースのジグソーパズルを見本なしに作るようなもの」といった気の利いた表現もあり、真の著者は有名なコラムニストか作家なのでは、と推測されていた。

アムステルダム北地区のケアホームで暮らすヘンドリックの書いた日記、という形式の小説は、そのユーモアゆえに大人気となり、二〇一六年度のNS読者賞も受賞した。オランダ人は人間関係において率直すぎ、はっきり物を申しすぎる傾向があるが、ヘンドリックは控えめで紳士的。年と共にますます恥知らずで不作法になったケアホームの他の住人たちに辟易《へきえき》している。一日に三人の住人が、脳卒中で倒れたり、大腿骨を骨折したり、クッキーで窒息寸前になったりで、救急車が三度かけつけても、「病人が出たからって健康な者がガマンする必要はない」とビンゴ大会が中止にならないか気にしているおばあさん。ヘンドリックは日記に「彼女がビンゴの途中に脳卒中を起こし、大腿骨を骨折し、クッキーで窒息するよう、願わずにはいられない」と毒舌を吐く。

皆が毎日飽きもせず、持病や食事、訪ねてこない家族、せちがらい世の中などについて、ぼやいてばかりいるのが、ヘンドリックには我慢ならない。本書では、ヘンドリックの仲間のエドワードが談話室のテーブルの一つに〈ここでは病気の話をしないこと〉という紙を貼ってすぐにはがされてしまうが、続編では彼らの案で〈病気について話さないテーブル〉が談話室に誕生する。

退屈な日々に少しでも張り合いが出るよう、気の合う仲間と〈オマニドクラブ〉（年寄りだがまだ死んでいないクラブ）を立ち上げ、皆で観光地に遠出するなど、共にエクスカーションを楽しむ。新たに入居した女性にときめきを感じ、徐々にとくべつな関係になっていったりもする。

友人から誕生日プレゼントに本書をもらったわたしは夢中で読み、老人の青春物語のように感じた。認知症や安楽死も含め、オランダの高齢者の実情を日本で知ってもらう機会にもなるし、ぜひ訳してみたくて自分でも出版社を探していたところ、集英社の編集者、佐藤香さんにお声をかけていただいた。

「今の高齢者、そして最終的には私たち自身が、このような施設でどう過ごすのかを知りたい人にはおススメの本だ」（デ・フォルクスクラント紙）、「コラムのようなフルーンの日記のトーンは、軽い社会批判を含み、時にユーモアに溢《あふ》れる」（クナック誌）といった書評が見られる。テレビのトーク番組で話題を呼び、テレビドラマや舞台にもなった。テレビドラマはヘンドリックやエヴァート役の俳優の優れた演技で本の雰囲気がうまく再現され、高視聴率記録を樹立。放送の翌日には、手押し車を押してゆっくりと道を歩いているふつうのお年寄りまで、まるでドラマの主人公のような身近な存在に感じられた。

本書のバックグラウンドであるオランダの介護システム等について、手短にご説明を、と思うのだが、システム自体が複雑であることと、オランダの専門用語に日本で異なる訳語が使われていることにより、大変むずかしい。日本の研究者の方々に敬意を表しつつ、少しでも読者の参考になるよう、不十分であることを覚悟の上、以下に書かせていただく。

まず、高齢者施設について。財政削減をめざす二〇一五年の法改正で〈長期ケア法（ＷＬＺ）〉が施行されるまで、ヘンドリックの暮らすケアホーム、エヴァートの暮らすケアホーム付随の独立型住居、二十四時間の看護・介護を要する人のためのナーシングホームに分かれていた（認知症患者の閉鎖棟はナーシングホームに属する。本書のケアホームの〈看護棟〉はナーシングホームと同じ内容)。二〇一五年には七十五歳以上の後期高齢者の八パーセントがいずれかの施設に居住していた(社会文化計画局調べ)。八十歳以上の女性が全体の六十パーセントを占め、居住者の平均年齢は女性が八十七歳、男性が八十二歳(同上)。ちなみに二〇一八年現在、オランダの国民は千七百二十万人、八十歳以上の高齢者が七十万人(同上)。

高齢者が介護を要すると、〈ケア判定センター(CIZ)〉で認定を受け、その結果をもとに〈ケア事務所〉で話し合い、在宅で介護を受けるか、施設に入居するかが決められる。これはWLZで定められており、国民から収入に応じて徴収した保険金から支払われる。

これとは別に、掃除や料理など家事の手伝いやデイサービスは〈社会支援法(WMO)〉の傘下になる。こちらの窓口は、市役所または市の提供する〈地区チーム〉で、国から地方自治体に分配された予算で賄われる。

在宅ケアはWLZとWMOにまたがり、看護から掃除まで含まれるためか、後期高齢者の何割が受けているか、オランダの資料からははっきりした数字は調べられなかった。現在は、日記にもあるとおり、できるかぎり在宅をつづけ、それが不可能なほど介護が必要になるとナーシングホームに入る。以前からの居住者は今も従来のケアホームに住んでいるが、事実上、〈ナーシングホーム〉と〈ケアホーム〉の区別はなくなった。ケアホームの空いた部屋に大学生を無料で住まわせ、家賃の代わりにボランティアをしてもらうという試みは、日本でも注目を浴びたが、うまく機能しているようだ。

次に、マントルゾルフに関して。マントルゾルフとは、家族や友人、隣人の長期間にわたる無報酬の世話のことで、内容は日常生活におけるさまざまな手助け。友人たちを助けるヘンドリックのおこないがまさしくマントルゾルフで、マントルゾルフをおこなう人のことをマントルゾルハーという。二〇一七年十二月現在、十六歳以上のオランダ人の三十六パーセントがマントルゾルハーをしている（社会文化研究局調べ）。これまでいくつか異なる日本語訳が使われてきたが、本書では朝日新聞掲載の、原語に忠実な訳語にした。

財政削減を目的とした急激な法改正の結果、マントルゾルハーの負担が増えているのが社会問題。今後は、被介護者を短期間、預かってもらえる宿泊所を増やすべき、あるいはケアホームを復活させるべき、といった意見も出ている。

さいごに、安楽死に関して。二〇〇二年四月に医師による安楽死が法制化されたオランダ。二〇一七年度には六千五百八十五件の安楽死の届け出があり、うち九十九・八パーセントが基準を満たしていた。二〇一七年度の死亡者約十五万人のうち四・四パーセントが安楽死であったことになる（安楽死地域審査委員会発表）。海外からは、オランダでは望めば誰でも安楽死させてもらえると誤解を受けることもあるが、実際には宗教上あるいはその他の理由で安楽死をおこないたくない医師も多く、条件を満たしていても望みどおり安楽死できない人も多い。一度、断わられてしまうと、他の家庭医を探さなければならなくなるので、ヘンドリックが家庭医に安楽死についての見解をなかなか聞けずにいる様子はリアルだ。

二〇一二年には家庭医に見放された人が安楽死をおこなってもらえる〈人生終焉《しゅうえん》クリニック〉も立ち上げられたが（建物はなく、医師と看護師の移動チーム）、需要に対する供給が追いつかない。自らの人生が完結したと思う人が、医師の力を借りずに自分で薬を注文し、死ねる社会を目指す〈最後の意思組合〉には現在二万三千人の会員がいる。自分の人生なのだから、死ぬことにも自ら決定権をもちたいという考えは、大堤防を造り自然を管理してきたオランダ人らしく、〈世界は神が創ったが、オランダはオランダ人が創った〉という考えに通じるものを感じる。ますます高齢化が進み、慢性疾患や孤独、もう十分生きたという想いで、死にたい高齢者が増えていくにつれ、死をめぐる状況がどう変わっていくのか、今後も見守っていきたい。

あとがき執筆にあたり、国民健康・福祉・スポーツ省ウェブサイトのPDF、*Het Nederlandse zorgstelsel*（オランダのケア体系、二〇一六年一月）、社会文化計画局ウェブサイトのPDF、*Ouder worden in Nederland*（オランダで年を取る、二〇一七年）を参照した。オランダの高齢者福祉に関する日本語の用語は、インターネット上の異なる論文を参考にさせていただき、お茶の水女子大学の大森正博教授にチェックをお願いした。大森教授にお礼を申し上げる。本書の内容が正確に、かつ持ち味であるユーモアがそこなわれずに伝わるよう、徹底的に訳稿に向き合ってくださった佐藤香さんにもお礼を申し上げる。

世界中どこの国であろうと、受け身では楽しい老後は過ごせない。本書になにがしかのヒントや、面白いエピソードや考え方を見出していただければ幸いだ。

二〇一八年七月、アムステルダムにて

長山さき

ヘンドリック・フルーン　Hendrik Groen

匿名作家。この日記調小説は当初文芸ウェブサイト上で連載されていた。のちに出版に至り、人口約 1700 万人のオランダで 32 万部のベストセラーとなる。36 カ国で版権が取得され、本国ではテレビドラマ化も果たした。物語の内容については「嘘の文はひとつもないが、全ての言葉が真実ではない」とのこと。

長山さき（ながやま・さき）

1963 年神戸生まれ。オランダ語翻訳者。関西学院大学大学院文学研究科修士課程修了。文化人類学を学ぶ。87 年、ライデン大学に留学。以降オランダに暮らし、現在はアムステルダム在住。訳書にトーン・テレヘン『ハリネズミの願い』『きげんのいいリス』（以上新潮社）、ハリー・ムリシュ『天国の発見』上・下（バジリコ）、ヘールト・マック『ヨーロッパの 100 年』上・下（徳間書店）ほか多数。

装画／ Victor Meijer
装丁／篠田直樹

Nederlands letterenfonds dutch foundation for literature

This book was published with the support of the Dutch Foundation for Literature.

POGINGEN IETS VAN HET LEVEN TE MAKEN
HET GEHEIME DAGBOEK VAN HENDRIK GROEN, 83 1/4 JAAR
by Hendrik Groen

83 $\frac{1}{4}$ 歳の素晴らしき日々

はちじゅうさんとよんぶんのいっさいのすばらしきひび

2018年10月10日　第1刷発行

著　者　ヘンドリック・フルーン
訳　者　長山《ながやま》さき
発行者　徳永 真
発行所　株式会社集英社
〒101-8050　東京都千代田区一ツ橋2-5-10
電話　03-3230-6100（編集部）
03-3230-6080（読者係）
03-3230-6393（販売部）書店専用
印刷所　大日本印刷株式会社
製本所　加藤製本株式会社

ISBN978-4-08-773493-5　C0097

定価はカバーに表示してあります。